SABRINA NEFF

Die Prinzessin der Felsen

novum ◢ pro

Dieses Buch ist auch als
e-book
erhältlich.

Bibliografische Information
der Deutschen Nationalbibliothek:

Die Deutsche Nationalbibliothek
verzeichnet diese Publikation in
der Deutschen Nationalbibliografie.
Detaillierte bibliografische Daten
sind im Internet über
http://www.d-nb.de abrufbar.

Gedruckt in der Europäischen Union
auf umweltfreundlichem, chlor- und
säurefrei gebleichtem Papier.

© 2025 novum publishing gmbh
Rathausgasse 73, A-7311 Neckenmarkt
office@novumverlag.com

ISBN 978-3-7116-0771-3
Lektorat: Andrea Sprenger
Umschlaggestaltung, Layout & Satz:
novum Verlag

www.novumverlag.com

Druckprodukt mit finanziellem
Klimabeitrag
ClimatePartner.com/16547-2311-1001

Ich widme dieses Buch meiner geliebten Schwester.
Du bist meine größte Inspiration und ich habe dich sehr lieb!

Inhaltsverzeichnis

Anastasia und Renate hatten den ganzen Tag auf dem Hof der Familie geschuftet und waren eigentlich gerade damit beschäftigt, auch noch die zusätzliche Arbeit zu erledigen, für die sich ihre fünf Brüder zu gut hielten. Da sie jedoch schon sehr müde von der langen Arbeit waren, beschlossen sie eine kleine Verschnaufpause in ihrem Geheimversteck hinter einem großen Rosenbusch einzulegen. Da der Herbst sich bereits dem Ende zuneigte, wehte ein eiskalter Wind, der Renate eine letzte vertrocknete Rose vor die Füße blies. Sie hob sie auf und meinte: „Manchmal fühle ich mich wie diese Rose, sie könnte so schön blühen und wunderschön aussehen, doch sie liegt nun hier … vertrocknet und unbeachtet auf dem Boden.“

Anastasia nahm ihr die Rose aus der Hand, hielt sie kurz versteckt und antwortete ihrer Schwester: „Nur weil die Rose auf dem Boden liegt, heißt es nicht, dass sie nicht wieder zu voller Blüte gelangen kann. Es kommt auch sehr auf ihr Inneres an und natürlich auch, wer sich um sie kümmert, findest du nicht?“

Sie überreichte Renate die Rose, die nun wieder auf wundersame Weise erblüht war, als wäre nie etwas gewesen. Renate schaute sie mit großen Augen an und fiel ihr um den Hals. „Ich habe dich soo lieb, Anastasia. Ohne dich wäre ich hier schon lange eingegangen.“

Gerade als sie wieder zurück zum Hof gehen wollten, hörten sie ihre Mutter, eine verhärmte und dadurch alt aussehende Frau, nach ihnen rufen.

„Oh, das kann nichts Gutes bedeuten“, dachte Renate gerade, als die Mutter auch schon auf sie zugestürmt kam.

„Habt ihr eigentlich nichts zu tun!!!“, schrie sie die Mädchen zornig an. „Ihr geht jetzt sofort in die Küche und schält die Kartoffeln, habt ihr mich verstanden?“

Sie trauten sich nicht, ihrer Mutter zu widersprechen, und so gingen sie, ohne diese noch mal anzusehen, in die Küche des Bauernhauses davon.

„Ich kann nicht mehr", schimpfte Renate nach einiger Zeit und ließ sich erschöpft auf einen Stuhl sinken.

Anastasia, die gerade den riesigen Berg Kartoffeln gesehen hatte, den sie noch bearbeiten mussten, setzte sich zu ihr und streichelte ihr übers Haar.

„Ich auch nicht, aber es hilft nichts. Wenn wir die Kartoffeln nicht bis zum Abendessen geschält und gekocht haben, können wir was erleben."

Sie begannen also missmutig mit der Arbeit, doch Anastasia verarbeitete die Knollen in einer solchen Geschwindigkeit, dass Renate gar nicht hinterherkam.

„Wie machst du das, Anastasia? Ich habe gefühlt zwei Kartoffeln geschält und du hast die restlichen dreißig Stück schon fertig."

„Ich habe mich extra für dich beeilt, Renate, damit du nicht so viel machen musst. Ich sehe doch, wie erschöpft du bist."

„Danke, Anastasia, was würde ich nur ohne dich tun, du bist die beste Schwester auf der ganzen Welt."

Nach einiger Zeit, sie waren gerade dabei, alles Weitere für das Abendessen vorzubereiten, erschien ihre Mutter mit einem Brief in der Hand in der Küche.

„Da ist ein Brief für dich, Anastasia."

Anastasia nahm ihn verwundert entgegen. Sie hatte noch nie von irgendjemandem einen Brief erhalten und war sehr neugierig. Sie riss ihn auf und las mit großen Augen, was geschrieben stand. Renate, natürlich auch extrem neugierig geworden, schlich sich hinter sie und las den Brief hinter ihrem Rücken.

„Was steht in dem Brief?", fragte ihre Mutter nun sehr ungehalten.

Anastasia wusste nicht, wie sie diese Frage beantworten sollte, sie starrte immer noch auf den Brief, als sie schließlich: „Ähm, es ... es ist eine Einladung ..." vor sich hin stammelte.

Ihre Mutter lachte sie aus und fragte geradezu sarkastisch: „Zu was im Himmel solltest du eine Einladung bekommen? Und die viel wichtigere Frage ist, von wem denn bitte?"

Anastasia funkelte ihre Mutter böse an und antwortete: „Zu einer besonderen Schule, Mutter! Und ich werde sie besuchen, egal was du davon hältst."

„Du bist nicht ganz bei Sinnen, was soll das denn für eine Schule sein, die dich haben wollen würde? Du bist weder klug noch hast du sonst etwas zu bieten!"

„Eine Schule der Magie, Mutter!"

„Ha ..., du hast tatsächlich den Verstand verloren, so etwas zu glauben."

Anastasia war wutentbrannt angesichts der Reaktion ihrer Mutter und wollte gerade aus der Küche rennen, als diese sie grob am Arm packte und zurückhielt.

„Du gehst nirgendwohin, hast du das verstanden? Du bleibst hier bei uns auf dem Hof und arbeitest wie auch deine Geschwister weiter für uns. Verschwende keinen Gedanken mehr an diesen Unsinn, hast du gehört?"

Als Anastasia nicht reagierte, schrie sie nahezu: „Ich habe dich etwas gefragt, Anastasia!"

„Ja, Mutter, ich habe dich verstanden."

„Gut ..., und nun werde ich diesen absurden Brief an mich nehmen, damit du nicht doch noch auf komische Gedanken kommst."

Sie riss ihrer Tochter den Brief aus den Händen und verschwand aus der Küche.

Anastasia sackte auf dem Boden zusammen und fing haltlos an zu schluchzen. Renate setzte sich zu ihr und umarmte sie, um sie ein wenig zu trösten.

„Diese böse, fiese, alte Frau, ich hasse sie", entfuhr es Anastasia auf einmal.

„Ich kann dich verstehen, aber meinst du, der Brief war überhaupt echt?", fragte Renate zaghaft. „Ich meine, diese Schule für, ähm, na ja, du weißt schon, kann es so etwas denn überhaupt geben?"

Anastasia sah ihre Schwester lange an, bevor sie antwortete: „Ich weiß es nicht, Renate, aber ich habe einfach das Gefühl, es könnte eine Chance für mich und vielleicht auch für dich sein, hier rauszukommen und vielleicht eines Tages ein schöneres Leben zu haben. Ich wünsche mir so sehr, dass dies alles wahr ist und dass ich dorthin gehen könnte."

Die Mädchen bereiteten schließlich noch den Rest für das Mahl vor und erwarteten ihre Eltern und Geschwister pünktlich mit dem Abendessen.

Die Familie sprach aufgrund des Briefes den ganzen Abend über kein Wort mehr miteinander und so waren Anastasia und Renate froh, als das Essen endlich beendet war und sie in ihr Zimmer verschwinden konnten.

„Anastasia, bist du noch sehr traurig, dass du nicht auf diese Schule gehen kannst?", fragte Renate vorsichtig.

„Nein …, aber ich möchte nicht mehr darüber reden, okay? Können wir bitte einfach schlafen?"

„Natürlich! Gute Nacht, Anastasia." „Gute Nacht, Renate, schlaf gut!"

Sie drehten sich beide mit dem Rücken zur Wand und hingen noch eine lange Zeit ihren Gedanken nach.

Noch in dieser Nacht fasste Anastasia einen Entschluss. Sie lauschte angestrengt in die Stille des Hauses hinein und schlich sich sofort in die Kammer ihrer Mutter, als diese gerade das Haus verließ, um noch einmal nach den Tieren zu sehen. Sofort durchsuchte sie alles systematisch nach dem Brief. Zunächst schien es aussichtslos und sie befürchtete schon, ihre Mutter gehört zu haben, doch dann hielt sie den Brief endlich wieder in ihren Händen. Ihre Mutter hatte ihn sorgfältig unter ihrer Matratze versteckt.

„Gutes Versteck", dachte Anastasia, „jedoch nicht gut genug …"

Sie verließ daraufhin so leise sie konnte das Zimmer, versteckte sich in der Küche, bis ihre Mutter wieder hereinkam, und schlich sich schließlich aus dem Haus.

70 Jahre später

Ein ganz gewöhnliches Mädchen

Es war ein sehr stürmischer Tag in den Bergen. Eine Schneefront war auf den kleinen Ort am Fuße der Alpen zugezogen und ließ ihn unter einer dicken Schneedecke zurück. Das Haus der Familie Prinz lag im Herzen des Ortes und sah, wie auch der Rest der Gemeinde, aus wie aus einem kitschigen Liebesfilm. Die Dächer waren meterhoch mit Schnee bedeckt und lediglich ein paar Rauchwolken kämpften sich von den Kaminen in den Häusern durch die weiße Pracht. Der Ort wirkte nahezu magisch.

Anna hatte sich in eine warme Decke gekuschelt und beobachtete, eine ihrer langen, blonden Strähnen verträumt mit dem Finger umspielend, das Schneetreiben außerhalb ihres Zimmers. Sie hoffte sehr, das Wetter würde am nächsten Tag wieder besser werden, damit sie ihren letzten Ferientag mit ihrer besten Freundin im Schnee verbringen konnte. Sie schaute noch ein wenig aus dem Fenster, bis sie schließlich beschloss, ihr Lieblingsbuch zu lesen. Es handelte von einer magischen Welt, Zauberern und Hexen, und sie dachte gerade daran, wie schön es doch wäre, wenn das Buch der Wahrheit entsprechen würde, als ihr auch schon die Augen vor Müdigkeit zufielen.

Sie schlief die ganze Nacht durch und wachte erst auf, als ihr die Sonne direkt ins Gesicht schien. Sofort stürmte Anna ans Fenster und sah den glitzernden und funkelnden Neuschnee vor der Türe. Voller Vorfreude zog sie sich so schnell sie konnte die Schneesachen an, denn sie wollte unbedingt eine der Ersten am Schlittenhang sein. Sie verabschiedete sich noch kurz von ihrer Mutter und schon war sie nach draußen geeilt. Es war eiskalt und so war sie froh, ihre Haare unter einer dicken Mütze versteckt zu haben.

Ihre braunen Augen funkelten mit dem Schnee um die Wette, als sie unterwegs auch direkt auf ihre beste Freundin Sofia stieß, die den gleichen Gedanken gehabt zu haben schien. Die beiden begrüßten sich herzlich und gingen schließlich quatschend und lachend den Weg weiter. Als sie um die letzte Kurve gingen, sahen sie jedoch schon von Weitem, dass der Schlittenhang bereits überfüllt war.

„Das gibt es doch nicht, es ist doch noch so früh! Was machen wir jetzt?", fragte Sofia.

„Sollen wir einfach später noch mal kommen, Anna?"

„Hm, nein ..., dann haben wir gar nichts mehr von dem tollen Neuschnee, aber ... vielleicht habe ich noch eine bessere Idee!"

Sie grinste Sofia gefährlich an und meinte: „Du kennst doch den anderen Hang, oder? Den, den wir eigentlich nicht besteigen sollten, da er angeblich zu gefährlich für uns ist."

Sofia starrte Anna mit ihren großen, blauen Augen eine kurze Zeit lang an, bevor sie meinte: „Ach, so gefährlich kann der doch gar nicht sein und wir sind ja inzwischen auch schon viel größer, oder?"

Die beiden Mädchen grinsten sich an und machten sich auf den Weg.

Beim Aufstieg stellten sie fest, dass viele Bäume direkt auf dem Hang wuchsen, an dem sie gleich Schlitten fahren wollten und dass er doch sehr viel steiler als der beliebte Schlittenhang wirkte. Allerdings waren sie alleine und hatten daher den ganzen Berg und natürlich auch den Tiefschnee nur für sich. Schnell versuchten sie bis zur obersten Stelle zu gelangen, was mit den schweren Schlitten hinter sich gar nicht so einfach war. Endlich hatten sie es geschafft. Sie standen schwer atmend nebeneinander und blickten den steilen Berg hinab.

Sofia erholte sich als Erste und fragte: „Anna, meinst du, das war eine gute Idee? Es sieht von hier oben extrem steil aus!"

Doch Anna machte sich keine Sorgen. „Du bist ein Angsthase, Sofia. Sollen wir ein Wettrennen machen? Wer als Erstes unten ist, hat gewonnen!"

Das ließ sich Sofia natürlich nicht lange sagen und schon sausten die zwei auf ihren Schlitten los. Schnell wurde Anna bewusst, dass Sofia womöglich doch recht gehabt hatte und der Weg nach unten alles andere als einfach werden würde. Sie fuhr bald so schnell, dass sie nicht mehr richtig lenken konnte, und sah, dass Sofia ähnliche Probleme hatte. Anna war einigen Büschen und Bäumen, die ihr im Weg gestanden hatten, gerade noch ausgewichen, der Neuschnee flog ihr direkt ins Gesicht und sie fühlte sich schon jetzt erschöpft von der anstrengenden Fahrt.

Die Mädchen hatten gerade die Hälfte der Strecke geschafft, als Sofia plötzlich mit ihrem Schlitten an Anna vorbeischoss und um Hilfe schrie. Sie hatte ihren Schlitten nicht mehr unter Kontrolle und raste direkt auf einen großen Baum zu. Anna schrie ihr zu, sie solle versuchen zu bremsen, doch Sofia konnte nicht mehr rechtzeitig reagieren.

Anna schlitterte hinter ihr her, konnte jedoch nur zusehen, wie Sofia dem Baum immer näher kam, und wünschte sich nichts sehnlicher, als dass der Baum vor ihr einfach verschwinden würde, um ihre beste Freundin beschützen zu können.

Sofia war nun direkt vor dem Baum und Anna erwartete schon den Aufprall zu hören, doch zu ihrer großen Überraschung hörte sie rein gar nichts. Wie durch Zauberhand war Sofia anscheinend nicht gegen den Baum gefahren, sondern schien einfach durch ihn durchgefahren zu sein.

Anna fuhr ihr so schnell wie möglich nach und hörte, dass sie immer noch nach Hilfe schrie, obwohl das Ende des Hanges schon in Sicht war. Bald darauf kam Sofia unten an, konnte jedoch immer noch nicht bremsen und fuhr direkt in einen großen Schneehaufen.

Anna, die immer noch nicht glauben konnte, was soeben geschehen war, kam einige Sekunden später, schlitternd und schwer atmend, in demselben Schneehaufen und somit auch über und über mit Schnee bedeckt an.

„Sofia, wie hast du das gemacht? Geht es dir gut?"

Sofia war sehr blass, doch sie schien so weit okay zu sein. Sie schüttelte ihre lockigen, roten Haare, die voller Schnee waren, aus und sagte: „Mir geht es ganz gut … Aber ich kann dir nicht sagen, was passiert ist. Ich … ich dachte, ich fahre gleich gegen den Baum, weil ich nicht mehr bremsen konnte. Ich dachte wirklich, das wars für mich, und dann war ich auch schon hinter dem Baum. Ich verstehe das nicht. Was ist da passiert, Anna?? Ich meine ..., vielleicht bin ich ja doch daran vorbeigefahren und habe es nicht gemerkt ... Jahh, so muss es gewesen sein, oder?"

Anna war nicht ganz überzeugt von dieser Version der Geschichte, da sie doch genau gesehen hatte, was geschehen war, aber dennoch nickte sie und meinte: „Kann schon sein."

Die Mädchen beschlossen schließlich, dass dies genug Abenteuer für einen Tag war und gingen nass und nahezu eingefroren nach Hause. Als Anna dort ankam, wurde sie sofort von ihrer Mutter unter eine warme Decke gesteckt.

„Anna, du bist eiskalt. Habt ihr euch im Schnee eingegraben oder was?"

„Nein, das nicht, Mama, aber der Schnee ist so pulvrig, dass er am Ende überall war."

Sie lachte und auch ihre Mutter stimmte mit ein.

„Na gut ... Ich bringe dir jetzt noch eine heiße Tasse Tee und dann wird dir bestimmt gleich wieder wärmer."

Als Anna schließlich mit dem wärmenden Tee in ihrem Zimmer saß, dachte sie wieder an das, was passiert war. Sie bildete sich doch nicht ein, dass Sofia durch den Baum gefahren war, oder wurde sie etwa verrückt? Leise sprach sie zu sich selbst: „Das kann doch einfach nicht sein, es gibt doch keine verschwindenden Bäume. Oder gibt es sie doch? Ach, ich weiß es einfach nicht ... Wenn ich doch nur alles gefilmt hätte, dann wüsste ich, was passiert ist. Das ist alles sehr verwirrend!"

In dieser Nacht lag Anna noch lange wach auf ihrem Bett und grübelte über die Geschehnisse. Kurz bevor sie einschlief, kam sie zu dem Schluss, dass alles Einbildung gewesen sein musste und ihr Schock Schuld an ihrer Halluzination war. Sie musste unbedingt mit Sofia darüber sprechen, vielleicht konnte die inzwischen sagen, was tatsächlich passiert war.

Am nächsten Nachmittag traf sie sich sofort mit ihrer besten Freundin, um nochmals über den Vorfall zu sprechen. Sie saßen mit zwei riesigen Tassen heißer Schokolade in Annas gemütlichem Bett und schwiegen sich zunächst an.

Sofia hatte den Mut, als Erste darüber zu sprechen, und meinte schließlich: „Wenn ich ehrlich bin, kann ich immer noch nicht ganz verstehen, was da gestern passiert ist, und ich bin mir inzwischen sicher, dass ich nicht um den Baum herumgefahren bin. Ich konnte nicht mehr lenken und hätte das niemals geschafft."

„Ich habe mich das auch immer wieder gefragt, Sofia, aber wie kann es denn sein, dass der Baum einfach durchsichtig geworden ist oder was auch immer? Meinst du nicht, wir waren geschockt und haben uns alles nur eingebildet?"

Sofia schaute sie ernst an und sagte: „Denkst du das wirklich? Ich habe eher das Gefühl, wir beide werden verrückt!"

„Ohhh, sag so was nicht, wir werden doch nicht mit gerade mal zehn Jahren verrückt, das kann nicht sein."

„Na gut, du hast vielleicht recht, Anna, aber dann möchte ich auch nicht mehr darüber nachdenken, das ist einfach zu unheimlich! Können wir den Vorfall nicht einfach vergessen und so tun, als wäre das nie geschehen?"

„Okay ..., abgemacht, Sofia, wir werden nie mehr darüber sprechen und vergessen jetzt sofort alles, was gestern geschehen ist."

Die beiden Mädchen gaben sich jeweils ihren kleinen rechten Finger, hakten diese ineinander und schworen auf ihre Freundschaft.

Der Anfang

Es waren nun schon einige Jahre seit dem Vorfall vergangen und Anna und Sofia hatten vollkommen vergessen, was damals beim Schlittenfahren geschehen war.

Die Bäume in dem kleinen Ort begannen gerade zu blühen und so war es auch hier in den Alpen endlich Frühling geworden. Der letzte Schnee taute langsam auch von den höchsten Bergen, doch weder Anna noch Sofia konnten sich so richtig darüber freuen. Beide waren ziemlich im Stress, da sie viel lernen mussten, um im Sommer auf eine bessere weiterführende Schule gehen zu können.

Anna lernte jeden Tag bis spätabends und reagierte stets extrem gereizt, wenn sie dabei unnötig unterbrochen wurde. Sofia, die nicht allzu viel vom übermäßigen Lernen hielt, versuchte immer wieder, ihre beste Freundin zu kleinen Pausen zu verlocken, doch die wollte nichts davon wissen und schnauzte sie böse an.

„Sofia, ich habe keine Zeit für Pausen! Ich muss noch so viel tun und das solltest du auch, wenn ich mir deine letzten Noten so ansehe!"

Sofia funkelte Anna zornig an, bevor sie erwiderte: „Anna-Jetzt ist es aber mal gut! Du kannst von mir aus so viel lernen, wie du willst, aber ich werde mir das mit dir nicht mehr länger antun. Es geht nur um eine bescheuerte neue Schule, auf die du sowieso kommst, also beruhige dich endlich mal. Falls du wieder normal bist, kannst du dich bei mir melden. Ansonsten möchte ich nichts mehr von dir hören."

Anscheinend wachgerüttelt durch diese deutlichen Worte, schaute Anna ihre beste Freundin ganz erschrocken an und meinte schließlich: „Es tut mir leid, du hast recht. Ich wollte nicht so gemein zu dir sein und ich weiß auch nicht, warum ich momentan so komisch drauf bin. Verzeihst du mir bitte?"

„Ich werde es mir überlegen, allerdings nur unter einer Bedingung!"

Anna schaute erwartungsvoll, bis Sofia endlich sagte: „Du legst jetzt sofort alle Bücher weg und gehst mit mir ins Kino, okay!?"

Anna lachte und erwiderte: „Yes, Ma'am!!"

Nun musste auch Sofia lachen und sie verbrachten danach einen wundervollen Nachmittag zusammen.

Überglücklich, ihre jeweils beste Freundin wiederzuhaben, saßen die beiden viele Nachmittage zusammen, um zu quatschen und auch noch ein wenig für den Wechsel auf die andere Schule zu lernen. Es waren nur noch ein paar Tests zu schreiben, bis sie endlich wieder mehr Zeit haben würden, und die Mädchen freuten sich schon sehr darauf. Auch Annas dreizehnter Geburtstag stand nach den Prüfungen vor der Tür und den wollten die beiden unbedingt zusammen verbringen.

Als endlich der letzte Test geschrieben war, stürmten Anna und Sofia mittags aus der Schule und fühlten sich so gut wie schon lange nicht mehr. Der ganze Stress, ihr Streit und auch die sonderbaren Vorkommnisse waren vergessen und die beiden freuten sich auf einen großen Eisbecher, den sie in ihrer Lieblingseisdiele essen wollten.

Die zwei waren schon fast vor Ort und standen direkt vor der großen Mauer einer Villa an der Ampel, als auf einmal ein Auto auf sie zugerast kam. Die beiden standen wie angewurzelt da und waren nicht fähig, sich wegzubewegen. Anna, die schon einmal durch Wünschen geschafft hatte, dass Sofia nicht in einen Baum gerast war, wünschte sich wieder mit aller Kraft, dass das Auto doch noch rechtzeitig halten würde oder sie irgendwo Deckung finden konnten, doch es kam immer näher und näher.

Der Autofahrer schien ohnmächtig zu sein, da er nicht reagierte und weiter auf Anna und Sofia zusteuerte. Als das Auto sie erreicht hatte und Anna schon mit dem Schlimmsten rechnete, als es laut krachte und Sofia um ihr Leben schrie, spürte Anna jedoch nichts von dem Aufprall. Sie hatte ihre Augen davor schon fest geschlossen und war sich sicher, dass dies nun das Ende war.

Als sie jedoch die Augen endlich öffnete, hatte die Mauer scheinbar von alleine eine Art Schutzwall errichtet und die Mädchen dadurch vor dem Schlimmsten gerettet. Anna rüttelte sofort an Sofia, die sich nicht rührte und schrie sie an, ob es ihr gut gehe? Diese nickte nach einiger Zeit nur mit dem Kopf und Anna wusste, dass alles okay war.

„Was ist passiert, Sofia? Ich dachte, das Auto fährt uns gleich um, aber dann war auf einmal alles ganz komisch und als ich meine Augen wieder geöffnet habe, waren wir hinter diesem Schutzwall der Mauer! Der war doch vorher noch nicht da und das Auto hätte uns treffen müssen, oder?? Ich bilde mir das alles doch nicht ein, du siehst es doch auch, Sofia?"

Sofia, die bis jetzt gar nichts gesagt hatte, starrte Anna eine lange Zeit an, bis sie meinte: „Hast du das gemacht, Anna? Hast du uns irgendwie beschützt?"

Anna wusste nicht genau, was sie sagen sollte, wie konnte sie das gemacht haben, wie hätte sie sie beide beschützen können?

Sie wurde jäh aus ihren Gedanken gerissen, als aufgeregte Passanten die Unfallstelle erreicht hatten, durcheinanderschrien und versuchten, die Mädchen hinter dem Auto zu befreien. Keiner konnte sich erklären, wie die Mädchen diesen Unfall überlebt hatten, da der Schutzwall, nachdem das Auto endlich von der gerufenen Feuerwehr beiseitegeschoben worden war, nicht mehr da war.

Anna und Sofia wurden ins Krankenhaus gebracht, da die Sanitäter von schlimmeren Verletzungen ausgingen, doch es stellte sich heraus, dass sie außer ein paar Schürfwunden nichts erlitten hatten und wieder nach Hause gehen durften.

Der Autofahrer hingegen hatte durch einen Herzinfarkt weniger Glück als die Mädchen gehabt und musste mit schweren Verletzungen einige Zeit im Krankenhaus verbringen.

In den kommenden Tagen wurden Anna und Sofia von vielen Leuten zu dem Unfall befragt, doch sie hatten sich geschworen, nichts von der plötzlich erschienenen Mauer zu erzählen, sondern einfach von Glück zu sprechen, dass ihnen nichts passiert war. Die beiden waren sich nun nach dem zweiten Vorfall einig, dass irgendwas sehr Seltsames mit oder um sie herum passierte, und sie wollten der Sache dringend auf den Grund gehen. Wenn sie nur gewusst hätten, wie.

Die Mädchen verbrachten jede freie Minute miteinander und überlegten und recherchierten sogar in alten Büchern, doch fanden sie keine passende Lösung für ihr Problem, das, wenn man es genau betrachtete, gar kein Problem war, sondern vielmehr ein Glücksfall, da es ihnen schon zweimal das Leben gerettet hatte.

Es war für die beiden einfach unerklärlich, was geschehen war, und somit waren sie eigentlich ganz froh, dass sie durch Annas Geburtstagsvorbereitungen ein wenig davon abgelenkt wurden.

Sofia durfte in der Nacht vor Annas Geburtstag bei ihr übernachten und so quatschten die beiden heimlich die ganze Nacht, aßen Berge von Süßigkeiten und freuten sich schon auf den nächsten Tag.

Annas Eltern hatten bereits den Frühstückstisch gedeckt und die Geschenke platziert und warteten nun auf die Mädchen, die nach einiger Zeit zwar noch ein wenig müde, aber sehr gut gelaunt, in das Esszimmer kamen. Anna stürzte sich sofort auf ihre Geschenke.

„Was meinst du, was ich alles bekomme?", fragte sie ihre beste Freundin.

„Ich weiß es nicht, außer natürlich das Geschenk von mir, aber das ist eh das beste von allen!!"

Anna lachte, packte das Geschenk aus und freute sich sehr, als sie ein Bild von sich und Sofia mit dem Titel „Beste Freunde – für immer" vorfand.

„Oh, das ist wunderschön, vielen Dank! Das muss ich später gleich in mein Zimmer stellen."

„Sofia, das hast du wirklich gut ausgesucht. Es ist so rührend euch so zu sehen," antwortete Frau Prinz daraufhin.

Die beiden Mädchen grinsten sich an und Anna fuhr glücklich damit fort, ihre Päckchen zu öffnen.

Als endlich alle Geschenke ausgepackt waren, fand Anna unter dem Stapel noch einen schlichten Brief.

„Von wem ist der?", fragte Sofia, doch das Geburtstagskind hatte keine Ahnung, da kein Absender zu finden war. Auch Annas Eltern schienen sehr gespannt zu sein, was der Brief enthielt.

„Mach ihn endlich auf", drängte Sofia, doch das musste sie Anna nicht zweimal sagen, denn die hatte das Kuvert schon geöffnet und starrte den Brief nun mit ihren großen, rehbraunen Augen an.

„Was ist mit dir,, von wem stammt denn der Brief?", wollten alle wissen, doch Anna hielt ihnen den Brief nur hin, damit sie ihn alle lesen konnten.

Sehr geehrte Frau A. Prinz,
Sie wurden an der Felsenschlossschule **für Magie**
aufgenommen.
Wir freuen uns, Sie am 1. September an unserer Schule begrüßen zu dürfen und haben Ihnen eine Liste aller benötigten Unterrichtsmaterialien sowie Bücher beigelegt.

Wir erwarten ihre Antwort bis spätestens 31.07. auf den üblichen Wegen.
Bei Fragen wenden Sie sich bitte an Frau Watson.

In Sonderfällen ist ein Anruf unter folgender Nummer möglich:
(11)1234

Anna starrte noch immer auf den Brief und konnte nicht fassen, was sie soeben gelesen hatte. Eine Schule für Magie ... Magie war die Erklärung für alles, was in den letzten Monaten passiert war, und doch konnte sie nicht so recht daran glauben, dass sie tatsächlich eine – na ja, was eigentlich? – eine Hexe ((?)) sein sollte.

Annas Vater schien zuerst seine Sprache wiedergefunden zu haben und meinte: „Das ist ein schlechter Scherz, oder? Es gibt keine Magie und Anna kann auf gar keinen Fall eine Hexe sein. Nein, das gibt es nicht", sagte er schließlich mehr zu sich selbst als zu den anderen.

„Doch Papa, alles, was mir und Sofia in letzter Zeit passiert ist, war doch ein wenig magisch, wenn man mal darüber nachdenkt."

Nun mischte sich auch Sofia ein, die ihrer besten Freundin recht gab und meinte: „Nur Magie hätte mir beziehungsweise uns in den Vorfällen der vergangenen Jahre das Leben retten können. Jetzt wissen wir endlich, was wirklich geschehen ist. Anna, du musst unbewusst gezaubert haben", sagte sie ganz aufgeregt.

„Wartet mal kurz ihr Zwei," stoppte Annas Mutter das euphorische Geplapper der Mädchen. „Wann hätte euch bitte Magie das Leben gerettet? Ich wusste bis jetzt nur etwas von dem Autounfall, den ihr glücklicherweise unverletzt überlebt habt. Aber da kann doch unmöglich Magie im Spiel gewesen sein? Oder etwa doch?"

„Doch Mama ganz sicher! Auch damals beim Schlittenfahren, wäre Sofia ohne mein Zutun in einen Baum gerast. Wir dachten bisher einfach, wir haben uns das alles eingebildet. Aber es war bestimmt Magie." Daraufhin schaute Annas Mutter plötzlich ganz komisch, als ob ihr gerade etwas eingefallen wäre. Sie wirkte immer noch nicht weniger bestürzt als Annas Vater, sagte jedoch auf einmal: „Ich glaube, es gab schon mal eine Hexe in unserer Familie."

„Was?", sagte Annas Vater und sah seine Frau sehr verwirrt an.

„Ja …, ich glaube, ich habe meine Großmutter mal darüber reden hören, als ich noch sehr klein war …, und das ist mir gerade wieder eingefallen", erwiderte sie.

Anna konnte nicht glauben, was sie da gerade gehört hatte. „Mama, ist das wahr, könnte ich also wirklich eine Hexe sein?"

„Nun ist es aber mal gut mit diesem Unsinn", mischte sich ihr Vater wieder ein. Seine Augen verdunkelten sich und wirkten geradezu schwarz, als er schrill rief schrie: „Es GIBT KEINE MAGIE, das glaube ich einfach nicht. Hört auf mit dem Quatsch und vor allem du, Hannah, müsstest doch eigentlich alt genug sein, um es dies besser zu wissen. Wie kannst du unserer Tochter und Sofia nur solche Märchen erzählen?"

Annas Mutter funkelte ihren Mann mit ihren stahlblauen Augen an und erklärte: „Ich erzähle mit Sicherheit keine Märchen, Toni. Ich kann nicht glauben, dass du so von mir denkst. Ich würde niemals irgendwas zu unserer Tochter und auch nicht zu Sofia sagen, von dem ich nicht garantiert wüsste, dass es der Wahrheit entspricht oder dass es eben so erzählt wurde." Um dem Ganzen noch mehr Ausdruck zu verleihen, schmiss sie bei den letzten Worten ihre hellbraunen Haare theatralisch über ihre Schulter.

Anna, die unbedingt die ganze Geschichte ihrer Mutter hören wollte, funkelte ihren Papa nun auch böse an und meinte: „Lass Mama doch bitte erzählen, was sie weiß. Sonst finden wir nie heraus, ob der Brief echt ist oder nicht. Bitte, Papa, das ist echt wichtig für mich!"

„Na gut, dann soll Mama eben die Geschichte erzählen, aber ich bin mir sicher, dass nichts davon wahr ist."

Annas Mama besah ihren Mann nun mit einem leicht irritierten Blick, bevor sie schließlich begann, die Geschichte ihrer Großmutter zu erzählen.

„Meine Großmutter wuchs als eine von sieben Geschwistern in sehr ärmlichen Verhältnissen auf. Die Familie hatte nie viel Geld und so mussten alle Kinder mithelfen, ja sogar recht früh arbeiten, um genug zu essen für alle auf den Tisch zu bringen. Es war keine besonders schöne Kindheit, doch eine ihrer Schwestern machte sie trotzdem zu etwas ganz Besonderem. Es schien immer, als würde sie aus den kleinsten Dingen und einfachsten Situationen die schönsten und wertvollsten Erinnerungen für deine Urgroßmutter geschaffen haben. Mal war es eine vertrocknete Blume, die sie sofort wieder zum Blühen brachte, oder eine kaputte Puppe, der sie wie durch Zauberhand wieder Leben einhauchen konnte. Dank ihrer Schwester gab es sehr glückliche Situationen und Tage für meine Großmutter, die jedoch mit einem Brief für diese abrupt endeten. Angeblich war sie an einer Zauberschule aufgenommen worden, doch ihre Eltern hielten nichts davon. Sie sollte, wie alle anderen Geschwister auch, weiterarbeiten und nicht auf irgendeine komische Schule gehen. Die Schwester meiner Großmutter ließ sich dies nicht gefallen und rannte noch in der kommenden Nacht von zu Hause weg, ohne sich von irgendjemandem zu verabschieden. Meine Großmutter war untröstlich, hatte sie doch den wichtigsten Menschen in ihrem Leben verloren und musste nun noch dazu doppelt so hart arbeiten, da von diesem Zeitpunkt an ein Familienmitglied fehlte. Ihre Eltern schienen keinen Gedanken mehr an die fortgelaufene Tochter zu verschwenden und sprachen bis zu ihrem Tod kein Wort mehr über sie. Meine Großmutter jedoch hoffte auf ein Zeichen, dass es ihrer Schwester gut ging und sie möglicherweise tatsächlich auf die Schule der Magie gehen konnte. Eines Tages kam dann, sehr zur Überraschung meiner Großmutter, ein besonderer Brief für sie an. In diesem Brief stand, dass es ihrer Schwester sehr gut gehe, sie auf der Schule sei und nun richtig zaubern lernen könne. Sie bedauerte sehr, sich nicht von meiner Großmutter verabschiedet zu haben oder sie zu sich holen zu können, wollte jedoch auch nicht mehr nach Hause zurückkehren. So blieben die zwei Schwestern in engem Briefkontakt und sahen sich erst wieder, als beide erwachsen waren und ihr eigenes Leben außerhalb des Elternhauses lebten. Meine Großmutter erzählte, dass ihre Schwester angeblich in einer Behörde nur für Magie arbeitete und leider sehr früh aufgrund eines, wie sie es nannte, „Unfalles" verstarb.

Leider hat sie danach nie mehr über ihre Schwester gesprochen und alle ihre Geheimnisse, von denen meine Großmutter bestimmt wusste, mit in ihr Grab genommen. Wie gerne würde ich sie jetzt alles darüber fragen, ich war doch noch so klein, als sie davon sprach, und dann habe ich es einfach vergessen."

Annas Mutter seufzte und schaute ein wenig traurig, fasste sich jedoch schnell wieder und wartete, wie es schien, die Reaktionen ihrer Familie ab. Anna war hin und weg von der Geschichte ihrer Mutter und schien jedes Wort davon zu glauben.

„Mama, das ist so toll! Ich bin vielleicht auch eine Hexe, wie die Schwester deiner Großmutter! Können wir bitte bei der Schule anrufen und nachfragen, ob es tatsächlich wahr ist?"

Unsicher sah Anna zu ihrem Papa, der noch nichts dazu gesagt hatte. Der starrte vor sich hin, bis er schließlich ihrer Mutter direkt in die Augen sah und sagte: „Du meinst das tatsächlich ernst, Hannah? Du denkst, deine Großmutter hat die Wahrheit über ihre Schwester erzählt?"

Annas Mutter schaute ihrem Mann nun auch direkt in die Augen, als sie sagte: „Ja, Toni ..., ich glaube ihr!"

Als dieser den Blick seiner Frau sah, spürte er, dass sie die Wahrheit sagte, auch wenn er nichts davon begreifen konnte, da es sich doch in seinen Ohren so unwahrscheinlich anhörte. Er willigte schließlich ein, noch am selben Tag bei der Schule nachzufragen.

Sofia, die bislang nur stumm neben Anna gesessen hatte, fiel mit in Annas Jubelschreie ein und die beiden tanzten fröhlich durch das Zimmer. Anna konnte es nicht erwarten, bis ihre Eltern endlich bei der Schule anrufen wollten. Immer wieder las sie ihre Einladung durch und ein Gefühl wohliger Wärme durchströmte sie dabei. Irgendwie hatte sie gewusst, dass sie etwas Besonderes war und dies nun bestätigt in den Händen zu halten, war für sie das Größte.

Als die Zeit schließlich gekommen war, bei der Schule anzurufen, hielten sich Anna und Sofia fest an den Händen, da sie so aufgeregt waren.

Annas Mutter wählte die angegebene Nummer auf der Einladung und als tatsächlich auf der anderen Seite abgehoben wurde, stellte sie das Telefon sofort auf laut. Dies wäre jedoch gar nicht notwendig gewesen, denn es erschien auf einmal eine Frau, also zumindest ihr Kopf, der über dem Telefon der Familie Prinz schwebte. Die Frau hatte ihre dunklen Haare streng zu einem Dutt nach hinten gekämmt, hatte ein feines, fast schon ausgemergeltes Gesicht und wirkte ihrem Äußeren nach zu urteilen äußerst streng. Als sie schließlich zu reden begann, wirkte sie doch viel freundlicher.

„Hallo, ich bin Frau Watson von der Felsenschlossschule für Magie und Sie müssen die Familie Prinz sein, habe ich recht?"

Annas Mutter, die überhaupt nicht mit Derartigem gerechnet hatte, schaute erschrocken und stotterte ein wenig, als sie meinte:

„Oh ja ... ja genau, hier ... hier spricht Frau Prinz, Annas Mutter."

„Es freut mich sehr, dass Sie mich anrufen", antwortete Frau Watson. „Ich hatte gehofft, Sie würden sich nach diesen Neuigkeiten melden und nicht denken, dies sei ein übler Scherz. Wir, also die Felsenschlossschule, freuen uns immer, auch Schülerinnen und Schüler aus Familien wie Ihren, also nicht-magischen Familien, aufzunehmen, wenn wir feststellen, dass die Kinder magische Fähigkeiten entwickeln. Das hat Ihre Tochter definitiv getan und deshalb ist sie bei uns bestens aufgehoben, um ihr die Ausbildung zu garantieren, die sie benötigt, um eine großartige Hexe zu werden."

Frau Watson redete und erklärte so viel, dass Annas Mutter nur hin und wieder nickte, was Frau Watson jedoch nicht zu interessieren schien. Anna hingegen saugte jedes Wort der Frau geradezu auf und wollte unbedingt noch mehr über die Schule der Magie und alles Weitere erfahren.

„Grundsätzlich ...", fuhr Frau Watson weiter fort, „ist die Felsenschlossschule ein Internat für junge Hexen und Zauberer aus dem ganzen Land. Die Schüler werden das ganze Schuljahr über bei uns bleiben und können nur in den Herbst-, Weihnachts- und Osterferien nach Hause zu Ihnen kommen, müssen dies jedoch nicht zwingend tun, da immer eine Betreuung vor Ort stattfinden kann. Das Schuljahr endet am 30. Juni, dann kommen die Kinder bis zum Beginn des neuen Schuljahres zum 1. September wieder zu Ihnen. Wir haben Ihnen eine Liste mit allen benötigten Gegenständen und Büchern beigelegt. Sie finden unsere Einkaufsstraße im Alten Hof in München, genauer unterhalb des Affenturms, vor. Dort befindet sich eine uralte Teestube, die nur von Hexen und Zauberern gesehen und betreten werden kann. Anna wird Ihnen sicher dabei helfen können hineinzugelangen, um schließlich unser Einkaufszentrum, das

MyMagicalPalace, das zum Einkaufen und Bummeln einlädt, betreten zu können. Soo ..., was habe ich noch vergessen ...?", fragte sich Frau Watson eher selbst, als dass sie eine Antwort von Annas Mutter erwartet hätte.

„Ach ja, natürlich müssen Sie noch erfahren, wie Anna am 1. September zu uns in die Schule gelangt. Sie können Anna natürlich nicht einfach mit einem Auto oder Ähnlichem zur Schule bringen."

Annas Mutter, die zum ersten Mal ihre Stimme wiedergefunden zu haben schien, sagte: „Können wir nicht? Aber wie soll sie denn sonst zur Schule kommen, sie kann ja nicht einfach fliegen, oder?" Da musste Frau Watson zum ersten Mal lachen. „Ohh nein, Frau Prinz, natürlich nicht, aber Sie müssen verstehen, dass die Schule von keinen, sagen wir einmal, ungebetenen Gästen besucht werden soll, und deshalb ist der Standort natürlich streng geheim und nur auf geheime Art und Weise zu betreten. Ich muss Ihnen aber selbstverständlich doch einige wenige Informationen dazu geben, da Anna ansonsten nicht zu uns finden wird. Die Reise beginnt für Anna außerhalb von München am Fuße der Berge. Dort ist in einer Felswand, vor der ein kleiner Parkplatz ist, ein geheimer Zugang verborgen. Für alle Schüler der Felsenschlossschule wird ein Symbol an dieser Wand erscheinen. Genau an dieser Stelle erscheint ihnen ein geheimes Fortbewegungsmittel mit dem sie direkt zu unserer Talstation gelangen. Natürlich können Sie Anna noch bis zur Talstation begleiten, wenn Sie ihr alles nachmachen, um ihr mit ihrem Gepäck zu helfen und sich verabschieden zu können. Ich bitte Sie jedoch, darauf zu achten", sagte sie und erhob sogar ihren Zeigefinger, um die Wichtigkeit des Gesagten zu unterstreichen, „auf keinen Fall in das Fortbewegungsmittel zu steigen, wenn andere, möglicherweise nicht magische Personen, in der Nähe sind!"

„Das sind ganz schön viele Informationen auf einmal, ich bin schon ganz durcheinander!", erwiderte Annas Mutter.

Frau Watson nickte verständnisvoll und erwiderte: „Frau Prinz, ich verstehe, dass sich das momentan alles nach sehr vielen Regeln und Aufgaben und auch Hindernissen für Sie anhören muss, aber ich bin mir ganz sicher, Sie werden sich schnell an alles gewöhnen! Schlafen Sie einfach eine Nacht darüber und Sie werden sehen, wie sich alles zu einem stimmigen Gesamtbild für Sie ergibt."

„Das bezweifle ich doch sehr", dachte sich Annas Mutter, doch sie stimmte Frau Watson zu.

„Gut, dann haben wir so weit alles geklärt, nehme ich an?"

Wieder erwartete Frau Watson keine Antwort, sondern sagte direkt: „Anna, ich freue mich, dich persönlich am 1. September kennenzulernen, und Ihnen, liebe restliche Familie Prinz, wünsche ich noch einen wunderschönen Tag! Bis dann, ciao ciao ..." Und schon war Frau Watson wieder aus dem Telefon verschwunden.

Frau Prinz stand immer noch vor dem Telefon, als auch ihr Mann wieder zu ihnen stieß. Dieser hatte alles in einiger Entfernung beobachtet und schien noch ganz blass zu sein. Er meinte ganz erschrocken: „So was habe ich noch nie erlebt ... Es ist tatsächlich wahr, ich kann es immer noch nicht fassen. Meine Tochter ist eine Hexe, wie verrückt!"

Er raufte sich dabei fast seine noch vorhandenen kurzen Haare aus, bis er schließlich auf einen Stuhl sank und wieder Anna anstarrte. Annas Mutter hatte sich schließlich auch aus ihrer Schockstarre gelöst, ging zu Anna, umarmte sie und meinte: „Anna, ich bin wirklich stolz auf dich und ich weiß einfach, dass du eine wunderbare Hexe sein musst, wenn du nur ein bisschen etwas von der Schwester deiner Urgroßmutter geerbt hast."

Anna freute sich so sehr darüber, dass ihr Tränen über das Gesicht rannen, als sie schließlich sagte: „Mama und Papa, ich habe euch so lieb und ich bin unendlich glücklich darüber, dass ihr an mich glaubt und ich auf diese Schule gehen kann. Ich werde euch zwar alle schrecklich vermissen ..." Dabei schaute sie vor allem ihre beste Freundin an, die immer noch neben ihr saß, „... aber ich freue mich so sehr darauf."

Man konnte Anna die Freude wirklich ansehen. Sie strahlte über das ganze Gesicht, als sie verkündete, dass dies der beste

Geburtstag ihres Lebens war. Familie Prinz beschloss, dass dies unbedingt gefeiert werden müsse, und wollte natürlich auch, dass Sofia noch zur Feier blieb.

Diese war die ganze Zeit über verdächtig still gewesen und meinte nur: „Ähm, nein, äh, tut mir leid, ich muss jetzt nach Hause gehen."

Anna sah ihre beste Freundin verständnislos an und meinte nur: „Du kannst doch jetzt nicht gehen, Sofia! Können wir uns dann morgen wenigstens gleich treffen, um über alles zu reden?"

Sofia antwortete nicht gleich, meinte jedoch irgendwann leise: „Ja ..., vielleicht, ich muss morgen wahrscheinlich zu meiner Oma, aber ich melde mich bei dir!"

Schon stand sie stürmisch auf und verließ Familie Prinz mit schnellen Schritten.

Anna konnte die Reaktion ihrer Freundin nicht verstehen, hatte jedoch so viel anderes im Kopf, dass sie sich darüber heute keine Gedanken mehr machen wollte. Familie Prinz feierte Annas Aufnahme auf der Schule für Magie schließlich mit viel Pizza und Cola und fiel spätabends todmüde, aber unendlich glücklich, in ihr Bett und schlief sofort ein.

Besuch des magischen Einkaufszentrums

Es waren nun schon einige Tage seit Annas Geburtstag vergangen, doch Sofia hatte sich immer noch nicht wieder bei ihr gemeldet. Die Einkaufstour im MyMagicalPalace stand an und Anna wollte ihre beste Freundin unbedingt dabeihaben. Allerdings war sie sehr beleidigt, dass sich Sofia nicht mehr gemeldet hatte, und sie konnte sich nicht durchringen, den ersten Schritt auf sie zuzugehen.

Als sie ihrer Mutter davon erzählte, meinte diese nur: „Kannst du dir nicht vorstellen, was in Sofia vorgeht? Sie freut sich bestimmt für dich, aber sie weiß auch, dass sie alleine auf die neue Schule im Ort gehen muss, ohne DICH ... Und vor allem weiß sie, dass sie keine Hexe ist. Sie hat bestimmt Angst, dich als beste Freundin zu verlieren, und wahrscheinlich ist sie auch ein klein wenig eifersüchtig auf das Abenteuer, dass du nun an der neuen Schule und auch noch an einem geheimen Ort erleben wirst."

Daran hatte Anna überhaupt nicht gedacht, ihr wurde es ganz heiß bei dem Gedanken, dass ihre beste Freundin sich so fühlen könnte, und sie beschloss, sofort bei ihr zu Hause vorbeizuschauen.

„Mama, ich muss sofort zu Sofia gehen", verkündete sie also, doch ihre Mama nickte ihr nur zu und sagte: „Beeil dich und nimm noch ein bisschen was von dem Kuchen mit, den ich gebacken habe, der hilft bei allen Problemen!"

Anna sauste los und stand keine fünf Minuten später, ganz außer Atem, vor dem Haus von Sofias Familie. Sie klingelte und als Sofias Mutter öffnete, sagte Anna: „Hallo, Frau Frech, ich muss bitte sofort zu Sofia, ist sie da?"

„Ja, sie ist schon da, aber sie meinte, sie will dich momentan nicht sehen ... Was ist denn zwischen euch vorgefallen?"

„Ähm, das kann ich jetzt nicht erklären und es ist mir momentan auch egal, was sie will oder nicht, ich muss jetzt sofort zu ihr!"

Schon rannte sie an Sofias Mutter vorbei und stürmte in ihr Zimmer. Sie riss ihre Tür mit einem solchen Schwung auf, dass Sofia erschrocken von ihrem Stuhl fiel.

„Ohh, sorry, Sofia ... Ich wollte dich nicht erschrecken, aber wir müssen bitte miteinander reden."

Anna half ihr wieder vom Boden auf, doch Sofia schaute alles andere als begeistert, als Anna sich erwartungsvoll vor sie hinsetzte.

„Ich weiß ehrlich gesagt nicht, was du hier willst", meinte Sofia sehr beleidigt.

„Ich schon", sagte Anna, „und ich werde dir jetzt einiges sagen, also hör mir zu!"

Erst schaute Sofia ein wenig komisch angesichts von Annas strengem Tonfall, nickte ihr jedoch zu, was so viel bedeuten sollte wie: „Fang schon an ..."

„Gut", meinte Anna sofort, „Sofia, du bist seit Ewigkeiten meine allerbeste Freundin und das weißt du auch! Ich habe an meinem Geburtstag diese Einladung bekommen, aber ich wusste doch auch nichts davon. Ich habe mir nicht ausgesucht, eine Hexe zu sein, aber ich bin es nun mal. Ich bin mir sicher, es wird mir viele Vorteile bringen, aber bestimmt auch sehr anstrengend sein, und vor allem kann ich es doch niemandem erzählen, der nicht aus meiner Familie stammt, sondern nur noch dir! Meinst du, irgendjemand aus unserer alten Klasse würde mir glauben, oder meinst du, sonst jemand würde mir glauben? Die denken doch eh schon alle, dass ich verrückt bin. Ich brauche dich,, ich brauche meine beste Freundin, mit der ich über alles reden kann. Der ich alles erzählen kann, was so passiert! Wer weiß, ob ich überhaupt Freunde auf der neuen Schule finden kann? Vielleicht sind alle total komisch ... Meinst du nicht, mir macht das auch alles Angst?"

Anna war nun den Tränen nahe, doch Sofia schluchzte bereits in ein Kissen! Sie nuschelte leise: „Anna, es tut mir so leid, ich bin wirklich eine schreckliche Freundin! Ich war sooo egoistisch und sooo eifersüchtig auf dich! Ich hatte einfach das Gefühl, dass du mich nicht mehr sehen willst, weil ich, nun ja ..., eine ..., na ja, keine magischen Kräfte habe."

Sofia schluchzte und weinte noch immer hemmungslos, doch Anna kam zu ihr und umarmte sie ganz fest. Beide lagen sich nun in den Armen, weinten und doch wussten sie in diesem Moment, dass sie sich nie aus den Augen verlieren würden, da sie einander so nah waren, als wären sie Schwestern.

„Sofia, ich werde mich immer bei dir melden und wir werden uns niemals aus den Augen verlieren, genau wie meine Urgroßmutter und ihre Schwester, okay?"

Dicke Tränen kullerten immer noch Sofias Wangen hinunter, doch sie lächelte Anna an und meinte: „Du wirst die beste und coolste Hexe auf der ganzen Schule sein, da bin ich mir ganz sicher!" Wieder glücklich vereint, schmiedeten die zwei Mädchen endlich Pläne für ihren ersten Besuch in der Zauberwelt!

Gleich am nächsten Tag sollte der Einkaufstrip nach München starten. Alle waren sehr nervös, sogar Annas Eltern, die unbedingt beide mitkommen wollten. Annas Papa hasste Shopping eigentlich über alles und so wusste Anna, dass es ihm doch sehr viel bedeuten musste, sie in ein mehr oder weniger neues Leben zu begleiten.

Endlich waren sie im Alten Hof in München angekommen. Zunächst war Anna extrem enttäuscht, sie dachte schon, es wäre alles doch nur ein schlechter Scherz gewesen, da sie aus der Ferne unter dem Affenturm nichts als eine leere Wand sehen konnten. Als sie jedoch näher kamen, schien wie aus dem Nichts ein sehr alt wirkender Teeladen vor ihr aufzutauchen. Die anderen konnten natürlich nichts sehen und waren erschrocken, als Anna sie aufforderte, ihr durch die von wundersamen Mustern übersäte, für ihre Eltern und Sofia allerdings unsichtbare, Tür zu folgen.

Als sie Anna unsicher hinterher gingen, schloss ihre Mutter sogar die Augen, weil sie auch nach Annas offensichtlichem Verschwinden im Gemäuer dachte, sie würde einfach gegen dieses krachen. Da sie jedoch nichts spürte, riskierte sie es, ihre Augen wieder zu öffnen, und stand auf einmal zusammen mit den anderen in einem sehr kitschig eingerichteten kleinen Teeladen. Begeistert schauten sich alle um und die Dame hinter der Theke, die selbst ein wenig wie eine kleine bauchige Teekanne aussah, erkannte sofort, dass dies der erste Besuch der Familie in der Zauberwelt sein musste.

„Willkommen ihr Lieben, ich bin Frau Blütenwasser. Ich begrüße euch herzlich in meinem kleinen, bescheidenen Laden. Ihr seid zum ersten Mal hier, nicht wahr?"

Anna antwortete der lieben Frau, die nur ein bisschen größer als sie selbst war, dass sie auf der Felsenschlossschule aufgenommen worden war, aber niemand sonst in der Familie eine Hexe oder ein Zauberer war.

„Oh, das ist ja wunderbar! Dann geht nur das Einkaufszentrum erkunden und kommt auf dem Rückweg doch zu einer stärkenden Tasse Tee vorbei. Hier geht's lang, ihr Lieben."

Sie wies ihnen den Weg durch einen schmalen Gang zur Hintertür und alle verabschiedeten sich von der netten Frau.

„Wir sehen uns später", rief Anna ihr nach, bevor sie den ersten Schritt in eine vollkommen fremde Welt machte.

Die vier staunten nicht schlecht, als sie das sogenannte MyMagicalPalace betraten. Alles erstrahlte in einem hellen, fast schon weißen Ton, als wären alle Läden aus Marmor gefertigt. Überall glitzerte und funkelte es und niemand wusste, wo er zuerst hinsehen sollte. Sofia und Anna waren entzückt von den tollen Eindrücken und als sie auch noch winzige Feen an sich vorbeifliegen sahen, war es vollends um sie geschehen. So einen wundersamen Ort hatte noch keiner von ihnen jemals zuvor gesehen.

Annas Mutter, der die Begeisterung auch ins Gesicht geschrieben stand, sagte: „So schön es auch ist, wir haben einiges zu erledigen. Zuerst würde ich sagen, versuchen wir die Schuluniform für Anna zu finden, oder?"

Sie gingen die wunderschöne Straße entlang und betraten schließlich den ersten Laden, der im Schaufenster Werbung für Schuluniformen machte und zunächst doch recht klein wirkte. Annas Vater wollte eigentlich schon draußen warten, doch als Anna die Tür öffnete, staunten alle nicht schlecht. Sie sahen ein riesiges Kaufhaus vor sich.

Sofort kam eine Verkäuferin auf sie zugeeilt, die fragte, ob sie ihnen behilflich sein könne. Sie hatte feuerrotes, kurz abstehendes Haar, einen glitzernden silbernen Umhang an und sah insgesamt sehr lustig aus.

Anna sagte sofort: „Wir suchen nach einer Schuluniform für die Felsenschlossschule für Magie, für mich."

„Da bist du bei uns genau richtig", sagte die Verkäuferin und strahlte die vier an. „Wollt ihr mir bitte folgen?"

Sie gingen der Verkäuferin durch das riesige Geschäft hinterher, das anscheinend nicht nur Kleidung, sondern alle möglichen Zaubergegenstände und Dinge, die Anna noch nie zuvor gesehen hatte, verkaufte. Da gab es beispielsweise Kuscheltiere, die sich bewegten, als wären sie echt, Schreibutensilien, die von selbst einen Brief schrieben, fliegende weiße, kleine Gegenstände, verschiedene Zauberhüte in allen Farben und vieles mehr.

Als sie schließlich am hinteren Ende des Ladens angekommen waren, sah Anna die Abteilung mit den Uniformen. Die ganze Rückwand schien nur aus den königsblauen Gewändern zu bestehen.

Die Verkäuferin suchte Anna einige Sachen zusammen, die sie gleich anprobieren sollte. Als sie wieder aus der Ankleide kam, wirkten alle ganz überrascht.

„Was ist denn mit euch los?", fragte Anna, doch als sie in den Spiegel sah, wusste sie, was die anderen meinten. Der kurz vor dem Knie endende, blaue, ein bisschen ausgestellte Rock, die schöne weiße Bluse mit dem eingefassten blauen Band am Kragen und der ein bisschen länger geschnittene, aber trotzdem taillierte blaue Blazer sahen einfach hinreißend an ihr aus. Sie drehte sich vor dem Spiegel und fühlte sich auf einmal richtig schön und schon sehr erwachsen mit ihren neuen Gewändern.

Sofia ging zu ihr und flüsterte ihr ins Ohr: „Du bist so wunderschön, wahrscheinlich wirst du alle Jungs auf der Schule verrückt machen."

Die beiden Mädchen kicherten und hörten erst damit auf, als die Verkäuferin die Passform der Schuluniform an Anna überprüfen wollte.

„So ..., das sieht doch schon mal sehr gut aus", meinte sie. „Es fehlt nur noch eine Kleinigkeit. Die Mädchen an der Schule tragen alle ein Haarband mit kleinen, funkelnden Steinen drauf. Das hole ich dir noch schnell."

Als Anna die komplette Schuluniform beisammenhatte, ließ die Verkäuferin alles an die Kasse schweben.

„Kann ich sonst noch etwas für euch tun?", fragte sie nun.

„Na ja, wir brauchen auch noch alles andere auf meiner Liste, kann man das auch hier kaufen?", fragte Anna.

„Ja natürlich, wir haben so gut wie alles in unserem Sortiment, was die Schüler der Felsenschlossschule für das Schuljahr benötigen, nur für den Zauberstab musst du in einen anderen Laden gehen. Der ist dann gleich gegenüber und ihr könnt ihn eigentlich nicht verfehlen. Zeig mir doch mal deine restliche Liste, Schätzchen."

Anna holte den Brief aus ihrer Tasche und zeigte ihn der Verkäuferin.

„Also, lass mal sehen",murmelte diese. Zunächst kümmern wir uns um deine Bücher.

Du brauchst:
- **Zaubersprüche und weitere Hexereien I** *von Lara Lavie*
- **Zaubereigeschichte – eine Ära beginnt** *von Karla Klever*
- **Mythen und Legenden von Felsenschloss** *von Fredy Fuchs*
- **Praktische Anwendung von Zaubereien** *von Karlo Kühn*
- **Pflanzen und magische Tiere I** *von Lila Lang*
- **Zaubertränke für Anfänger** *von Sepp Schwarz*
- **Zauber der Musik** *von Hugo Passion*

„Ah ja, da haben wir sie ja alle", sagte sie, als sie Anna alle Bücher in die Hand gedrückt hatte.

Anna konnte die Bücher kaum halten, da sie so schwer waren, und war heilfroh, als sie wieder aus ihren Händen an die Kasse flogen.

„Gut, dann brauchst du nur noch den Felsenschloss-Kalender, der ist gleich hier, ach ja, und natürlich ein paar Schreibutensilien."

Anna bedankte sich herzlich bei der netten Verkäuferin und sagte schließlich fröhlich: „Ich glaube, jetzt haben wir alles", als die Liste endlich abgearbeitet war und sie gemeinsam an die Kasse gingen.

Bepackt mit einigen riesigen Tüten, die interessanterweise nicht schwer waren, obwohl sie gerade gefühlt hundert Bücher gekauft hatten, verließen sie das Kaufhaus, um als letztes den Zauberstab für Anna auszusuchen.

Tatsächlich befand sich genau auf der gegenüberliegenden Seite ein kleiner, von außen sehr vollgestopft wirkender Laden, der damit warb, die besten Zauberstäbe weit und breit zu verkaufen.

Die vier betraten den Laden, der von innen sogar noch chaotischer wirkte als von außen. Überall auf dem Boden verteilt stapelten sich kleine Schachteln, die zu hohen Türmen aufgebaut waren. Egal wo man hintrat, man musste sich sehr vorsehen, nicht alles umzuschmeißen.

Da Annas Eltern wenig Lust hatten, den Laden aus Versehen zu demolieren, gaben sie den Mädchen Geld und beschlossen, vor der Tür zu warten.

Die Mädchen kämpften sich bis an die Theke vor, ohne einen einzigen Turm umgestoßen zu haben, und standen nun vor einem sehr dicken und anscheinend schon sehr alten Mann. Beide fragten sich gerade, wie sich dieser Mann in all dem Chaos bewegen konnte, als er auch schon wahnsinnig flink durch den Laden wuselte. Er kam an den Tresen und sagte an Anna gewandt: „Du brauchst einen Zauberstab, habe ich recht?"

Anna nickte nur. Einige Kartons hatten sich in der Zwischenzeit wie durch Zauberhand auf dem Tisch vor ihnen gestapelt und Anna wartete gespannt drauf, was dies nun zu bedeuten hatte.

„Als du durch diese Tür gekommen bist ...", fing der Verkäufer an zu reden ..., „haben diese Kartons, die nun vor dir liegen, gleich zu leuchten begonnen und wurden magisch aktiviert. Dies ist ein Zeichen dafür, dass einer dieser Zauberstäbe perfekt zu dir passen wird.".

Anna schaute verwirrt zu dem Mann, denn sie hatte nicht ganz verstanden, was er damit andeuten wollte.

Dieser bemerkte ihre Unsicherheit und erklärte weiter: „Du hast mit deiner Magie unbewusst, diese Kartons zum Leuchten gebracht und auf den Tresen gezaubert. Du wirst dir bestimmt einen davon aussuchen. Wollen wir sie uns also gemeinsam näher ansehen?"

Wieder konnte Anna nur nicken und der Verkäufer begann die Schachteln vor ihr zu öffnen. Er bat Anna, nun die Augen zu schließen und an einen sehr glücklichen Moment zu denken. Anna, die sofort an den Moment denken musste, an dem sie erfuhr, dass sie eine Hexe war, durchströmte sofort wieder dieses wohlig warme Gefühl, das sie schon einmal gespürt hatte.

„Ich möchte nun, dass du mit dem Gefühl, dass du gerade hast, jeden Zauberstab in die Hand nimmst und dabei auf dein Inneres hörst. Du wirst wissen, welcher Zauberstab der richtige für dich ist und uns dies bestimmt auch gleich beweisen können."

Anna hatte immer noch die Augen geschlossen, als sie einen Zauberstab nach dem anderen in die Hand nahm. Sie war sich beim Zweiten sofort sicher. Dies war ihr Zauberstab. Sie wusste nicht genau was sie nun zu tun hatte, doch als Sofia neben ihr auf einmal scharf die Luft einzog, wusste sie, dass sie irgendwas gezaubert haben musste und öffnete sofort wieder ihre Augen. Der Zauberstab in ihrer Hand hatte zu glühen begonnen und sprühte nun wunderschöne glitzernde Funken.

Der Verkäufer freute sich sehr und verkündete: „Dies ist dein Zauberstab, meine Liebe, du hast ihn gefunden. Benutze ihn immer mit Bedacht und pass gut darauf auf."

Anna, die immer noch ganz begeistert war, versicherte dem Verkäufer, ihr Bestes zu geben, und bezahlte den Zauberstab mit dem Geld ihrer Eltern.

Aufgeregt verließen die Mädchen den Laden und berichteten Annas Eltern, was geschehen war. Ehrfürchtig betrachteten alle Annas neuen Zauberstab, bis sie beschlossen, ihren Shoppingtag wie versprochen mit einer Tasse Tee bei Frau Blütenwasser abzuschließen.

Als sie am Abend, nachdem sie Sofia nach Hause gebracht hatten, selbst zu Hause ankamen, waren alle sehr erschöpft von der langen Einkaufstour.

Anna brachte stolz ihre neuen „Schätze" in ihr Zimmer, blätterte noch in den Schulbüchern und war bald so müde, dass sie noch voll angezogen auf ihrem Bett einschlief.

In dieser Nacht träumte sie von glitzernden Feen, leuchtenden Zauberstäben und einer makellosen weißen Einkaufsstraße.

Reise ins Unbekannte

Einige Wochen nach der Einkaufstour im magischen Einkaufszentrum wachte Anna eines Morgens sehr früh auf. Endlich war
es so weit, schon morgen würde sie auf die neue Schule der Magie gehen. Anna war schon seit Tagen nervös, doch heute war es
besonders schlimm. Sie wusste nicht, wie sie diesen einen Tag
noch überleben sollte, ohne vor Aufregung zu sterben.

Außerdem musste sie sich heute für einige Zeit von ihrer
besten Freundin verabschieden, da diese am nächsten Tag auch
schon auf ihre neue Schule gehen würde. Die Mädchen wollten
sich daher am Nachmittag noch ein letztes Mal treffen.

Sofia schien genauso aufgeregt zu sein wie Anna, als sie sich
schließlich in die Arme fielen. Die beiden verbrachten den ganzen Nachmittag damit, über die neuen Schulen zu sprechen. Sie
spekulierten wild darüber, welche Fächer Anna haben könnte
und ob es womöglich sogar in einigen Situationen gefährlich
werden würde. Die Schulbücher wiesen doch an der einen oder
anderen Stelle auf sehr komische Zaubersprüche oder Tränke hin,
deren Auswirkungen sich Anna und Sofia gar nicht vorstellen
wollten. Auch der Weg durch den Felsen und der danach noch
unbekannte Weg hin zur Schule ließen den beiden viel Platz für
die wildesten Spekulationen.

So meinte Sofia schließlich: „Vielleicht musst du ja schon
was können! Zum Beispiel schon irgendwas zaubern oder so,
um überhaupt zur Schule zu kommen!?"

Dieser Gedanke gefiel Anna überhaupt nicht. „Ich kann doch
noch gar nicht richtig zaubern, ich hoffe nicht, dass ich so etwas tun muss. Sonst kann ich gleich wieder nach Hause fahren",
meinte sie sehr besorgt.

Sofia versuchte Anna wieder zu beruhigen, indem sie meinte:
„Nein, du hast recht, das kann ich mir eigentlich doch nicht vorstellen … Du bist bestimmt nicht die einzige Schülerin aus einer

nicht magischen Familie! Ich wollte dich nicht beunruhigen, Anna, mach dir bitte keine Sorgen, das wird schon alles gutgehen."

Anna blickte immer noch etwas besorgt aus dem Fenster, antwortete dann jedoch: „Frau Watson hätte doch bestimmt erwähnt, wenn ich wirklich etwas zaubern müsste, damit ich noch hätte üben können. Ich glaube, du hast recht, Sofia, ich sollte mir keine Sorgen mehr machen. Aber ich bin trotzdem schrecklich aufgeregt."

Als es schließlich an der Zeit war, sich zu verabschieden, umarmten sich die beiden und hatten Tränen in den Augen, als sie sich versprachen, sich so bald wie möglich bei der jeweils anderen zu melden und alles zu berichten, was bis dahin geschehen war.

Als Anna das Haus verließ, drehte sie sich noch mal zu Sofia um, winkte ihr zum Abschied und ging schließlich nach Hause. Ein komisches Gefühl beschlich Anna, als sie den kurzen Weg zwischen den beiden Häusern zurücklegte, und sie wusste noch nicht recht, ob es positiv oder negativ war, jedoch war ihr bewusst, dass es den Beginn eines neuen Kapitels einläutete.

Der neue Tag brach schließlich an, doch Anna hatte kaum geschlafen. Zu sehr waren ihre Gedanken um die bevorstehende Reise und natürlich auch um die neue Schule gekreist. Sie hatte sogar noch einmal in das Schulbuch mit den Zaubersprüchen geschaut, doch sie konnte sich rein gar nichts merken und wäre niemals in der Lage dazu, auch nur den einfachsten Zauber daraus auszuführen.

Sofia hatte ihr mit diesem Gedanken richtig Angst eingejagt und so hoffte Anna inständig, dass es keine Zauberprüfung geben würde, um zur Schule zu gelangen.

Ganz blass stand sie vor dem Auto ihrer Eltern, als ihr Gepäck endlich verstaut war und sie bereit waren aufzubrechen.

„Hast du auch wirklich an alles gedacht, Anna?", fragte ihre Mutter.

„Ich weiß nicht, ob wir dir irgendwas zusenden können, wenn du doch etwas vergessen hast! Der Ort der Schule ist ja geheim, da werden wir kaum ein Päckchen mit der Post senden können", meinte sie zweifelnd.

„Mama, ich habe alles eingepackt und du hast doch auch noch alles mit mir überprüft."

„Ja, stimmt schon, ich wollte einfach nur noch mal auf Nummer sicher gehen, mein Schatz."

„Gut ..., dann können wir ja jetzt losfahren", sagte Annas Papa schließlich. „Nicht, dass du noch zu spät kommst."

Die Fahrt ging los und Anna verabschiedete sich still von ihrer Heimat und auch von Sofia, die sie erst in ein paar Monaten wiedersehen würde. Nach einer halben Stunde Fahrt sahen sie den von Frau Watson beschriebenen Parkplatz an der Felswand vor sich. Sie stellten das Auto ab und holten Annas Gepäck daraus hervor.

Diese war sehr froh, dass ihre Eltern sie noch ein Stück begleiten durften, denn sie hätte niemals alles alleine durch die Felswand schleppen können.

Ihre Aufregung stieg noch einmal beträchtlich an, als sie sich der Felswand näherten. Auf einmal sah sie das Zeichen an der Wand erscheinen, das den Eingang zur Talstation markieren sollte. Es handelte sich um ein glitzerndes Symbol, das Anna so noch nie zuvor gesehen hatte.

Sie stellte sich genau an dieser Stelle vor die Felswand und schon kam ein gläserner Aufzug wie aus dem nichts auf sie zu gefahren. Anna sah kurz zu ihren Eltern, die ihr nur zunickten und bestieg das durchsichtige Gefährt. Ihre Eltern folgten ihr und kurz darauf schossen sie in einem rasend schnellen Tempo nach oben und dann direkt durch die Felswand. Kurz hatte sie das schreckliche Gefühl, als wären sie gegen den Felsen gekracht, doch schon standen sie in einer riesigen, wiederum ganz weißen Halle. Die Türen des Aufzugs glitten auf und Anna und ihre Eltern betraten diesen eindrucksvollen Ort.

Hier wimmelte es nur so von Leuten. Es schien, als wären schon viele andere Schüler mit ihren Eltern durch diesen komischen Zugang gelangt und gingen alle in Richtung eines großen Hauses davon.

„Wow, das ist wirklich beeindruckend", flüsterte Annas Mutter den beiden anderen zu. Sie traute sich gar nicht lauter zu sprechen, obwohl in der Halle ein lautes Gewirr der verschiedensten Stimmen zu hören war.

„Sollen wir auch einmal zu dem großen Haus gehen? Ich denke, das könnte die Talstation sein, oder was meint ihr?", flüsterte Annas Mutter weiter.

So gingen sie mit der Menschenmasse auf das große Haus zu. Als sie näher waren, erkannte Anna das Symbol, das auf der Felswand erschienen war, auf dem Gebäude wieder, das sie, nun in genauerer Betrachtung, ein wenig an eine riesige, glitzernde Schneeflocke erinnerte. Darunter stand in großen, verschnörkelten Lettern geschrieben:

Talstation der Felsenschlossschule für Magie

„Wir sind hier richtig", rief Anna ihren Eltern zu, als sie schon durch die Eingangstür entschwunden war. Tatsächlich erwartete sie dahinter eine Seilbahn, wie sie Anna vom Skifahren her kannte, nur tausendmal schöner, da die Kabinen in allen Farben funkelten und glitzerten.

Herr Prinz hatte gerade entdeckt, dass die Gepäckabgabe im hinteren Bereich des Gebäudes war und drängte Anna und ihre Mutter in diese Richtung. Als sie alles abgegeben hatten, ertönte eine laute Stimme, die den Beginn der Seilbahnfahrten verkündete.

Anna war immer noch sehr aufgeregt und wollte sofort in Richtung des Eingangs der Bahn verschwinden, aber ihre Eltern hielten sie noch kurz zurück.

„Anna, wir werden dich jetzt hier alleine lassen. Du weißt ja, wo du hinmusst, und wir wollen nicht den ganzen anderen Schülern im Weg sein. Mach's gut, pass gut auf dich auf und melde dich, wenn es irgendwie geht. Wir werden dich vermissen", sagte Annas Mutter und umarmte ihre Tochter ein letztes Mal.

„Ich werde euch auch vermissen", meinte Anna und winkte ihren Eltern zum Abschied zu.

Anna atmete nun einmal tief durch, bevor sie sich auf den Weg zur Seilbahn machte. Sie stellte sich in einer langen Schlange an und als sie noch darüber nachdachte, wie lange sie wohl fahren würden, war sie auch schon als nächstes an der Reihe.

„Das ging aber schnell", dachte sie sich. „Die Kabinen sind doch so klein, da passen doch höchstens vier Leute rein."

Doch als sie eine der Gondeln betrat, war sie extrem erstaunt. Die Kabine war wie die Lobby eines sehr hübschen Hotels eingerichtet, in dem Anna einmal mit ihren Eltern gewesen war. Es gab überall kleine Sessel, die in Vierer- oder Sechsergruppen zusammenstanden und es passten locker fünfzig Schüler hinein.

„Deshalb ging es so schnell", dachte Anna und suchte sich einen freien Platz in einem Sessel am Fenster aus. Zu ihr setzten sich noch drei Kinder, die nicht viel älter als sie selbst aussahen und auch sehr nervös wirkten.

Anna fasste all ihren Mut zusammen und fragte die anderen Kinder, wie sie hießen.

Das Mädchen, das ihr gegenüber Platz genommen hatte, hatte kastanienbraune, lange Haare sowie ein sehr nettes Lächeln und stellte sich als Karolina Singer vor.

„Meine Freunde nennen mich aber Karo", schob sie noch hinterher und wurde ein bisschen rot im Gesicht.

Sie war Anna sofort sehr sympathisch. Das konnte man von dem Jungen neben Karolina mit kurz geschnittenen, rötlichen Haaren nicht gerade behaupten, der sie nur böse anstarrte und seinen Namen in einer Art aussprach, die an Hundebellen erinnerte.

„Ich bin Tom."

Als nicht mehr von ihm kam, sahen sich Anna und Karolina an und verdrehten beide die Augen. Sie kicherten und wandten sich dem Jungen neben Anna zu.

Er hatte einen wuscheligen, dunkelbraunen Lockenkopf, schöne strahlend-blaue Augen und lächelte Anna und Karolina freundlich zu, als er sich als Karl Musi vorstellte.

„Der sieht gut aus", dachte Anna sofort und wurde bei dem Gedanken daran auch ein bisschen rot im Gesicht.

Nun war sie an der Reihe und stellte sich den anderen vor.

„Hallo, also, ich bin Anna Prinz und es freut mich, euch alle kennenzulernen. Seid ihr auch neu auf der Schule oder geht ihr schon in eine höhere Klasse?", fragte sie in die Runde.

Alle bestätigten, dass sie auch zum ersten Mal in den Kabinen saßen und zur Schule fuhren.

„Meint ihr, wir fahren lange mit diesen Gondeln?", fragte Karl. „Ich kann es nämlich gar nicht mehr erwarten, die Schule endlich zu sehen. Meine Brüder meinten, dass sie wunderschön sein soll."

„Oh, ich weiß es nicht", sagte Anna. „Sind deine Brüder auch auf der Schule, oder warum wissen die das?"

„Ja", meinte Karl, „mein ältester Bruder ist in der Abschlussklasse und mein anderer Bruder kommt jetzt in die dritte Klasse. Sie haben mich übrigens auch schon geärgert und gemeint, ich kann den Test in der Schule so und so nicht bestehen und könnte gleich zu Hause bleiben."

„Was für ein Test?", fragten Anna und Karolina wie im Chor, doch Tom schnaubte nur verächtlich und meinte gereizt: „Lasst euch doch nicht veräppeln. Ich habe keine Lust mehr auf euren Kindergarten, ich suche mir einen Platz bei cooleren Leuten", stand auf und verließ die Gruppe.

„Netter Typ", meinte Anna nur und schüttelte den Kopf.

Da mussten alle drei lachen und zogen gemeinsam noch ein wenig über den komischen Jungen her.

Anna, die nun zum ersten Mal aus dem Fenster schaute, war begeistert von dem, was sie sah. Sie schwebten gerade über einem wunderschönen Wasserfall, der so tief zu sein schien, dass kein Ende zu sehen war. Auch schien die Seilbahn keine Stützen zu benötigen, sondern schwebte einfach an einem geraden Seil dahin.

„Es ist so schön da draußen", staunte nun auch Karolina.

Alle drei sahen eine Weile aus dem Fenster und beobachteten die verschiedenen Felsen, die vor ihnen auftauchten. Sie sahen einen kleinen See, der mitten in einem Felsen hinter einem Wasserfall glitzerte und einige kleine Wesen, die Anna noch nie zuvor gesehen hatte.

„Was sind das für Wesen?", fragte sie schließlich die anderen.

„Das sind Gamsis, die leben in den Felsen und sehen so niedlich aus", antwortete Karolina. „Kennst du die gar nicht?"

Anna schüttelte den Kopf.

„Du stammst wohl nicht aus einer Zaubererfamilie, oder?", fragte Karl sie.

„Nein, das stimmt, aber woher weißt du das?"

„Ach, ich habe es mir nur gedacht", antwortete er. „Jedes kleine Kind in einer Zaubererfamilie hat bestimmt schon von Gamsis gehört, weil sie in vielen Kindergeschichten auftauchen."

„Oh", sagte Anna, „ich hoffe, ich kann das alles noch lernen, was ihr eh schon wisst."

„Keine Sorge", meinte nun Karolina, „meine Mama ist auch keine Hexe und Papa konnte ihr und mir auch alles ganz schnell zeigen und beibringen. Das lernst du also auch ganz bald, da bin ich mir sicher!"

„Gibt es gar keinen in deiner Familie, der magische Kräfte hat?", wollte nun Karl von Anna wissen.

„Meine Mutter hat von der Schwester meiner Urgroßmutter erzählt, die angeblich eine Hexe gewesen sein soll, aber sicher wissen wir das nicht. Nach ihr scheint jedoch keiner mehr außer mir magische Fähigkeiten entwickelt zu haben."

„Das ist wirklich sehr spannend", meinte er nun. „In meiner Familie sind alle, die ich kenne, Hexen oder Zauberer."

„Oh, wirklich?", erwiderte Anna. „Das ist ja aufregend. Ich wünschte, es wäre bei mir genauso", sagte sie und machte ein trauriges Gesicht.

„Weißt du, ich finde es nicht schlimm, wenn jemand aus einer nicht magischen Familie stammt. Das sagt doch gar nichts aus", meinte Karl schließlich.

Karolina antwortete: „Ich sehe das genauso wie er, nur leider gibt es viele Familien, die Hexen und Zauberer aus diesen Familien nicht als ebenbürtig ansehen."

Karls Blick verfinsterte sich daraufhin und er meinte: „Leider gibt es in meiner Familie einige Mitglieder, die das genauso sehen, aber meine Eltern, meine Geschwister und auch ich natürlich nicht."

Er sah Annas erschrockenen Blick.

„Ach, komm schon, diejenigen, die das so sehen, sind doch nicht wichtig."

„Außerdem", fügte Karolina hinzu, „sind sie meistens nicht die Hellsten, meint mein Papa zumindest immer", und lachte dabei herzlich.

„Da hat er recht, so was in der Art sagt meine Mutter auch immer", meinte Karl. „Obwohl ich denke, dass das hauptsächlich an ihrer Tante liegt. Bei der trifft das alles, was ich eben gesagt habe, definitiv zu."

Anna war zutiefst beunruhigt, dass sie vielleicht auch noch als Außenseiterin oder gar nicht als richtige Hexe angesehen werden könnte, nur weil ihre Eltern keine Zauberer waren. Allerdings waren Karolina und Karl wirklich nett und ihnen schien diese Tatsache gar nichts auszumachen.

Sie wurde aus ihren Gedanken gerissen, als Karolina meinte: „Wir fahren jetzt schon zwei Stunden mit dieser Seilbahn. Wie weit kann es denn noch sein?"

„Ich denke, wir müssten bald da sein", erwiderte Karl, als er aus dem Fenster sah. „Ich kann da oben am Ende des Felsens einen großen Lichtfleck sehen."

„Ohhh ja, ich kann es auch sehen", meinte Anna aufgeregt.

Sie kniete sich auf ihren Sitzplatz, um besser nach draußen sehen zu können. Anscheinend hatten auch die anderen Schüler bemerkt, dass die Reise bald zu Ende gehen würde, denn alle fingen an aufzustehen und starrten ebenfalls aus den Fenstern.

Als Anna Felsenschloss zum ersten Mal sehen konnte, wusste sie, warum alle Schüler aus dem Fenster sahen, denn es war einfach atemberaubend schön. Es schien mitten in einen riesigen Felsen gemeißelt worden zu sein, der von dem Glanz des Schlosses beleuchtet zu werden schien. Das Schloss glitzerte genauso wie zuvor das Zeichen auf der Seilbahn auf die schönste Art und Weise, die Anna je gesehen hatte. Mal schien es weiß zu sein, dann glitzerte etwas eher Rosafarbiges dazwischen und dann funkelte es von der anderen Seite in einem leichten Blau.

„Wow", entfuhr es ihr und Karolina gleichzeitig.

Karolina flüsterte ganz erhaben: „Es ist so schön", und starrte wieder nach draußen.

Rings um das Schloss schienen Quellen aus dem Berg zu sprießen, doch Anna konnte sie nicht mehr richtig erkennen, da es schon sehr dunkel geworden war. Was sie jedoch sehen konnte, war der schönste Sternenhimmel, der sich über ihnen ausbreitete, als sie endlich in die Nacht hinausfuhren. Nicht einmal in den Bergen bei Anna zu Hause hatte sie so einen Sternenhimmel gesehen. Man hatte das Gefühl, die Sterne berühren zu können, so nah erschienen sie einem.

Sie wusste nicht mehr, wo sie hinsehen sollte, da alles so schön war, und bemerkte zunächst gar nicht, dass sie kurz vor der Endstation waren.

Erst als Karl meinte: „Kommt, wir gehen auch zur Tür, wir sind sonst die Letzten", bemerkte Anna, dass sie schon fast bei einer Art Bergstation waren.

Die Türen öffneten sich und die Schüler gelangten in einen Tunnel, der sehr hell erleuchtet war. Am Ende dieses Tunnels sah Anna Frau Watson stehen, die alle Erstklässler zu sich rief. Anna reihte sich mit Karl, Karolina und auch Tom in die Traube von Kindern vor Frau Watson ein und wartete, bis diese zu sprechen begann.

„Willkommen an der Felsenschlossschule für Magie. Ich bin Frau Watson und werde Ihnen nun erklären, wie der erste Abend hier ablaufen wird. Zunächst werden Sie einzeln in einen Raum geführt, in dem der alle einer kleinen, sagen wir mal, Prüfung unterzieht."

Bei diesen Worten bemerkte Anna, wie wild unter den Schülern getuschelt wurde, und auch Karolina und Anna sahen sich entsetzt an.

„Ruhe jetzt", sagte Frau Watson und sofort wurde es wieder still.

„Danach können Sie sich zu den Mitschülern in unsere Aula setzen. Dort wird es Abendessen geben, bevor Sie dann zusammen mit den anderen Schülern in Ihre neuen Wohnbereiche gehen. Welche dies sein werden, erfahren Sie noch", sagte sie laut, als schon wieder einige Schüler zu flüstern begannen.

„Gut, dann starten wir doch gleich mit der ersten Person."

Sie zeigte auf das Mädchen direkt vor ihr und meinte: „Kommen Sie bitte mit."

Das Mädchen schaute sehr verängstigt zu den anderen zurück, doch Frau Watson schob sie voran. Immer mehr Schüler wurden in den Raum gebeten und schon stand Anna ganz vorne in der Reihe. Karolina flüsterte ihr noch viel Glück zu, als Frau Watson sie auch schon in den Raum bat.

Anna ging vorsichtig hinein und sah auf einem Tisch in der Mitte des Raumes drei Gegenstände liegen.

„Hören Sie mir nun genau zu", meinte Frau Watson. „Welches ist das größte Glück auf Erden für Sie? Wählen Sie mit Bedacht!"

Anna ging zu den Gegenständen und sah dort ein Buch mit der Aufschrift „Zaubern ist das Größte", zudem lagen dort ein Handspiegel und ein Bilderrahmen, in dem geschrieben stand: „Meine Familie und Freunde".

Anna nahm sofort den Bilderrahmen in die Hand und dachte an ihre Eltern und natürlich auch an Sofia. Für nichts würde sie diese Menschen hergeben und nichts konnte ihr mehr Glück bereiten.

Frau Watson meinte nur: „Gute Entscheidung", und überreichte Anna ein Abzeichen in Form eines roten, etwas deformierten Herzens.

„Sie dürfen jetzt zu den anderen in die Aula gehen."

Als Anna die Aula betrat, staunte sie nicht schlecht über die große Anzahl der Schüler, die sie ansahen. Die erste Reihe schien für die Erstklässler reserviert zu sein und so setzte sie sich auf den freien Stuhl neben ein Mädchen, das ein anderes Abzeichen in ihren Händen hielt. Ein eisblauer Kristall war darauf zu sehen.

Anna starrte noch darauf, als sich auch schon Karolina neben sie setzte. Sie hatte das gleiche Abzeichen wie Anna in der

Hand. Die beiden grinsten sich an und warteten auf Karl, der gerade zur Tür hereinkam. Er hielt auch das rote Abzeichen in die Höhe, als ob er genau gewusst hätte, dass die Mädchen dies auswählen würden.

Tatsächlich flüsterte er ihnen zu, dass er nur die Familie ausgewählt hatte, weil er gehofft hatte, dass sie dies auch tun würden.

„Meine Eltern wollten unbedingt, dass ich das Zauberbuch auswähle." Er zuckte mit den Schultern und wollte anscheinend nicht mehr dazu sagen.

Anna wollte gerade fragen warum, als sich eine Frau vor ihnen erhob und zu sprechen begann.

„Guten Abend. Ich freue mich sehr, Sie alle wiederzusehen, und natürlich auch über die vielen neuen Gesichter. Herzlich willkommen auf der Felsenschlossschule für Magie. Mein Name ist Manuela Stone und ich bin Direktorin dieser wunderbaren Institution. Ich hoffe, Sie werden wieder ein sehr lehrreiches Schuljahr vor sich haben und wundervolle Stunden in diesen alten Gemäuern verbringen. Ich bitte Sie alle darum, sich an sämtliche Regeln zu halten, um ein gutes Miteinander zu garantieren. Nun wünsche ich Ihnen allen noch einen schönen ersten Abend und einen guten Appetit."

Sie schnipste einmal mit ihren Fingern und schon saßen alle Schüler an vielen großen Tischen, die sich in der Halle verteilt hatten. Anna wollte gerade fragen, wie sie das gemacht hatte, als auch schon das Essen vor ihnen stand. Sie hatte gar nicht bemerkt, wie hungrig sie war, doch es ging anscheinend nicht nur ihr so, denn jeder griff beherzt zu den Leckereien. Es schien, als wären alle Lieblingsspeisen von Anna direkt vor ihr aufgetaucht.

Sie war begeistert, als sie bemerkte, dass anscheinend jeder Schüler andere Speisen vor sich hatte.

„Bekommt jeder das Essen, das er am liebsten mag?", fragte sie Karolina und Karl.

„Jahh, meine Brüder haben davon erzählt ..., anscheinend weiß der Tisch, auf was du gerade Lust hast, und stellt nur das vor dich hin."

„Wow, wie cool", sagte Karolina und griff sich noch ein kleines Törtchen als Nachspeise, das soeben vor ihr erschienen war.

Anna hatte nach dem reichlichen Hauptgang auch noch ein großes Eis gegessen und war danach so voll gefressen, dass sie keinen Bissen mehr hinunterbrachte, und das Essen schließlich so schnell verschwand wie es aufgetaucht war.

„Wahnsinn, ich finde Magie toll", murmelte sie mehr sich selbst als den anderen zu.

Als schließlich alles Essen wie von Zauberhand verschwunden war, beendete die Direktorin das Festessen und schickte die Schüler in ihre Wohnbereiche.

„Ach, das hätte ich fast vergessen", sagte sie noch. „Die Wohn-Ältesten stellen sich bitte jeweils an die Ausgänge und führen ihre neuen Mitbewohner zu ihren Zimmern."

Die drei erhoben sich und gingen mit circa zehn weiteren Kindern zu einem Mädchen am Eingang mit dem gleichen Abzeichen.

Sie strahlte die Neuen an und sagte: „Hallo, ich heiße Kati, wollt ihr mit mir zu eurem neuen Zuhause kommen?"

Als alle genickt hatten, ging sie den Erstklässlern voran. Nach einiger Zeit, Anna hatte sich den Weg definitiv nicht gemerkt, kamen sie an einer von wunderschönen, exotisch wirkenden Blumen und Pflanzen gesäumten Tür zum Stehen.

„Diese Tür könnt ihr nur öffnen und auch den Raum nur betreten, wenn ihr euren Anstecker tragt. Den dürft ihr nie vergessen und auf gar keinen Fall verlieren oder einem anderen Schüler leihen, habt ihr das verstanden?"

Alle nickten eifrig.

„Gut, dann willkommen in eurem neuen Zuhause."

Sie öffnete die Tür und ließ sie alle eintreten. Nach einem langen Gang betraten sie einen Raum, der in dem schönen Rot ihrer Anstecker gehalten war.

Es standen überall gemütliche Loungemöbel in kleinen Grüppchen zusammen, es gab offenbar eine offene Feuerstelle mitten im Raum und Anna konnte sogar ein oder zwei Hängematten entdecken, die mit gemütlichen Kissen ausgestattet waren. Sofort fühlte sie sich wohl und auch Karolina schien es ähnlich zu gehen.

„Hier drüben", hörten sie Kati sagen, „befindet sich euer Arbeitsbereich mit einer kleinen Bibliothek, falls ihr irgendwas Besonderes recherchieren müsst, aber dafür habt ihr natürlich auch eure Geschenke, die sich dann auf eurem Bett befinden."

Sie zwinkerte ihnen zu, als sie das neugierige Getuschel der Neuen bemerkte.

„Eure Zimmer befinden sich in den hinteren Räumlichkeiten. Ich sage es gleich dazu, ihr könnt **nur** euer eigenes Zimmer betreten, damit ihr nicht auf komische Gedanken kommt."

Sie grinste sie an und wünschte ihnen noch einen schönen Abend.

„Was meinte sie denn mit komischen Gedanken?", fragte Anna verwundert, doch auch die anderen beiden konnten es ihr nicht sagen.

„Wollen wir gleich in unsere Zimmer gehen?", fragte Anna. „Ich bin schon sehr müde und möchte unbedingt wissen, was wir geschenkt bekommen haben."

Anna und Karolina wünschten Karl eine gute Nacht, als sie ihr Zimmer gefunden hatten, und betraten schließlich ihr neues Reich. Sie schliefen anscheinend mit zwei weiteren Mädchen in dem Raum, da vier sehr große und gemütliche Betten nur darauf warteten dass sich jemand in sie hineinschmiss und von magischen Welten träumte. Ihr Gepäck stand bereits neben den Betten und darauf lag eine kleine, unscheinbare Schachtel. Anna öffnete ihre sofort und sah eine, flaches Gerät darin.

„Was ist das, Karolina?"

„Oh, ich glaube, das ist eine Art flacher Computer, wie heißt das nochmal ..., ähm ..., ich glaube Tablet, oder?"

„Ah ja, das habe ich schon einmal gehört! Ich dachte nicht, dass wir auf einer Zauberschule so moderne Technik einsetzen würden", meinte Anna verwundert.

Als sie das Tablet aufhob, um es anzuschalten, sah sie darunter einen Zettel.

Allgemeine Informationen zum Umgang mit eurem Zaubertablet

Abrufbar sind:
- Ein Lageplan zur Orientierung in den ersten Tagen
- Stundenplan – überträgt sich auch automatisch auf euren Felsenschloss-Kalender
- Unterlagen für den Unterricht
- Recherchemöglichkeiten – nur unterrichtsbezogen!!!

Wichtig:
Es ist keine Verbindung zu Menschen außerhalb des Schlosses möglich – der Versuch wird harte Konsequenzen nach sich ziehen! Benutzen Sie dazu bitte die üblichen Kommunikationswege.

Anna wollte Karolina gerade fragen, was denn die üblichen Kommunikationswege wären, als sich die Tür öffnete und zwei Mädchen das Zimmer betraten. Das erste Mädchen hatte fast hüftlange, braune, glänzende Locken und das zweite schulterlange, dunkelblonde Haare. Sie lächelten Anna und Karolina zu und stellten sich vor.

„Hallo, ich heiße Maria Bauer", sagte das Mädchen mit den langen Haaren, „und das ist Vroni Frühling".

Anna und Karolina stellten sich ebenfalls vor und fühlten sich gleich wohl in der Gesellschaft der anderen beiden Mädchen.

Da sie alle sehr müde von dem langen Tag waren, gingen sie bald ins Bett und verschoben das genaue Kennenlernen auf den nächsten Tag.

Zauberer oder doch nicht?

Annas Bett fühlte sich so weich und bequem an, dass sie am nächsten Morgen zuerst gar nicht aufstehen wollte. Als sie jedoch ihre Augen öffnete und begriff, wo sie sich befand, war sie sofort voller Tatendrang.

Die Mädchen zogen sich also schnell an und gingen zusammen zum Frühstück. Die Aula sah am Morgen noch gemütlicher aus, da viele kleine Tische mit extrem gemütlich aussehenden Sesseln verteilt in der Halle standen. Die vier suchten sich einen freien Tisch, ließen sich in die Sessel sinken und schon stand Annas allerliebstes Müsli vor ihr.

Bei Karolina gab es Pancakes mit Ahornsirup, Maria und Vroni hatten einen riesigen Berg Obst vor sich stehen.

„Also, diese Tische sind toll, ich hätte auch zu Hause gern so einen", meinte Maria und biss genüsslich in eine sehr exotische Frucht, die Anna gar nicht kannte.

„Jahh, ich auch", bestätigte Vroni. „Bei mir zu Hause gibt es nie so gutes Essen."

Als alle sie ein wenig amüsiert ansahen, fügte sie noch schnell hinzu: „Na ja, meine Mama ist den ganzen Tag bei der Arbeit, sie arbeitet mit gefährlichen magischen Geschöpfen, müsst ihr wissen, und Papa versucht wirklich etwas Gutes für mich zu kochen, aber er kann es einfach nicht ..." Bei dem Gedanken musste sie unwillkürlich lachen.

„Mit welchen gefährlichen Geschöpfen arbeitet denn deine Mama? Das klingt sehr faszinierend und spannend", fragte Anna.

„Oh, das ist es auch", meinte Vroni. „Da sind natürlich Drachen dabei, aber wenn sie mit denen arbeitet, muss sie immer ins Ausland, dann gibt es in den Höhlen rund um Felsenschloss viele Wesen, die noch gar nicht bekannt sind, und sie hilft dabei, sie weiter zu erforschen. Klar gehören dazu auch mehr oder weniger kleinere, ungefährliche Tiere wie Gamsis, die haben auch starke magische Fähigkeiten, aber die sind ja wie Schafe und sooo flauschig ..." Die Mädchen kicherten.

„Was kichert ihr denn schon wieder?", fragte auf einmal eine freundliche Stimme hinter ihnen.

Anna konnte die sehr überraschten Blicke von Maria und Vroni sehen, drehte sich um und sah Karl vor sich stehen.

„Guten Morgen, Karl", sagten Anna und Karolina im Chor. „Hast du schon gefrühstückt oder willst du dich zu uns setzen?"

„Ich war heute schon früh wach und habe dann zufällig meine Brüder beim Frühstücken getroffen."

Er sah ein wenig traurig drein, deswegen fragte Anna: „Ist, ähm, alles in Ordnung mit dir, du siehst ein wenig, ähm ja, wie soll ich sagen, besorgt aus?"

„Kann ich euch das nach dem Unterricht vielleicht erzählen? Es würde jetzt zu lange dauern und ich möchte auch nicht, dass irgendjemand mithört ... Sorry, ihr zwei", meinte er noch an Maria und Vroni gewandt dazu. „Ist natürlich nichts gegen euch."

„Oh, wir haben euch ja noch gar nicht vorgestellt", fiel Anna gerade ein. „Das sind Maria und Vroni, sie sind mit uns auf einem Zimmer. Und das ..." Sie deutete auf Karl, „ist Karl. Er ist auch Erstklässler und wohnt bei uns im Wohnbereich."

Karl winkte ihnen lässig zu, bevor er die Mädchen daran erinnerte, dass sie zu ihrer ersten Unterrichtsstunde aufbrechen sollten.

„Habt ihr schon alles mitgenommen?", fragten Maria und Vroni.

„Ja, wir dachten uns schon, dass wir ein wenig beim Frühstück trödeln könnten ..." Dabei grinste Anna Karolina an. „Ihr noch nicht?"

„Nein ..., so schlau waren wir nicht ..., komm, Maria, wir beeilen uns lieber, bevor wir zu spät zur ersten Unterrichtsstunde kommen."

Die anderen machten sich währenddessen in die entgegengesetzte Richtung auf den Weg zu ihrer ersten Stunde in Zaubereigeschichte.

„Wen haben wir denn in diesem Fach?", fragte Anna gerade, als sich die Tür vor ihnen öffnete und sie in das Klassenzimmer hineingingen.

„Einen Professor namens, warte kurz, ich muss schnell nachsehen, ah ja, Professor Storie heißt er", erklärte Karolina, als sie sich in einer Sitzreihe relativ weit vorne platzierten.

Kurz bevor die Stunde anfing, der Professor stand schon vor ihnen, schlüpften Maria und Vroni noch schnell durch die Tür. Der Professor schaute sie etwas strenger an, sagte jedoch nichts dazu.

„Guten Morgen, Klasse, ich bin Professor Storie und unterrichte das Fach der Zaubereigeschichte schon seit nahezu vierzig Jahren. Ich kann von mir also behaupten, dass ich auf diesem Gebiet sehr bewandert bin."

Er sah sie mit einem Blick an, der keinen Widerspruch zuließ, und so nickten ihm einige Schüler der ersten Reihe zu.

„Sie haben alle die Bücher ‚Zaubereigeschichte – eine Ära beginnt' sowie ‚Mythen und Legenden von Felsenschloss' gekauft und bei sich?"

Allgemeines Nicken erfüllte den Raum.

„Gut, das freut mich zu hören. Wir werden uns in der ersten Hälfte des Jahres genauer mit der Felsenschlossschule beschäftigen und dann nach und nach in die Geschichte der Zauberei eintauchen. Natürlich ist auch Felsenschloss dicht mit der Geschichte der Zauberei verwoben, deswegen werden immer wieder Exkurse in diese Richtung erfolgen. Gut, gibt es noch Fragen zum Ablauf unseres ersten Studienjahres?"

Als sich keiner meldete, meinte er: „Wunderbar, dann beginnen wir jetzt mit unserer spannenden Reise zu den Anfängen von Felsenschloss. Wie Sie alle wissen, gab es vor über fünfhundert Jahren eine sehr düstere Zeit in unserem Land. Zum Ende des Mittelalters schien die Angst vor dem Außergewöhnlichen, geschürt durch schreckliche Seuchen, Kriege und das Unwissen der Menschen, überhandzunehmen. Die Menschen konnten keine andere Erklärung dafür finden, als dass es Hexen und Hexenmeister geben müsse, die für all die schrecklichen Vorkommnisse verantwortlich sind. Dass dem nicht so war, muss ich euch ja nicht weiter erklären, jedoch führte dieser Irrglaube dazu, dass gerade Frauen – und wir sprechen hier natürlich nicht von echten Hexen, die hatten sich gut im Verborgenen gehalten oder falls nötig selbst gerettet – gefoltert und zum Tode verurteilt wurden. Die Selbstständigkeit vieler Frauen wurde damals als Werk des Teufels persönlich angesehen. Diese armen Frauen hatten natürlich nicht die geringste Chance, genauso natürlich die wenigen Männer, die der Hexerei bezichtigt wurden. Nicht eine echte Hexe oder ein Zauberer wurden tatsächlich umgebracht. Insgesamt wurden allerdings alleine in unserer Region circa neuntausend Menschen, also nicht magische Personen, getötet.[1]"

„Schrecklich, nicht wahr?", sagte er, als er die Gesichter einiger Schülerinnen sah.

„Dass dies jedoch auch keine schöne Zeit war", fuhr er fort, „um als echte Hexe oder Zauberer in der Gegend zu leben, ist auch klar. So beschloss eine junge Zaubererfamilie, dass es einen sicheren Ort geben müsse, in dem vor allem die Kinder versorgt und gefahrlos ausgebildet werden konnten. Sie müssen wissen, gerade Kinder, die noch nicht ihre ganze Zauberkraft ausgebildet haben, haben oftmals noch keine Kontrolle über diese und konnten dementsprechend in Zeiten der Hexenverfolgung zu ernsthaften Problemen für die Eltern führen."

„Kann mir denn jemand von Ihnen sagen, wie die Familie hieß, von der ich gerade eben gesprochen habe?"

Ein Junge in der ersten Reihe meldete sich. Er hatte kurze, braune Haare und war ein wenig pummelig.

„Ja …, wie heißen Sie?", fragte Professor Storie.

„Ich heiße Luis." „Ah, gut, Luis, also wie hieß die Familie Ihrer Meinung nach?"

„Wenn ich mich nicht irre", meinte er in einem sehr geschwollenen Ton, „ist das die Familie Fels!"

---

1 Deutschland im Mittelalter » Hexenverfolgung (deutschland-im-mittelalter.de), 14.07.2021

„Ja, das ist sehr richtig, gut gemerkt!"

Anna lachte innerlich und verdrehte die Augen angesichts des absolut nach Aufmerksamkeit heischenden Jungen, der nun auf seinem Stuhl hin und her rutschte. Karl, der dies bemerkt hatte, grinste sie an und verdrehte ebenfalls die Augen.

Gerade wollte Professor Storie weiter fortfahren, als auch schon die Schulglocke läutete. Die Schüler und Schülerinnen waren schon dabei aufzuspringen, da verkündete er noch schnell die Hausaufgabe bis zur nächsten Stunde.

„Ich erwarte von jedem von Ihnen einen ausführlichen Aufsatz zum Thema Hexenverbrennung in Europa, stellen Sie dabei bitte die Unterschiede der Herangehensweisen, der Strafen usw. der einzelnen Länder heraus und vergleichen diese. Mir genügt dabei eine elektronische Version auf ihren Tablets. Also nun raus mit Ihnen, sonst kommen Sie zu spät zu Ihrer nächsten Stunde."

Dabei zwinkerte er unauffällig Maria und Vroni zu, die sofort ein wenig erröteten.

„Ich mag diesen Professor", verkündete Anna auf dem Weg zur nächsten Stunde. „Die Zeit ist wie im Flug vergangen und er bringt das alles wirklich sehr spannend rüber."

„Ja, schon", meinte Karolina, „nur hätte er uns ja nicht gleich am ersten Tag schon einen langen Aufsatz aufgeben müssen."

„Stimmt", seufzte Anna, „hoffentlich sehen das die anderen Lehrer ein wenig lockerer."

„Da wäre ich mir nicht so sicher", meinte Karl.

Der hatte gerade sein Tablet rausgeholt, um nach dem nächsten Fach zu sehen.

„Meine Brüder haben mich vor diesem Lehrer gewarnt. Professor Bieder kann richtig gemein sein, vor allem zu Schülern, die seiner Meinung nach nichts können. Aber er ist richtig gut in seinem Fach und kann einem super viel beibringen."

Als sie das Klassenzimmer betraten, herrschte sofort eine andere Stimmung. Alle Schüler waren sofort verstummt, als sie den düsteren Raum betraten, der so im Kontrast zu der sonst so hellen Schule stand, dass sich die Augen erst daran gewöhnen mussten. In einem Eck stand bereits der Lehrer, der sie alle mit einem mürrischen Gesichtsausdruck betrachtete. Als die Klasse sich gesetzt hatte, schwebte er geradezu vor sie und stellte sich als Professor Bieder vor.

„Dieses Fach wird viele von Ihnen an Ihre Grenzen bringen, da bin ich mir ganz sicher", sagte er mit einem spöttischen Lächeln auf den Lippen.

„Ich werde den Unterricht im Fach Praktische Anwendung der Zauberei in einem gewissen Tempo durchziehen, das ich für angemessen halte, und ich werde keine Rücksicht darauf nehmen, ob Sie diesem Tempo gerecht werden können oder nicht. Sie müssen sich voll auf dieses Fach konzentrieren oder Sie werden gnadenlos versagen und durchfallen."

Nun hatte Anna richtige Angst. Sie hatte noch nie zuvor wirklich gezaubert und dieser Lehrer schien es ziemlich ernst zu meinen und keine leeren Drohungen auszusprechen.

„Wir beginnen heute mit den ersten Grundlagen Ihrer Zauberer-Ausbildung", fuhr er fort. „Dies ist noch relativ einfache Magie und doch sind die Zauber eine unabdingliche Grundlage für alles Weitere, was wir in diesem Kurs lernen. Sollten Sie mit diesen Zaubereien bereits Schwierigkeiten haben, wäre es sinnvoll zu überlegen, ob sie auf dieser Schule richtig sind."

Sofort breitete sich Panik in Anna aus, sie konnte sich nicht vorstellen, dass sie auch nur den leichtesten Zauber zustande bringen würde, und sah sich schon mit ihren Koffern auf dem Weg nach Hause. Wieder grinste der Lehrer sehr boshaft und es schien, als bereiteten ihm die sorgenvollen Gesichter der Klasse eine richtige Freude.

„Zunächst möchte ich, dass Sie sich die Seiten eins bis drei Ihres Zaubersprüche-Buches durchlesen und anschließend die praktische Anwendung dieser in Ihrem zweiten Buch aufschlagen." Anna hatte gerade die letzte Seite zu Ende gelesen und sah, dass viele ihrer Mitschüler noch nicht so weit waren, als er auch schon verlangte, wieder nach vorne zu sehen, um den ersten Zauber an einem Beispiel vorzuführen.

„Wie Sie bemerkt haben müssten, handelt es sich hierbei um einen Zauber, der Gegenstände zu Ihnen kommen lässt. Ich brauche jetzt einen Freiwilligen ..." Als sich niemand dazu meldete, nicht einmal der Streber von vorhin, wie Anna mit Vergnügen feststellte, schien Professor Bieder noch böser als eben zu schauen. Er funkelte die Klasse zornig an, bis er auf einmal auf Anna zeigte.

„Sie werden uns jetzt den Zauber vorstellen. Kommen Sie nach vorne."

Anna war zutiefst geschockt und konnte sich zunächst gar nicht bewegen.

„Schaffst du du es heute noch oder soll ich den Zauber gleich an dir dir anwenden?", blaffte er sie böse an.

Anna hatte schreckliche Angst und zitterte am ganzen Körper, als sie nach vorne ging.

„Ihr Name?", fragte er, immer noch sehr ungehalten.

„Ich ..., ähm, heiße Anna."

„Gut, Anna, dann zeigen Sie mal, was Sie können, und lassen dieses Buch zu Ihnen kommen."

Er hatte immer noch einen Gesichtsausdruck, der nur so gedeutet werden konnte, dass er nicht davon ausging, dass Anna den Zauber jemals schaffen könnte. Anna war inzwischen ziemlich sauer auf den Lehrer und wollte ihm unbedingt zeigen, was in ihr steckte. Zwar hatte sie immer noch Angst, da sie noch nie gezaubert hatte, doch der Lehrer schien irgendein Feuer in ihr geweckt zu haben.

Herr Bieder erinnerte sie ein letztes Mal an den Zauberspruch, den sie benutzen musste, als sie sich an die gewünschte Stelle begab und noch einmal genau daran zu erinnern versuchte, was sie im Buch gelesen hatte.

Sie konzentrierte sich mit aller Kraft auf das Buch, sprach **„imata"** und schon kam das Buch direkt in ihre Arme geflogen.

Sie konnte nicht anders und grinste Herrn Bieder an. Die Klasse war in Jubel ausgebrochen und vor allem Karl und Karolina, die wussten, dass Anna noch nie zuvor gezaubert hatte, schienen sich am meisten für sie zu freuen.

„Gut ..., anscheinend hatten Sie großes Glück", meinte Professor Bieder.

„Ich möchte nun, dass Sie alle zu zweit zusammengehen und den Zauber immer abwechselnd üben. Aber ich denke, wir benutzen dafür eher etwas Leichteres ..." Und schon flog zu jedem Pärchen ein kleines Kissen.

Im Nachhinein stellte sich dies als eine sehr weise Idee heraus, denn die meisten schafften es nicht, ihr Kissen aus den Armen des Klassenkameraden zu bewegen, und wenn doch, flog es oftmals direkt in deren Gesichter.

So gesehen war Anna sehr stolz, als sie es erneut schaffte, das Kissen aus den Händen von Karolina zu sich fliegen zu lassen. Karolina hatte es nach mehreren Versuchen immer noch nicht weiter als bis zu Annas Fingerspitzen geschafft.

Der nächste Versuch landete, wie bei vielen anderen, sogar direkt in Annas Gesicht.

„Ohh, es tut mir sooo leid, Anna, aber ich kann das einfach nicht."

„Schon gut, nichts passiert. Ich bin nur froh, dass es kein Buch war."

Sie grinste Karolina zu und meinte: „Wird schon werden. Wenn du ein bisschen übst, schaffst du es bestimmt ganz bald."

Da Karolina keine Lust mehr hatte und Professor Bieder nicht in der Nähe war, beobachteten sie Karl dabei, wie er sein Kissen zumindest auf die Füße seines Partners fallen ließ. Sein Partner jedoch, ein kleiner Junge mit ziemlich buschigen Augenbrauen, hatte das Kissen nun schon drei Mal in Karls Gesicht fliegen lassen.

Der war inzwischen ziemlich sauer und maulte ihn an. „He ... Berni, wenn du jetzt nicht gleich damit aufhörst, mir dieses Kissen ins Gesicht zu zaubern ..."

„Dann tun Sie was?", fragte auf einmal Professor Bieder, der hinter ihnen aufgetaucht war.

„Ähm ..., dann übe ich noch ein bisschen länger mit ihm ...", rettete sich Karl aus der Affäre.

„Ah ja, ich denke, das haben Sie beide auch bitter nötig."

Er schwebte wieder nach vorne zu seinem Pult und verkündete: „Sie üben diesen Zauber bis nächste Woche. Ich werde jeden Einzelnen von Ihnen darin prüfen. Sollten Sie es bis dahin immer noch nicht geschafft haben, werden Sie wohl den ganzen Abend mit mir bei einer Extrastunde verbringen. Glauben Sie mir, das wird ein wahres Vergnügen werden, also strengen Sie sich besser an."

Als es kurz darauf klingelte, verabschiedete er die Klasse wieder mit einem sehr boshaften Grinsen.

Die Schüler stürmten geradezu nach draußen in Richtung Aula, denn es war endlich Mittagszeit. Anna, Karolina, Karl sowie Maria, Vroni und auch Berni setzten sich an einen Tisch. Alle beschwerten sich lauthals über Herrn Bieder, doch Karl meinte nur: „Habe ich euch nicht vorgewarnt? Er ist ein richtiger Ekel und wird uns mit Sicherheit das Leben schwer machen."

„Oh ja, da bin ich mir sicher", meinte Karolina. „Ich habe nur wahnsinnige Angst vor nächster Woche, wie soll ich diesen Zauber nur jemals schaffen?"

„Wir üben einfach jeden Abend und dann wird das schon irgendwie funktionieren", sagte Anna, während sie sich einen Berg Nudeln auf ihren Teller schaufelte.

„Ich meine, Kissen haben wir ja genug in unserem Zimmer und auch in der Lounge, falls sie jemand aus Versehen aus dem Fenster zaubert oder so ..." Sie grinste und auch die anderen fanden die Vorstellung überall fliegender Kissen anscheinend ziemlich witzig. So aßen sie ein wenig entspannter und glücklicher weiter, bis sie zu ihrer nächsten Unterrichtsstunde aufbrechen mussten.

Anna holte ihr Tablet aus der Tasche, um nachzusehen, was sie jetzt hatten und wo sie hinmussten. Das nächste Fach war Zaubertränke bei Frau Watson.

Sie warteten vor dem Klassenzimmer und als sie eintreten durften, sahen sie zunächst eine Wand, vollgestellt mit verschiedenen Zutaten. Es gab so viel zu entdecken, dass die Schüler Frau Watson gar nicht bemerkten, die schon lange im Raum stand und darauf wartete, dass sie sich endlich setzten. Alle Schüler waren zu fasziniert von den ungewöhnlichen Dingen in allen Farben und Größen, die in verschieden großen Gläsern aufbewahrt wurden. Als sie dies bemerkte, trat sie schließlich zu ihnen.

„Anscheinend sind Sie schon ganz fasziniert von den Zutaten in diesem Schrank."

Als sie zu sprechen begann, waren einige Schüler neben ihr aufgeschreckt.

„Ich denke jedoch, Sie sollten sich zunächst setzen und mir Ihre volle Aufmerksamkeit schenken, was meinen Sie?"

Die Klasse setzte sich an die Tische und schaute nun Frau Watson erwartungsvoll an.

„Schön, dann können wir ja beginnen. Vorstellen muss ich mich ja nicht mehr, sie alle haben mich ja bereits gestern bei der Begrüßung kennengelernt. Das Fach der Zaubertränke gilt als eines der schwierigsten von allen. Es erfordert eine absolute Konzentration auf das, was Sie tun, und womöglich auch ein wenig Geschick im Umgang mit einigen Zutaten oder Brauanweisungen. Zunächst werden wir uns immer theoretisch an einen Zaubertrank heranwagen, bevor Sie versuchen werden, diesen selbst zu brauen. Das ist mir besonders wichtig, da Sie verstehen müssen, welche fatalen Folgen der Trank falsch gebraut haben könnte, und natürlich auch, was der Trank eigentlich bewirken soll. Ansonsten würden Sie aus diesem Fach nicht das nötige Wissen mitnehmen, das Sie möglicherweise einmal in Ihrem Leben benötigen werden."

„Gut ..., beginnen wir also mit Ihrem ersten Zaubertrank. Schlagen Sie dazu bitte Ihre Bücher auf Seite fünf auf und lesen Sie die Hinweise zum Trank des Wissens durch."

Nach einiger Zeit bat sie die Schüler, wieder nach vorne zu sehen.

„Kann mir nun jemand die Wirkung des Trankes in seinen eigenen Worten wiedergeben?"

Karolina meldete sich und als sie aufgerufen wurde, sagte sie: „Ich habe die Wirkung so verstanden, als dass der Trank, richtig gebraut, dabei helfen kann, das bereits gelernte Wissen der

Menschen zu verfestigen und dabei zu helfen, dies nicht mehr vergessen zu können. Aber anscheinend wirkt er nur bei Wissen, das unmittelbar vorher gelernt wird und letztendlich auch nur dann, wenn man auch verstanden hat, was man gelernt hat."

„Da haben Sie absolut recht", stimmte ihr Frau Watson zu. „Es ist ein sehr trügerischer Trank. Viele Menschen haben ihn bereits getrunken, in der Hoffnung, nun allwissend zu sein. Das ist damit natürlich nicht möglich. Der Trank hilft, wenn man es genau nimmt, nur sehr fleißigen und schlauen Menschen dabei, das Gelernte nie mehr vergessen zu können. Wenn jedoch kein Wissen vorhanden ist, oder auch nur unvollständiges Wissen, bewirkt der Trank rein gar nichts."

Einige wenige Schüler, die zuvor noch sehr begierig geschaut hatten, sanken nun enttäuscht in ihren Stühlen zurück. Frau Watson, die dies bemerkt hatte, meinte nur: „Auch in der Zaubererwelt wird Ihnen nichts geschenkt. Sie müssen sich alles erst verdienen!"

„Konnte denn auch jemand von Ihnen herauslesen, welche Folgen ein falsch gebrauter Trank des Wissens für Sie haben kann?"

Tom, der inzwischen ein schwarzes Abzeichen mit einem Zauberstab darauf trug, flüsterte verächtlich seinen neuen Kumpels zu, dass bei dummen Menschen wohl nicht viel passieren könne, und fing daraufhin einen sehr bösen Blick von Frau Watson ein, als diese gerade Karl aufrief.

„Ich glaube, da stand, dass das Gehirn der betroffenen Person unangenehm anschwellen könnte und der Kopf dann insgesamt auf seine doppelte Größe wachsen würde."

„Das ist vollkommen richtig und ich muss wohl nicht erwähnen, dass dies schon des Öfteren vorgefallen ist. Natürlich kann dies in den meisten Fällen wieder geheilt werden, aber ich denke doch, wir sollten alle versuchen, solche Unfälle zu vermeiden, meinen Sie nicht?"

Allgemeines Nicken erfüllte den Raum, denn niemand konnte sich vorstellen, mit einem doppelt so großen Kopf durch die Schule zu laufen.

„Gut, dann beginnen wir jetzt mit dem Trank. Sie sehen auf jedem Tisch einen Kessel stehen und ich bitte Sie daher, diesen Trank jeweils zu viert nachzubrauen. Achten Sie genau auf jeden Schritt, teilen Sie alles gut auf und ich bin mir sicher, dass einige von Ihnen einen guten Trank zustande bringen werden."

Anna, Karolina, Karl und Berni, die am ersten Tisch standen, begannen zuerst die richtigen Zutaten auf ihren Tisch zu stellen. Karolina, die anscheinend genau verstanden zu haben schien, was zu tun ist, gab den anderen Anweisungen und überprüfte jeden Schritt mindestens dreimal.

Als Frau Watson ihnen noch fünf Minuten Zeit gab, vollendeten die vier den letzten Schritt der Anleitung und waren doch recht zufrieden mit dem Ergebnis. Der Trank sollte inzwischen eine gelbliche Farbe angenommen haben und das Bild im Buch zeigte eine ähnliche Farbnuance wie in ihrem Kessel auf.

Frau Watson ging nun im Klassenzimmer umher und sah sich jeden einzelnen Trank ganz genau an. Als sie an den Tisch von Anna und den anderen dreien kam, rührte sie ein wenig in dem Kessel und meinte schließlich: „Das haben Sie sehr gut gemacht, er ist fast perfekt. Ich fürchte nur, Sie haben ein halbes Gramm zu viel von der Essenz des Schwarzlurchs genommen, da die Farbe eine winzige Nuance zu gelb geraten ist. Dieser Fehler wäre wahrscheinlich nicht gravierend, aber der Erfolg des Trankes wäre vermutlich trotzdem ein wenig abgeschwächt. Versuchen Sie beim nächsten Mal noch genauer zu arbeiten und Sie werden Erfolg mit Ihrem Trank haben."

Frau Watson ging wieder nach vorne und verkündete: „Insgesamt bin ich zufrieden mit Ihren Ergebnissen. Die ein oder andere Gruppe sollte besser lesen, um die richtigen Zutaten zu verwenden, und manche müssen noch ein wenig genauer arbeiten, aber das wird schon noch werden. Ich beende hiermit den Unterricht für heute und wünsche Ihnen noch einen schönen Tag. Hausaufgaben gibt es heute ausnahmsweise noch keine, aber ich verspreche Ihnen, das ändert sich in den nächsten Stunden."

Die Schüler verließen eilig den Raum, um ihre Schulsachen in den Wohnbereich bringen zu können. Anna, Karolina und Karl machten sich auch gemütlich auf den Weg zurück.

„Wollen wir noch ein bisschen an die frische Luft gehen? Ich würde gerne den Außenbereich ansehen und außerdem wollte ich euch doch in Ruhe etwas erzählen", meinte Karl.

„Ja klar, gerne", meinte Anna. „Bringen wir nur kurz die Taschen in unsere Zimmer, dann können wir los."

Fünf Minuten später waren sie auf dem Weg nach draußen. Es war ein wunderschöner und noch sehr warmer Tag und so strömten viele Schüler in den Außenbereich der Schule. Die drei gingen einen kleinen Pfad entlang und gelangten schon bald an den Rand des großen Felsens, der die Schule nahezu umschloss.

Hier konnte Anna erstmals die wunderschönen Quellen aus dem Felsen sprudeln sehen, die rund um das Schloss verteilt lagen. Kleine Wasserfälle führten immer wieder von einer zur anderen Quelle und sahen einfach wundervoll aus. Das Wasser glitzerte in der Sonne und durch die Reflexion der Sonnenstrahlen entstanden viele kleine Regenbögen über den Wasserfällen.

Sie setzten sich versteckt hinter einem großen Busch auf die Wiese und beobachteten das Schauspiel.

„Es ist wirklich unbeschreiblich schön hier", meinte Karl auf einmal. „In diesem Punkt hat meine Familie tatsächlich nicht übertrieben, als sie mir darüber berichtete", flüsterte er.

„Du wirkst schon wieder so traurig, hat das etwas mit deiner Familie zu tun?", fragte Anna.

„Ähm, ja, das wollte ich euch eigentlich erzählen. Ich habe euch doch gestern Abend gesagt, dass ich mich gegen das Zauberbuch und für die Familie entschieden habe, obwohl meine Eltern unbedingt wollten, dass ich das Buch nehme."

Karolina und Anna nickten.

„Ich habe heute Morgen beim Frühstück meine Brüder getroffen und die waren alles andere als begeistert über meine Entscheidung. Ich würde die Ehre unserer Familie angeblich beschmutzen, weil ich mich für die Familie und Freunde entschieden habe, wir hätten doch immer unter dem Zeichen der

Zauberer gelebt. Ich habe ihnen gesagt, dass es meine persönliche Entscheidung war und rein gar nichts mit unserer Familie zu tun hat, doch sie haben sich nur lustig über mich gemacht und gemeint, dass sie nichts mehr mit mir zu tun haben wollen."

„Oh nein, das ist ja schrecklich. Es tut mir wirklich leid, dass dich deine Brüder deswegen ausgrenzen", meinte Karolina erschrocken.

„Ach, das ist eigentlich nicht das Schlimmste, ich meine, sie sind zwar meine Brüder, aber unser Verhältnis war noch nie extrem gut ... Was mich jedoch wirklich stört, ist ihre Einstellung und anscheinend auch die Einstellung meiner Eltern. Meine Brüder wollten ihnen gleich noch schreiben, was ich angeblich für eine schlimme Entscheidung getroffen hätte, und ich bin mir sicher, ihre Reaktion wird nicht gut ausfallen. Ich dachte eigentlich, wir sind nicht so eine Familie, der es wichtig ist, dass alle Zauberer sind, oder sogar, dass die Zauberer besser sind als nicht magische Menschen, aber ich habe mich anscheinend getäuscht. Meine Mutter hat immer geheuchelt, dass nur meine Tante so extrem ist, aber in Wirklichkeit scheint sie nicht anders zu sein und ich habe es einfach nicht gemerkt, bis ich euch getroffen habe. Das macht mich wirklich traurig und ich habe auch Angst davor, was meine Eltern mir schreiben werden."

„Oh Karl, meinst du nicht, dass es vielleicht gar nicht so schlimm ist, wie du denkst? Vielleicht hast du dich gar nicht in ihnen geirrt und nur deine Brüder sind so ..., na ja, blöd ...", meinte Anna.

„Hm, ich hoffe, du hast recht, aber wir werden es heute Abend sehen, wenn die Post ankommt."

Er schaute immer noch so traurig drein, dass Anna nicht anders konnte, als ihn zu umarmen. Zunächst schien er erschrocken zu sein, doch dann ließ er die Umarmung zu und sah danach schon ein wenig glücklicher aus.

Die drei quatschten noch miteinander, bis die Sonne schon fast untergegangen war, und gingen dann zusammen in die Schule zurück. Sie kamen gerade rechtzeitig zum Abendessen und gingen gleich zu dem Tisch, an dem Maria, Vroni und Berni schon saßen.

„Wo wart ihr denn den ganzen Nachmittag?", fragte Maria. „Wir haben euch nirgends gesehen."

„Wir waren draußen und haben uns gemütlich ein bisschen gesonnt", erwiderte Karolina. „Wer weiß, wie lange es noch so schön warm draußen ist."

„Ja, da habt ihr Recht, es war wirklich ein schöner Tag, doch wir wollten gleich die Hausaufgabe für Geschichte der Magie beginnen", sagte nun Vroni.

„Vielleicht sollten wir heute auch noch damit anfangen", überlegte Anna laut, „sonst geraten wir womöglich in der ersten Woche schon in Stress."

Schweigend aßen sie nun ihr Abendessen, während jeder seinen Gedanken nachzuhängen schien. Gerade als der Nachtisch auf dem Tisch aufgetaucht war, hörte Anna ein lautes Flattern in der Aula. Sie blickte nach oben und sah Hunderte kleine Briefe, die anscheinend von alleine fliegen konnten, durch die Aula sausen. Hin und wieder landeten die Briefe vor einzelnen Schülern und bald hatte auch Karl einen Brief auf seinem Cupcake liegen.

„Na toll, jetzt ist auch noch alles voller Buttercreme", schimpfte er. „Wenn die doch einmal richtig zielen würden, aber nein, warum auch …? Ein Cupcake ist ja auch ein toller Landeplatz."

Die anderen mussten über seinen sarkastischen Tonfall lachen und hörten erst auf, als sie seinen ernsten Blick sahen.

„Der ist von meinen Eltern", flüsterte er nun Anna und Karolina zu. „Wollen wir gleich zurück in unseren Wohnbereich gehen? Dann kann ich ihn vielleicht alleine noch in Ruhe lesen, bevor alle Schüler zurückkommen."

„Na klar, lasst uns gehen", meinte Anna.

Sie verabschiedeten sich von den anderen und gingen schnell in ihren Wohnbereich zurück. Sie suchten sich in der Lounge drei gemütliche Sessel im hintersten Eck aus und als sie saßen, begann Karl den Brief zu öffnen.

„Ach, ich lese ihn euch doch einfach vor, dann wisst ihr auch gleich, was darin steht."

Er begann:

„Lieber Karl,

wir schreiben dir diesen Brief, weil wir von deinen Brüdern erfahren haben, dass du dich nicht wie vereinbart für das Zauberbuch – und damit den Wohnbereich deiner Brüder und deiner ganzen Familie –, sondern für das Haus der Familie und Freunde entschieden hast. Leider können wir nicht verstehen, was wir in deiner Erziehung falsch gemacht haben, damit du uns derart in den Rücken fällst. In diesem Wohnbereich sind nur Zauberer, mit denen wir es nicht gewohnt sind umzugehen und mit denen wir auch in Zukunft keinen Umgang wünschen. Wir würden es sehr begrüßen, wenn du dich für deinen Fehler entschuldigst und die Schulleiterin bittest, dich in den richtigen Wohnbereich umziehen zu lassen. Wir werden ihr natürlich auch schreiben und sie davon überzeugen, dass du schlichtweg verwirrt warst. Bitte schreibe uns noch heute und versuche dein Bestes, um umziehen zu können.

Deine Mama und Dein Papa"

Als er den Brief zu Ende gelesen hatte, waren zunächst alle drei sprachlos.

„Ich kann es einfach nicht glauben, was denken die eigentlich, wer sie sind beziehungsweise wer unsere Familie angeblich ist? Wir wollen keinen Umgang mit solchen Zauberern ... Ich glaube, die haben den Verstand verloren", meinte Karl entsetzt.

„Was genau meinen deine Eltern denn mit ‚solchen Zauberern'?, fragte Anna geschockt. „Meinen sie jemanden wie mich ..., jemanden, der nicht von Zauberern abstammt?", fragte sie sehr besorgt."

„Ich ... ich weiß es nicht genau, aber könnte schon sein", sagte er sehr leise.

„Anna, schau mich mal an", meinte er auf einmal. „Ich bin entsetzt von diesen Worten und hätte bis gestern auch geschworen, dass meine Eltern so etwas niemals sagen würden und sich niemals für etwas Besseres halten würden, aber sie sprechen hier definitiv nicht für mich. Ich habe absolut gar nichts gegen dich oder irgendeinen anderen Zauberer hier in unserem Wohnbereich und ich werde unter keinen Umständen irgendwo anders hinziehen. Ich schreibe ihnen jetzt sofort meine Antwort zurück. Würdet ihr mich bitte kurz entschuldigen?"

Er ging in sein Zimmer und ließ Anna und Karolina alleine in ihren Sesseln zurück.

„Wie kann die eigene Familie nur so sein?", sagte Karolina. „Ich verstehe das nicht. Ich meine, er hat doch sogar gestern noch gemeint, dass seine Familie nicht so ist, oder?"

„Ich kann es dir auch nicht sagen", antwortete Anna, „aber ich stelle mir gerade vor, wie es wäre, wenn sie wüssten, dass er mit mir befreundet ist, die würden ihn ja wahrscheinlich von der Schule nehmen. Vielleicht sollte ich mich von ihm fernhalten. Ich meine ..., damit er nicht noch mehr Ärger bekommt", seufzte sie verzweifelt.

„Oh nein, das tust du nicht", ertönte eine Stimme hinter ihr.

Karl war mit einem Brief in der Hand zurückgekehrt und hatte anscheinend gehört, was Anna gesagt hatte.

„Ich mag euch beide sehr und ihr seid mir tatsächlich schon nach dieser kurzen Zeit ans Herz gewachsen. Deshalb lasse ich nicht zu, dass sich meine Eltern in so etwas einmischen. Allerdings weiß ich es sehr zu schätzen, Anna, dass du das für mich tun würdest."

„Natürlich würde ich das tun, mir geht es sehr ähnlich mit euch zweien und ich bin sehr froh, dass ich euch gleich am ersten Tag kennengelernt habe."

Karolina stimmte dem Gesagten ebenfalls zu und alle drei grinsten sich an.

„Ich werde den Brief kurz losschicken, wollt ihr mitkommen?", fragte Karl.

„Ja, gern, ich weiß eh nicht, wie das mit diesen Briefen funktioniert", meinte Anna, „dann kann ich morgen vielleicht auch einen Brief an meine Eltern schreiben."

Die drei machten sich auf den Weg in das Briefzimmer. Das Zimmer war recht klein, hatte ein sehr großes offenes Loch in der Wand und ein großes Fach, in dem die verschiedensten Briefmarken lagen. Karl erklärte, dass es verschiedene Briefmarken gäbe, die je nach Größe des Briefes oder Päckchens oder nach der Weite der Reise ausgewählt werden konnten. Er zeigte auf den größten Stapel und erzählte, dass diese eigentlich für alle Briefe innerhalb Deutschlands und auch noch des näheren Umlands reichen würden. Er nahm sich eine der Briefmarken, klebte sie auf den Brief und schon begann der Brief wie mit kleinen Flügeln zu flattern. Karl hielt ihn an das offene Loch in der Wand und schon verschwand der Brief in die Nacht.

„Das ist ja total cool", meinte Anna.

„Du kannst einige der Briefmarken in den nächsten Brief an deine Eltern stecken, dann können sie dir auch antworten", meinte Karolina gerade.

„Oh ja, das ist eine gute Idee, danke, Karo."

Sie verließen das Briefzimmer wieder und gelangten gerade noch vor der Ausgangssperre der Schüler in ihren Wohnbereich zurück. Schüler bis zur dritten Klasse durften nur bis 20.30 Uhr draußen bleiben, sonst drohte ihnen Nachsitzen.

Da der erste Tag sehr turbulent gewesen war, entschieden sie sich doch dagegen, noch ihre Hausaufgaben zu machen, und beschlossen, früh ins Bett zu gehen.

„Morgen ist ja auch noch ein Tag und wir werden schon nicht zu viel zu lernen und machen bekommen", meinte Karl. „Bis morgen, Mädels, schlaft gut."

„Du auch", erwiderten die zwei, als sie in ihr Zimmer verschwanden.

Zauber der Musik

Anna war am nächsten Tag schon recht früh aufgewacht, da sie im Traum von düsteren Schatten verfolgt wurde und schließlich aufgeschreckt war. Draußen vor dem Fenster herrschte heute eine eher trübe Stimmung, der Himmel war wolkenverhangen und die ersten bunten Blätter wurden von den Bäumen gefegt, da ein richtiger Sturm zu gehen schien.

Kurz hatte Anna überlegt, angesichts des schlechten Wetters wieder ins Bett zu gehen, doch dann entschied sie sich dafür aufzustehen und noch vor dem Frühstück ein wenig an ihrer Hausaufgabe für Zaubereigeschichte zu schreiben. Sie ging in den Arbeitsbereich und sah, dass Karl anscheinend die gleiche Idee gehabt hatte.

„Guten Morgen, Karl, du bist ja auch schon wach. Konntest du auch nicht mehr schlafen?"

Anscheinend hatte er sie nicht kommen sehen und erschrak kurz, fing sich jedoch schnell wieder und antwortete: „Guten Morgen, Anna! Ich bin allgemein kein Langschläfer und immer schon früher wach als die anderen."

„Ich eigentlich schon", meinte Anna. „Ich hatte nur einen sehr seltsamen Traum und bin davon aufgewacht, aber wenn ich jetzt schon mal auf bin, wollen wir die Hausaufgabe dann zusammen machen? Dann geht es schneller ..."

„Ja gern, ich habe mir gerade ein paar Sachen in diesem Buch über die Hexenverfolgung in Europa durchgelesen, da steht schon einiges Interessantes drin, was wir übernehmen können."

„Sehr gut, dann recherchiere ich kurz mit dem Tablet und dann können wir unsere Ergebnisse zusammentragen, wenn du magst."

„Natürlich", meinte Karl. „Teamwork war schon immer die schnellste Methode." Dabei zwinkerte er ihr zu und beide machten sich an die Arbeit.

Keine Stunde später hatten sie alles Wichtige zusammengetragen und bereits einen Großteil ihrer Aufsätze geschrieben.

„Ich denke, den Rest schaffen wir später noch, wollen wir frühstücken gehen? Ich sterbe gleich vor Hunger", sagte Anna gerade, als Karolina zu ihnen stieß.

„Guten Morgen ihr zwei, wart ihr schon fleißig?"

„Ja, wir waren zufällig beide früh wach und haben uns gleich an die Arbeit gemacht", sagte Anna. „Heute Abend wollten wir dann alles fertigschreiben und wenn du magst, kannst du sehr gerne Teil an unseren Recherchearbeiten haben."

„Ohhh, das wäre furchtbar nett von euch", strahlte Karolina sie an, während sie sich auf den Weg zum Frühstück machten.

„Das nächste Mal mache ich dann einen Großteil der Arbeit, dann sind wir wieder quitt."

„Kein Stress, Karo", meinte Karl. „Wir teilen einfach immer alles gut auf und dann wird das schon laufen."

Sie setzten sich an einen freien Tisch und freuten sich über die tollen Leckereien, die wieder vor ihnen aufgetaucht waren.

„Uhh, heute haben wir Zauber der Musik, ich bin wirklich gespannt auf dieses Fach", sagte Anna auf einmal.

„Ich weiß nicht so recht", meinte Karl. „Anscheinend steht unsere Rektorin auf das Fach und möchte es auch unbedingt immer selbst unterrichten, aber es soll doch eher schwammig sein und nicht viel mit echter Magie zu tun haben. Wobei, wenn ich es mir recht überlege ..., haben das meine Brüder zu mir gesagt, also muss es nicht unbedingt wahr sein."

Er zuckte kurz mit seinen Schultern und verputzte noch einen großen Pancake. „Wüür werden eff ja ffehen", meinte er mit vollem Mund, was die Mädchen mit einem ein wenig angeekelten Blick aufnahmen.

„Sorry, ihr zwei, ich sollte mir endlich abgewöhnen, mit vollem Mund zu essen."

„Ja, das solltest du", meinte Anna streng, doch als sie Karls Blick sah, musste sie laut loslachen.

Nun mussten alle drei lachen und hörten erst damit auf, als Tom mit einem Kopfschütteln an ihnen vorbeimarschierte.

„Oh Mann, der Typ nervt tierisch", meinte Karolina.

„Ja, da hast du recht", erwiderte Anna, „aber ich denke, wir sollten auch los, der Unterricht fängt gleich an. Wo müssen wir eigentlich hin?", fragte sie schließlich.

„Ich glaube, wir müssen in eines der kleinen Türmchen ganz oben im Schloss", meinte Karl.

„Dann sollten wir uns tatsächlich beeilen, wir sollten nicht zu spät in den Unterricht der Rektorin kommen, oder?", sagte Anna.

Sie rannten den langen Weg nach oben in eines der Türmchen, doch das wäre gar nicht notwendig gewesen, denn die Türe war noch verschlossen und alle Schüler standen davor.

„Ist sie noch nicht da?", fragte eine Mitschülerin, die noch nach ihnen angekommen war.

Tom, wie immer äußerst charmant, schnauzte sie an: „Meinst du, wir stehen hier zum Spaß vor der Tür, oder was?"

„Sie sollten sich einen anderen Tonfall angewöhnen", hörten die Schüler auf einmal eine Stimme hinter sich sagen.

Die Rektorin war scheinbar aus dem Nichts hinter ihnen aufgetaucht und wirkte sehr amüsiert, als sie sah, wie Tom ziemlich rot im Gesicht wurde.

„Auf dem Gang ist es zwar auch ganz gemütlich", meinte sie fröhlich, „doch wir werden wohl lieber in das Klassenzimmer gehen."

Die Tür ging auf und ein Raum ohne Tische und Stühle, sondern mit sehr vielen Kissen auf dem Boden verteilt, lag vor ihnen. Die Rektorin schritt voran und sagte: „Suchen sie sich doch bitte alle ein gemütliches Plätzchen auf den Kissen, dann können wir starten."

Anna und die anderen beiden ließen sich auf einem Haufen wirklich sehr flauschiger Kissen nieder und starrten erwartungsvoll zu Frau Stone. Diese setzte sich sehr anmutig auf ein großes Kissen und wartete, bis alle Schüler wieder verstummt waren.

Obwohl sie nichts sagte und auch nichts tat außer dazusitzen, spürten sie doch eine sehr außergewöhnliche Aura, die von ihr auszugehen schien. Die Rektorin schaute in die Runde, bevor sie sprach, und Anna hatte das Gefühl, dass ihr Blick ein wenig länger auf ihrer Dreiergruppe verweilte als auf den anderen.

„Ich heiße euch herzlich willkommen in meinem Kurs. Wenn es euch nicht stört, würde ich euch gerne mit Du ansprechen, das schafft eine persönlichere Ebene, die wir in diesem Fach gut gebrauchen können."

Als die Schüler nickten, sagte sie: „Das freut mich sehr. Nun, da wir das geklärt haben, werde ich euch einen kurzen Überblick über dieses Fach verschaffen. Ich bin mir dessen bewusst, was in vielen Zaubererfamilien über Zauber der Musik kursiert." Tom und ein paar andere Schüler tauschten eindeutige Blicke aus. „Nämlich", fuhr sie fort, „dass dieses Fach nur einen sehr schwachen Zweig darstellen soll, der im Endeffekt nicht viel bewirken kann. Ich akzeptiere diese Meinung, da ich weiß, dass viele Zauberer Probleme darin haben, Neues und vielleicht Besseres anzuerkennen, allerdings werde ich sie natürlich nicht als Grundlage dafür heranziehen, was ich euch beibringen möchte.

Es gab schon viele Zauberer, die auf die einfachsten, aber stärksten Arten der Magie verzichtet, ja, sie sogar vernachlässigt haben, da sie nicht erkannten, welche Macht sie doch haben können, und letztlich die doch starken Konsequenzen dessen zu spüren bekommen haben. Ich werde versuchen, denen, die es wollen, einen Weg aufzuzeigen, der diese Arten der Magie miteinschließt und sie zu, sagen wir, vollkommeneren Zauberern zu machen. Grundsätzlich bietet die Musik jedem Menschen, egal ob Zauberer oder nicht, die Möglichkeit, seine Gefühle, Sorgen, Wünsche und vieles mehr ausdrücken zu können. Dies kann für jeden eine heilende Wirkung haben und sogar Trost spenden. In jedem von euch ..." Sie zeigte dabei auf die Schüler. „... steckt eine eigene Melodie, die wir dieses Jahr versuchen werden herauszukitzeln. Sie kann euch in den richtigen Momenten viele Vorteile verschaffen, die ihr wahrscheinlich noch nicht greifen könnt, aber zum Ende des Jahres hoffe ich doch, dem ein oder anderen damit helfen zu können. Heute beginnen wir mit den ersten Schritten in diese Richtung. Ich bitte euch nun, die frühesten Erfahrungen eurer Kindheit, an die ihr euch noch erinnern könnt, zu notieren. Dies können glückliche Momente sein, traurige Erlebnisse oder eben alles andere, was euch dazu einfällt. Ihr könnt es ruhig auch visualisieren ... Hauptsache, wir haben zum Ende der Stunde eine Basis geschaffen, auf der wir aufbauen können.

Ach, was ich noch ganz vergessen habe zu erwähnen", sagte sie, nachdem einige Schüler kompliziert versuchten, etwas auf den Kissen zu notieren. „Eure Tablets können auch mit euren Gedanken gesteuert werden. Denkt einfach fest daran, was ihr schreiben oder zeichnen wollt, und schon wird es auf euren Tablets erscheinen."

Schweigend machten sich die Schüler an die Arbeit. Nach einiger Zeit ging die Rektorin umher und sah sich die ersten Werke ihrer Schüler an. Einige hatten tatsächlich Zeichnungen auf ihren Tablets, die sie hier und da ergänzten und verschönerten, die anderen hatten schon recht lange Texte geschrieben oder viele Stichpunkte angesammelt.

Anna hatte sich zu einer Kombination aus beidem entschlossen und zunächst einige Stichpunkte gesammelt, die sie dann ausformulieren wollte. Sie erinnerte sich plötzlich an einen sehr frühen Moment, es muss fast noch vor dem Kindergarten gewesen sein, als sie auf dem Schoß ihrer Urgroßmutter saß, die ihr wunderschöne Geschichten erzählt hatte.

Aus irgendeinem bestimmten Grund fiel ihr gerade ein Detail ein, dass sie ein wenig zusammenzucken ließ. Ihre Urgroßmutter hatte ihr von ihrer zauberhaften Schwester erzählt und zuletzt gesagt: „... die mich so sehr an dich erinnert, Anna." Sie benutzte in Annas Gedächtnis genau diese Worte:

„Du bringst mir die gleiche Freude wie meine Schwester früher", hatte sie gesagt, ihr übers Haar gestrichen und geflüstert: „Du bist etwas ganz Besonderes, Anna, so magisch."

Ihre Urgroßmutter hatte es gewusst und Anna fiel es wie Schuppen von den Augen ... Sie wusste, dass Anna auch eine Hexe sein musste ... Aber wieso hatte sie ihrer Mutter nichts davon erzählt? Oder vielleicht hatte sie es doch erzählt und Annas Mutter hatte es einfach ignoriert und nicht daran geglaubt?

Anna hing noch ihren Gedanken nach, als die Rektorin schließlich die Stunde beendete. Sie bat die Schüler, ihre frühkindlichen Erfahrungen noch bis zur nächsten Stunde zu vollenden und schmiss sie quasi aus dem Raum.

Anna, die noch nicht ganz wieder im Hier und Jetzt war, brauchte ein bisschen länger, bis sie alles wieder in ihre Tasche gestopft hatte, und so waren sie, Karolina und Karl die Letzten, die noch im Klassenzimmer waren. Als sie gerade nach draußen gehen wollten, hielt die Rektorin Karl auf.

„Könnte ich kurz mit dir sprechen?"

„Ja, ähm, natürlich, geht ihr schon mal vor? Ich komme dann gleich nach."

„Ok, bis gleich", sagte Anna und die Mädchen gingen in Richtung Aula davon.

„Was Frau Stone nur von ihm will?" „Vielleicht geht es ja um den Brief", meinte Karolina.

„Ja, könnte sein, aber ich hoffe, er lässt sich nicht dazu drängen, in den anderen Wohnbereich zu wechseln."

„Niemals!", sagte Karolina bestimmt. „Er lässt uns nicht alleine, das kann ich mir nicht vorstellen."

„Na ja, ich eigentlich auch nicht", meinte Anna, „aber wir werden es ja dann gleich erfahren."

Blut oder Wasser?

Es war ein komisches Gefühl, ohne Karl Mittag zu essen und es fühlte sich noch komischer an, als er bis zum Ende der Mittagszeit nicht wieder aufgetaucht war.

„Jetzt mache ich mir doch ein bisschen Sorgen", meinte Anna schließlich, als sie zur nächsten Unterrichtsstunde aufbrachen.

„Ich mir auch ... Wo steckt er denn nur? Er kann doch nicht immer noch bei der Rektorin sein, oder was denkst du, Anna?"

„Ich weiß es nicht, aber vielleicht ist er ja schon zu Pflanzen und magische Tiere gegangen und wir treffen ihn draußen. Hoffentlich ist wenigstens das Wetter inzwischen ein bisschen besser."

Als sie auf der großen Wiese hinter der Schule ankamen, war es zwar windig, jedoch trocken, und leider war Karl auch hier nirgends zu sehen. Die anderen hatten auch schon bemerkt, dass Karl nicht da war und fragten die Mädchen, wo er stecke.

„Wir wissen es nicht genau, er hatte noch ein kurzes Gespräch mit der Rektorin und seitdem haben wir ihn nicht mehr gesehen."

Tom hatte dies aufgeschnappt und meinte: „Oh, hat euer toller Freund was angestellt? Ich glaube, das ist Rekord nach nur zwei Tagen." Schon ging er spöttisch grinsend zu seinen Freunden zurück.

„Dieser Idiot", flüsterte Anna Karolina zu. „Ich würde ihm am liebsten eine reinhauen, wenn er immer so blöd grinst, aber ich fürchte, das würde ich bereuen."

Karolina flüsterte zurück: „Ohh ja, ich würde das auch nur zu gerne tun und ich wette, die halbe Klasse auch."

„Würden Sie nun bitte still sein", hörten sie plötzlich eine tiefe Stimme rufen.

„Ich bin Professor Forster, Ihr Lehrer im Fach Pflanzen und magische Tiere. Wir werden uns heute mit einem Tier befassen, von dem sie bestimmt alle schon gehört haben. Es ist ein sehr schönes Tier, das von vielen Zauberern häufig sehr unterschätzt wird. Wenn Sie kurz hier warten würden, dann werde ich Ihnen einige Exemplare davon holen."

Er kam mit einer, wie es schien, ganzen Herde kleiner, weißer, sehr flauschiger Wesen zurück.

„Wer kann mir sagen, was das für Tiere sind?", fragte er in die Runde.

Luis meldete sich und meinte: „Sind das junge Gamsis?"

„Ja, das ist vollkommen korrekt. Junge Gamsis sehen aus wie kleine Wattebäusche auf vier Beinen. Später sind sie, wie Sie wissen, ein wenig größer und nicht mehr ganz so voluminös, aber deswegen nicht weniger flauschig."

Die kleinen Tierchen waren so süß, dass die meisten nicht den Blick von ihnen abwenden konnten.

„Die Tiere sind gerade einmal zwei Tage alt", erklärte Professor Forster gerade, „... und es war ein großes Glück, dass es so viele Jungtiere auf einmal gab. Ich habe mir deshalb gedacht, dass wir zunächst mit einem kleinen Projekt starten, bevor wir uns um die anderen Tiere und Pflanzen der magischen Welt kümmern. Sie werden sich bitte immer zu dritt um ein Tier kümmern, dieses für die nächsten Wochen versorgen, pflegen und ganz genau beobachten. Der Zustand Ihres Tieres nach dieser Zeit wird Einfluss auf Ihre Endnote haben und Sie sollten sich deshalb besonders ins Zeug legen. Wählen Sie bitte nun eins der Tiere aus und versuchen Sie es gleich ein wenig an sich zu gewöhnen."

Anna und Karolina suchten sich zunächst zu zweit ein Tier aus, da sie unbedingt mit Karl eine Gruppe bilden wollten, während Maria und Vroni mit einem Mädchen aus einem anderen Wohnbereich zusammenarbeiten mussten.

Professor Forster sah, dass Anna und Karolina nur zu zweit waren und fragte nach, warum dies so ist.

„Wir sind eigentlich auch zu dritt. Unser Freund Karl musste vorher zu einem Gespräch mit der Rektorin und ist noch nicht wieder da, deswegen sind wir erst mal zu zweit."

„Alles klar ..., ich habe mich nur gewundert, weil Sie genau dreißig Schüler sind und wir somit auf genau zehn Dreiergruppen kommen müssten, aber kein Problem. Dann steht die Aufteilung also fest. Ich möchte nun, dass Sie sich noch ein wenig Ihren Tieren nähern, um sie in den nächsten Tagen bestmöglich versorgen zu können."

Anna und Karolina führten ihr Gamsi ein bisschen abseits der anderen und streichelten es zunächst vorsichtig.

„Du bist sooo süß", flüsterten sie dem kleinen Tier zu. „Und soooo flauschig", fügte Karolina hinzu.

„Wir sollten ihm einen Namen geben, findest du nicht?", meinte Anna.

„Ja, unbedingt!", strahlte Karolina. „Na, wie willst du heißen …, hm …, wie wäre es mit Flauschi?"

Anscheinend fand das junge Tier den Namen gut, denn es sprang auf einmal in die Luft und machte ein lustiges Geräusch, das Anna fast an ein kleines Schaf erinnerte.

„Ohh, es mag den Namen", sagte Karolina.

Die beiden streichelten noch ein wenig über das weiche Fell und versprachen, Flauschi am Abend noch mal zu besuchen, um es zu füttern.

„Bringen Sie Ihre Gamsis bitte wieder hierher", rief Professor Forster den auf der Wiese verteilten Schülern zu.

Er hatte zehn kleine Bänder in verschiedenen Farben in der Hand, die er nun an die Gruppen verteilte.

„Bitte binden Sie Ihrem Tier jeweils das Band um den Hals, damit Sie es später wiedererkennen können. Die Tiere sind zwar sehr schlau und wissen genau, wer Sie sind und wer sich zuerst gekümmert hat, doch es macht es für Sie als Gruppe einfacher, das richtige Tier zu identifizieren."

Anna band Flauschi ein rosa Bändchen um, das es tatsächlich noch süßer aussehen ließ. Der Professor zauberte nun aus dem Nichts einen Zaun um die Gamsis herum und ermahnte die Schüler nochmals: „Bitte vergessen Sie Ihre Tiere nicht und denken Sie daran, dass sie es gewohnt sind, mindestens einmal am Tag zu fressen zu bekommen. Wie Sie Ihre Tiere am besten füttern und pflegen, entnehmen Sie bitte Ihren Büchern. Ich versichere Ihnen jedoch auch, dass Sie nach nur wenigen Tagen genau wissen werden, was Ihre Tiere mögen und was eben nicht."

„Gut, das wars dann also für heute, wir sehen uns spätestens in der nächsten Stunde wieder, um Ihre Fortschritte zu überprüfen."

Die Schüler machten sich, nachdem die meisten ihr Gamsi noch einmal kurz gestreichelt hatten, auf den Weg zurück zur Schule.

„Karo, gehen wir gleich in den Wohnbereich zurück? Ich hoffe, dass Karl dort auf uns wartet."

„Auf jeden Fall möchte ich unbedingt wissen, was die Rektorin so lange von ihm wollte", antwortete Karolina.

Sie bogen gerade um die Ecke, als ihnen Karl entgegenkam.

„Karl!", riefen beide Mädchen gleichzeitig.

„Wo warst du denn so lange?", fragte Anna.

„Nicht hier ..., können wir uns vielleicht einen anderen Platz suchen, um zu reden?"

„Wo sollen wir hingehen? Wir waren gerade die ganze Zeit draußen, da ist es heute nicht allzu gemütlich", meinte Karolina.

„Hm, vielleicht finden wir ein leeres Klassenzimmer, da können wir auch ungestört reden", schlug Anna vor.

„Gute Idee, probieren wir doch gleich mal das nächste aus", meinte Karl und ging sehr zuversichtlich auf die nächstbeste Tür zu.

Er öffnete sie vorsichtig und rief die Mädchen schließlich zu sich her:

„Wir haben Glück, hier ist niemand."

Die drei setzten sich an einen der Tische und Karl begann sofort zu erzählen.

„Also, Frau Stone hat mich ja aufgehalten, das wisst ihr ja. Sie hat mich gebeten, mich kurz zu setzen, und gemeint, sie müsste mit mir über etwas sehr Wichtiges sprechen. Eigentlich wusste ich vorher schon, auf was sie hinauswollte, und ihr könnt es euch wahrscheinlich auch denken, oder?"

„Über deine Familie", meinte Anna vorsichtig.

„Natürlich ..." Karl versenkte seinen Kopf zwischen den Händen, doch Anna und Karolina bedrängten ihn nicht weiter zu sprechen.

Eine Zeit lang saß er so da, bis er schließlich weitererzählte.

„Na ja, sie meinte, sie habe heute Morgen einen Brief von meinen Eltern erhalten, der sie sehr nachdenklich gemacht habe, da er doch sehr negativ formuliert war und in dem stehe, dass ich mich anscheinend aus Dummheit und geistiger Verwirrung angesichts der neuen Erfahrung an der Schule für den aus ihrer Sicht falschen Gegenstand entschieden hätte. Sie bedrängten Frau Stone anscheinend schon geradezu, mich den Wohnbereich noch mal wechseln zu lassen, und duldeten keinen Widerspruch. Ich dachte zunächst, Frau Stone würde mich dazu zwingen, genau das zu tun, doch sie fragte mich, was ich von all dem halte. Ich habe ihr alles gesagt, was ich euch gestern schon gesagt habe, und auch, dass ich durch euch zwei erst gemerkt habe, in was für einer Familie ich eigentlich gelebt habe.

Frau Stone schien diese Antwort erwartet zu haben, denn sie wirkte keinesfalls entsetzt oder überrascht. Sie meinte schließlich, dass die Prüfung in dem Raum absichtlich von ihr entwickelt worden war, um die wahre Gesinnung der Schüler zu erfahren. Anscheinend kann sich keiner in dem Raum verstellen.

Sie sagte wörtlich: ‚In diesem Raum zeigt jeder Mensch sein wahres Gesicht und dies kann von nichts und niemandem von außen beeinflusst werden. Ich habe mir diesen Zauber vor vielen Jahren ausgedacht und niemals wurde ein falsches Ergebnis erzielt.'"

„Warte kurz", warf Anna ein ... „Das heißt im Klartext, dass du dich gar nicht wegen uns so entschieden hast, sondern weil es einfach in dir steckte. Du bist einfach anders als deine Familie!?"

„Das hat Frau Stone auch zu mir gesagt." Und zum ersten Mal lächelte er die zwei wieder ein bisschen an.

„Nun gut, als ich also mit Frau Stone übereingekommen war, dass ich auf keinen Fall in einen anderen Wohnbereich wechsle, meinte sie, es wäre gut, wenn wir es meinen Eltern zusammen erzählen würden. Ich habe zunächst nicht verstanden, wie sie das bewerkstelligen wollte, bis sie mit dem Spiegel in ihrem Zimmer zu sprechen begann und diesen bat, meine Eltern zu holen. Ein paar Sekunden später erschienen sie tatsächlich in dem Spiegel. Sie waren zunächst überrascht, mich und die Rektorin zu sehen, dachten jedoch anscheinend, ich wäre zur Vernunft gekommen. Sie begrüßten uns zunächst freundlich und sagten genau das, was ich vermutet hatte.

Frau Stone antwortete ihnen, dass sie sie leider enttäuschen müsse, da ich nicht in den anderen Wohnbereich wechseln würde und ich auch sicher nicht verwirrt oder dumm war, wie sie es in ihrem Brief ausgedrückt hatten. Meine Eltern waren extrem verärgert und mein Vater schrie mich schließlich an, dass er nichts mehr mit mir zu tun haben wolle, wenn ich mich nicht sofort anders entscheiden würde. Meine Mutter weinte, doch auch sie stärkte mir nicht den Rücken, weshalb ich schließlich zu ihnen sagte, dass sie auf dem falschen Weg seien und ich mich nicht mehr melden würde, bis sie ihre Meinung zu all dem ändern würden.

Frau Stone meinte letztlich, dass es nichts mehr zu besprechen gäbe, und beendete das Gespräch mit meinen Eltern. Ich konnte ihr ansehen, dass sie nicht mit diesem Ausgang des Gespräches gerechnet hatte, und sie fragte mich, ob es mir gut ginge. Ich wollte und konnte zu diesem Zeitpunkt nicht antworten und so meinte sie, ich solle doch schon einmal in mein Zimmer gehen und mich einfach ein wenig ausruhen. Am Schluss riet sie mir noch, mich an meine Freunde zu halten und mit ihnen zu reden."

Karl hatte ihnen alles erzählt und nun saßen die drei schweigend nebeneinander.

„Ich ..., ähm, also, es tut mir wirklich sehr leid, dass dich deine Eltern so behandelt haben. Damit du's weißt, wir sind immer für dich da und du kannst uns wirklich alles erzählen."

Anna hatte Tränen in den Augen, als sie diese Worte ausgesprochen hatte, und auch Karolina schien es ähnlich zu gehen.

„Ich weiß ... und ich danke euch dafür", antwortete Karl. „Wir kennen uns erst seit einer so kurzen Zeit und doch fühlt ihr euch schon mehr wie meine Familie an, als sie es jemals getan haben. Ich musste anscheinend von zu Hause weg, um ihr wahres Gesicht zu erkennen."

Anna und Karolina waren von diesen Worten extrem gerührt, wussten sie doch, was diese Worte für eine enorme Aussagekraft hatten. Einzelne Tränen lösten sich bei Anna, sie versuchte sie zu verstecken, indem sie schnell darüberwischte, doch Karl hatte es schon bemerkt. Er ging direkt zu ihr und umarmte sie eine relativ lange Zeit. Anna wusste nicht, ob die Umarmung ihm oder ihr besser tat, allerdings spürte sie, dass es ihr damit besser ging.

Er schaute ihr danach direkt in die Augen und sagte: „Ich weiß ganz genau, dass du dir noch immer eine Teilschuld an dem Ganzen gibst, aber das ist nicht wahr. Meine Eltern haben keine Ahnung, was sie verpassen, wenn sie kategorisch ausschließen, mit anderen als …, na ja, ‚reinen' Zauberern Umgang zu suchen. Sie sind einfach blind, aber ich hoffe, sie können doch nach einiger Zeit wieder sehen."

Karolina, die immer noch stumm auf dem Stuhl gesessen hatte, kam nun auch herüber, legte die Arme um beide und meinte:

„Jeder, der so denkt, muss unbedingt erkennen, dass wir alle gleich sind, aber bis es so weit ist, haben wir ja uns."

Sie lächelten sich an und fühlten sich durch den jeweils anderen enorm bestärkt. Sie verließen schließlich das leere Klassenzimmer und gingen zu einem frühen Abendessen.

„Wir müssen danach noch mal runter auf die große Wiese", meinte Anna schließlich.

„Wieso müsst ihr noch mal raus?", fragte Karl verwirrt.

„Oh, mein Lieber, nicht nur wir, sondern du auch", erwiderte Karolina.

„Du warst doch vorher nicht bei Pflanzen und magische Tiere. Dort haben wir ein mehrwöchiges Projekt gestartet. Wir müssen uns jeweils zu dritt um ein Baby-Gamsi kümmern, also füttern, pflegen usw., und das geht dann in unsere Endnote mit ein."

Sie waren bereits an einem leeren Tisch angekommen und setzten sich, als Anna weitererzählte.

„Wir haben unser Gamsi Flauschi getauft." Als sie Karls Blick sah, meinte sie: „Jaa gut, es ist nicht der originellste Name, aber es passt einfach."

Karl lachte sie nun ernsthaft aus, doch er hatte sich gleich wieder unter Kontrolle.

„Ich wette mit euch, die Hälfte der anderen Gamsis heißt auch so."

„Egal", meinte Karolina trotzig, „unseres wird am Ende das Schönste und Flauschigste sein."

Sie aßen schnell die Leckereien vor sich auf und Anna versuchte anschließend, mit ihrem Tablet Informationen über die Pflege von Gamsis zu finden.

„Hört mal zu, ich habe was Interessantes gefunden", meinte sie schließlich. „Es herrscht der allgemeine Irrglaube vor, Gamsis würden sich auch wie andere Weidetiere von Heu, Gräsern, Farnen und ähnlichen Pflanzen ernähren. In den ersten Tagen sollten sie jedoch bevorzugt Waldbeeren zu fressen bekommen, da ihre Mägen noch nicht ganz ausgebildet sind. Diese werden auch in der freien Wildbahn von den Muttertieren an ihre Kinder verfüttert. Ab einem Alter von circa einer Woche beginnen die Muttertiere damit, die kleinen Gamsis an ihr normales Essen zu gewöhnen, dies sind kleine Raupen, Würmer, Käfer ..., grob gesagt also Insekten und Weichtiere."

„Was?? Das hätte ich nicht gedacht", meinte Karolina. „Aber wo bekommen wir denn das Zeug her?"

Anna war gerade eine verrückte Idee gekommen, sie dachte an eine große Portion Waldbeeren und schon stand sie vor ihr auf dem Tisch.

„Ohh, du bist ein Genie, Anna", meinte Karl anerkennend.

„Ich hoffe nur, das funktioniert dann auch mit den Insekten ..., sonst müssen wir draußen auf die Suche gehen", meinte Anna.

Karo schaute angewidert und meinte: „Hoffentlich nicht ... Das wäre wirklich eklig, aber egal ..., lasst uns doch jetzt einfach das Gamsi-Baby besuchen, oder?"

Die drei verließen die Aula und machten sich auf den Weg zur großen Wiese hinter dem Schloss. Da sie heute so früh gegessen hatten, dämmerte es gerade noch und sie konnten die Gamsis noch gut erkennen. Als sie nähertraten, kamen alle Gamsis angelaufen. Anscheinend waren die anderen Gruppen noch nicht zum Füttern erschienen und die Tiere hatten Hunger. In der hinteren Reihe sah Anna schließlich das rosa Bändchen an ihrem Gamsi. Sie stieg über den Zaun und drängte sich durch die Tiere, bis sie Flauschi erreicht hatte. Es begrüßte sie freudig und schleckte ihr über die Hand.

„Versuch es mal ein bisschen von den anderen Tieren wegzulocken", riet Karolina von außerhalb des Zaunes.

„Das sagst du so einfach, aber die werden sich nicht abdrängen lassen! Gibt es irgendeinen Zauber, der eine kleine Barriere zwischen mir und den anderen schaffen lässt, oder eine unsichtbare Grenze oder so?", fragte Anna.

„Ich schaue schnell nach", meinte Karl. „Ja, es gibt einen Zauber, der eine Grenze zwischen sich und einem anderen Gegenstand oder Menschen ziehen kann. Schau mal, du musst ‚**confine**' sagen und mit deinem Zauberstab auf die Stelle deuten, an der du die Grenze haben möchtest, so wie hier."

Er hielt ihr das Tablet hin und zeigte ihr die Abbildung.

„Gut, dann versuch ich's mal."

Sie nahm ihr Gamsi Flauschi hinter sich und sagte schnell, aber deutlich: „**Confine**", während sie den Zauberstab zielsicher auf das Grasbüschel vor sich hielt. Die Gamsis, die gerade noch zu ihr rennen wollten, konnten nun nicht mehr weiter als bis zu dem Grasbüschel gehen, verstanden jedoch nicht warum und versuchten es immer wieder. Es sah extrem komisch aus und die drei mussten über die hartnäckigen Tiere lachen.

„Gut gemacht", meinte Karolina, als sie mit den Waldbeeren zu Anna kam. Auch Karl stieg über den Zaun.

„Dann stellen wir euch mal gegenseitig vor, oder?", meinte Karolina.

„Flauschi, das ist Karl …, er wird sich auch um dich kümmern. Karl, das ist Flauschi, unser kleines Gamsi-Baby."

Das Gamsi näherte sich vorsichtig an, beschnupperte Karl und war schließlich begeistert von ihm, als er die ersten Beeren verfütterte. Es machte den dreien Freude, das Gamsi zu füttern, und bald waren alle Waldbeeren aufgefressen.

„Wie löst man denn diese Grenze wieder auf?", fragte Anna, als sie wieder aufbrechen wollten.

Karl, der das Tablet immer noch in der Hand hielt, meinte: „Warte kurz ..., hier steht, dass alle Zauber immer durch ‚**fini**‘ beendet werden können."

Anna deutete wieder auf das Grasbüschel, sagte „**fini**" und schon kamen die anderen Gamsis auf sie zugestürzt. Sie streichelte noch das ein oder andere Tier und kletterte den anderen schnell über den Zaun nach.

„Puhh, das wäre geschafft. Ich hoffe, die anderen kommen bald, sonst gibt es heute noch einen Aufstand der Gamsis", sagte Karolina, als sie sich wieder auf den Weg zurück zur Schule machten.

Gerade als sie die Tür aufgemacht hatten, kam ihnen eine ganze Reihe ihrer Mitschüler entgegen.

„Habt ihr eures schon gefüttert"?, fragte Lena aus dem anderen Wohnbereich, die gerade vorbeikam.

„Ja, gerade eben", antwortete ihr Anna.

„Oh, ich muss mich beeilen, bis später, Leute", rief sie ihnen zu, da die anderen einfach weitergegangen waren und sie hinter ihnen herrennen musste.

„Ich würde sagen, wir verraten niemandem, was wir unserem Gamsi verfüttern, falls einer fragen sollte ... Die können das schön selber rausfinden", meinte Karl bestimmt.

„Sehe ich auch so", meinte Anna.

Sie gingen gerade in ihren Wohnbereich hinein, als Karolina die Hausaufgaben einfielen.

„Schreiben wir noch schnell die Aufsätze für Zaubereigeschichte fertig? Dann haben wir's hinter uns..."

Die drei gingen also gleich ins Arbeitszimmer und machten sich an die Arbeit. Karl und Anna waren nach ein paar Minuten fertig und schauten Karolina dabei zu, wie sie ihren Aufsatz schrieb.

„Macht es euch was aus, wenn ich schon ins Bett gehe?", fragte Karl nach einiger Zeit. „Ich habe heute Nacht so schlecht geschlafen und bin echt müde."

„Natürlich nicht", antwortete Anna, nachdem Karo aufgrund ihres Aufsatzes nichts mitbekam. „Schlaf gut, Karl."

„Du auch und träum was Süßes", flüsterte er zurück, zwinkerte ihr kurz zu und ging aus dem Raum.

Anna grinste vor sich hin, während Karolina anscheinend gar nichts mitbekommen hatte und nun komisch schaute, als sie bemerkte, dass Karl weg war.

„Oh, wo ist er denn hin?"

„Karo, er hat sich gerade von uns verabschiedet. Er ist supermüde, weil er nicht gut geschlafen hat, und wollte schon ins Bett."

„Hm, das habe ich nicht gehört, hoffentlich ist er nicht böse auf mich, weil ich nichts gesagt habe", meinte sie erschrocken.

„Ich glaube nicht", antwortete Anna, „er hat doch gesehen, dass du vertieft in deinen Aufsatz bist."

Innerlich dachte sich Anna jedoch, dass er vermutlich ganz froh gewesen war, dass Karolina diesen kurzen intimen Moment gar nicht wahrgenommen hatte, denn sie war es definitiv.

„Wie lange brauchst du denn eigentlich noch, Karo?"

„Bin gleich fertig, ich schreibe gerade den Schluss."

Übung macht den Meister

Als Karolina endlich fertig war, gingen die beiden in die Lounge zurück und ließen sich in die gemütlichen Sessel fallen. Die anderen waren inzwischen auch wieder von ihren Gamsis zurück und so quatschten sie noch einige Zeit wild durcheinander über diese wundersamen Tiere.

Anna, die nach einiger Zeit keine Lust mehr hatte, sich an den Gesprächen zu beteiligen, holte ihr Zaubersprüche-Buch aus ihrer Tasche, um ein wenig darin zu stöbern. Ihr fielen dabei einige Zaubersprüche auf, die sie sich unbedingt merken wollte.

Um beispielsweise Licht an ihrem Zauberstab zu entfachen, musste „**candela**" gesprochen werden, um eine verschlossene Tür öffnen zu können, war „**aperto**" die richtige Formel, und, was Anna besonders gut gefiel, um kleine Funken aus dem Zauberstab sprühen zu lassen, musste „**stellini**" gesprochen werden.

Als sie schließlich über den Aufrufezauber blätterte, fiel ihr auf, dass sie noch gar nicht für nächste Woche geübt hatten.

„Karo!!", rief sie laut. „Wir müssen unbedingt noch die Aufrufezauber üben, sonst wird das nichts und wir müssen eine, wie hat er es genannt, ‚extra Übungsstunde' mit Herrn Bieder verbringen."

Karolina wurde ganz weiß im Gesicht. „Oh Gott, das habe ich ganz vergessen. Können wir gleich noch ein bisschen in unserem Zimmer üben?"

Vroni, die das zufällig mitgehört hatte, meinte: „Können wir auch mitmachen? Es hat noch bei keinem von uns geklappt."

„Na klar, dann gehen wir doch einfach jetzt alle vier in unser Zimmer, da können wir ungestört üben", meinte Anna.

Die vier verabschiedeten sich von allen anderen und gingen in ihr Zimmer.

„Anna, kannst du uns noch mal zeigen, wie du es beim letzten Mal gemacht hast? Nur du hast es wirklich hinbekommen", sagte Maria.

„Ich kann's ja mal versuchen", meinte sie. „Ich glaube, ich nehme das Kissen da hinten im Eck. Also ..., ihr müsst euch ganz fest auf den Gegenstand konzentrieren, den ihr zu euch holen wollt. Dann richtet ihr euren Zauberstab in die Richtung des Gegenstandes, wobei ich auch gelesen habe, dass dies nicht zwingend notwendig ist, da auch große Weiten überwunden werden können ..., aber egal ..., und sagt sehr deutlich ‚**imata**‘." Schon kam das große Kissen in ihre Arme geflogen.

„Wow, du kannst das echt gut", meinte Maria anerkennend.

„Danke, aber jetzt seid ihr dran. Maria, stell dich auf meine Position und versuche, einen Gegenstand von deinem Bett zu dir zu holen. Konzentrier dich nur auf den Gegenstand und sag ganz ruhig, aber deutlich die Formel."

Maria schrie geradezu den Gegenstand an, allerdings nuschelte sie so sehr, dass sich nichts rührte.

„Okay, schon mal nicht schlecht", meinte Anna, „aber du musst wirklich deutlich sprechen. Versucht es doch einfach mal zusammen, vielleicht sogar ohne Zauberstab!"

„Also auf drei: eins, zwei, drei ... ‚**imata**‘. Jahh, viel besser, noch mal: eins, zwei, drei ... ‚**imata**‘, perfekt!! So müsste es klappen. Stellt euch alle mal Rücken an Rücken in die Mitte des Raumes und fixiert jeweils ein Kissen. Konzentriert euch wirklich nur darauf, es zu euch zu holen, und sprecht die Formel noch mal genau wie gerade. Ich würde sagen, ihr startet wieder auf drei. Eins, zwei, drei ..." Es ertönte von allen dreien „**imata**" und tatsächlich schafften es Maria und Vroni dieses Mal, ein Kissen in ihren Händen zu halten.

„Sehr gut, Maria und Vroni, so müsst ihr es immer machen. Und Karo, versuch es einfach gleich noch mal, Übung macht den Meister", riet Anna ihr.

„Wichtig ist", fügte sie noch hinzu ..., „du musst auch ein bisschen an dich glauben, Karo, sonst wird das nichts. Ich bin mir ganz sicher, dass es mir auch nur deshalb vor Herrn Bieder gelungen ist. Ich wollte ihm einfach beweisen, dass ich's kann. Du kannst das auch, da bin ich mir sicher."

Karolina konzentrierte sich noch einmal, aber als sie die Worte gesprochen hatte, kam immer noch kein Kissen zu ihr geflogen.

„Ok, das macht doch nichts. Wir versuchen es einfach morgen noch mal, dann klappt es bestimmt", meinte Anna aufmunternd zu ihr.

Leider schien Karolina nicht überzeugt davon zu sein, nickte jedoch und ließ sich auf ihr Bett fallen. Die Mädchen beschlossen schließlich, schlafen zu gehen, da es schon ganz schön spät geworden war.

Die nächsten Tage vergingen wie im Flug und ohne besondere Vorkommnisse und so war auch die erste Woche in Felsenschloss schon dem Ende zugegangen. Es war Sonntagabend und Karolina hatte es immer noch nicht geschafft, ein Kissen zu sich fliegen zu lassen. Karl, der die letzten Abende auch mit geübt hatte, war inzwischen sogar schon zu Büchern übergegangen, und die anderen Mädchen schafften es auch die meiste Zeit, ihre Kissen zu sich kommen zu lassen.

„Ich bin ein hoffnungsloser Fall", meinte Karolina traurig. „Ich schaffe das doch nie, jetzt üben wir schon vier oder fünf Tage hintereinander."

„Komm schon, Karo, ich bin mir sicher, du schaffst das noch, aber ich habe schon langsam das Gefühl, dass du zu verkrampft bist", sinnierte Anna.

„Ich …, na ja, ich hätte da so eine Idee", druckste sie herum.

„Was ist es …? Erzähl schon, schlimmer kann es nicht mehr werden", sagte Karo niedergeschlagen.

„Hmm, na gut, aber lacht mich bitte nicht aus! Schwört es!!", sagte Anna ernst, als sie Karls und Karos Blick sah.

„Wir schwören es", riefen beide im Chor und grinsten sie an.

„Okay, danke, also es gibt da so Übungen, die man machen kann, um sich zu entspannen. Ich sage es euch am besten gleich, es sind vermutlich normalo -Methoden, also aus der nicht magischen Welt."

Die zwei schauten ein bisschen komisch, sagten aber nichts.

„Das Ganze heißt Yoga, habt ihr davon schon mal gehört?"

„Jaa, ich kenne das", sagte Karo auf einmal, „meine Mama macht das immer."

Anna war zunächst irritiert, bis ihr wieder einfiel, dass Karolinas Mutter ja auch von Nicht-Zauberern abstammte.

„Was meinst du, könnte dir so eine Übung vielleicht helfen, ein bisschen zu entspannen, bevor du den Zauber ausführen musst? Ich meine, wenn du den Trick mal raushast, wird das bestimmt nicht mehr notwendig sein, aber vielleicht hilft's dir ja jetzt?"

„Was sind das für Übungen?", fragte Karl interessiert.

„Ich kann mal auf meinem Tablet nachschauen, ob ich zufällig was dazu finde", antwortete Anna, „dann kann ich es dir besser erklären. Sie tippte ein wenig auf ihrem Tablet herum und meinte schließlich „hm ..., ich finde hier nur einen kleinen Abschnitt dazu, aber das erklärt es eigentlich auch schon ganz gut. Hört zu ... Patanjali gilt als Vater des Yogas, da er als der Verfasser des klassischen Leitfadens des Yogas gehandelt wird. Laut Patanjali ist Yoga das Zur-Ruhe-Bringen der Bewegungen im Geist.2"

„Na ja, das könnte möglicherweise wirklich helfen", meinte Karl nun zuversichtlich. „Zeig uns doch mal so eine Übung, Anna."

„Ok, ich kann mal versuchen, euch den „Sonnengruß" beizubringen. Der hilft eigentlich immer ganz gut bei Verspannungen. Ich mache es euch mal vor und erkläre alles nebenbei. Ihr müsst euch für diese Übung aufrecht hinstellen. Die Füße bleiben zusammen und die Knie sind leicht gebeugt. Eure Hüfte müsst ihr leicht nach vorne klappen und die Bauchmuskeln ein wenig anspannen. Jetzt rollt ihr die Schultern nach hinten und nehmt die Hände wie zum Gebet vor dem Brustkorb zusammen. Nun führt ihr die Handflächen bei der Einatmung über die Seite nach oben. Als nächstes beugt ihr euch mit gebeugtem Knie bei der Ausatmung nach vorne, während die Hände über die Seite wieder nach unten geführt werden. Die Hände werden nun vor

---

2 https://main.ayush.gov.in., 25.03.2022

den Füßen auf dem Boden aufgesetzt. Dabei sollte eine Dehnung in der Rückseite der Beine zu spüren sein.

Theoretisch könnte man die Übung auch noch weiterführen, aber ich denke für unsere Zwecke sollte das so ausreichen. Ich würde also vorschlagen, ihr probiert es gleich mal aus."3

Karolina war sofort Feuer und Flamme und konnte die Übung bald genauso gut ausführen wie Anna, doch Karl hatte ein wenig Probleme mit seinem Gleichgewicht. Er fiel nun schon zum zweiten Mal um und gab schließlich auf.

„Ich glaube, das ist nichts für mich", meinte er sehr amüsiert über seine eigene Unfähigkeit.

Sie lachten, bis Anna meinte: „So, Karo, ich denke, dass das genügt. Willst du jetzt noch mal den Aufrufezauber in Angriff nehmen? Versuche das Gefühl von eben zu behalten und fokussiere dich nur auf das Kissen, das wir mitgebracht haben." Karolina sprach die Zauberformel und tatsächlich flog endlich das Kissen in ihre Arme. Sie sprang in dem leeren Klassenzimmer umher, das sie ausgesucht hatten, um neugierigen Blicken auszuweichen, und freute sich wahnsinnig darüber.

„Wuhu, jetzt hast du's geschafft", strahlte Anna sie an. „Versuchs gleich noch mal, damit du ein Gefühl dafür bekommst."

Auch die nächsten Kissen schaffte Karolina ohne Probleme und so hatte sie ein richtig gutes Gefühl für die Zaubersprüche-Stunde am nächsten Tag. Sie verbrachten anschließend noch einen gemütlichen Sonntagabend in ihrer Lounge und freuten sich schon auf die neuen Aufgaben der nächsten Woche.

Der nächste Morgen begann zunächst etwas stressiger, als Anna und Karolina sich das gewünscht hätten, denn sie waren sehr spät dran und hatten fast keine Zeit mehr zu frühstücken. Sie rannten in die Aula, wo Karl und die anderen schon aufbruchbereit dasaßen, und schlangen schnell einen Buttertoast runter, bevor sie zu Zaubereigeschichte mussten.

---

3 Yogaeasy.de, 14.01.2025

„Wo habt ihr so lange gesteckt?", fragte Karl auf dem Weg zur ersten Unterrichtsstunde.

„Wir haben viiiel zu lange geschlafen und uns dann auch noch verquatscht", meinte Anna schuldbewusst.

„Kann ich mir gar nicht vorstellen bei euch zwei Labertaschen", erwiderte Karl und lachte über die entrüsteten Blicke der Mädchen.

Die drei betraten zusammen das Klassenzimmer und setzten sich erwartungsvoll hin. Diese Stunde war letzte Woche mit Abstand die spannendste gewesen und jeder schien sich darauf zu freuen.

„Guten Morgen, Klasse", begrüßte sie Professor Storie. „Ich habe alle Ihre Aufsätze erhalten und werde Sie Ihnen in den nächsten Tagen benotet zurücksenden. Ich würde sagen, dass wir dem düsteren Kapitel unserer Geschichte gut gerecht geworden sind und wir gemeinsam mit den tatsächlichen Anfängen von Felsenschloss weitermachen können. Wie ich bereits erwähnt hatte, war es die Familie Fels, die einen sicheren Ort für die Ausbildung aller jungen Hexen und Zauberer des Landes schaffen wollte. Es gab Gerüchte, dass es in England, Frankreich und in Amerika bereits solche Institute geben sollte, und so machte sich Norbert Fels auf die gefährliche Reise, eine dieser Schulen ausfindig zu machen.

Zunächst schien es, als hätte er kein Glück, da in Frankreich niemand bereit zu sein schien, ihm zu helfen, doch als er nach England gelangte, traf er dort zufällig auf eine Zaubererfamilie, die so nett war, Kontakt zur dortigen Schule herzustellen. Der Schulleiter war bereit, Norbert zu empfangen, und so konnte er die Schule schließlich besuchen. Weiß jemand von Ihnen, von welcher Schule in England ich spreche?"

„Na ja, da gibt es ja nur Eine. Das ist natürlich Dark Field...", sagte wie immer Luis, der Streber der Klasse.

„Natürlich haben Sie recht! Ich denke, dass auch jeder von Ihnen bereits etwas von dieser sagenhaften Schule gehört hat, die so viele begabte Zauberer hervorgebracht hat. Wobei ich natürlich auch erwähnen muss, dass wir uns im Vergleich dazu nicht verstecken müssen.

Gut, aber nun wieder weiter im Text. Norbert Fels traf also den damaligen Schulleiter und trug ihm sein Anliegen vor. Der Schulleiter schien begeistert von der Idee zu sein, dabei zu helfen, eine weitere Schule der Magie aufbauen zu können. Er versprach Fels, ihn in sämtlichen Angelegenheiten die Schule betreffend zu unterstützen und wollte sogar den Minister der Zauberei Deutschlands aufsuchen, um ihn ebenfalls von dem Projekt in Kenntnis zu setzen und um Mithilfe zu bitten. Fels kehrte glücklich nach Deutschland zurück, denn er hatte erreicht, was er sich vorgenommen hatte. Nun galt es, einen geeigneten Ort für die Schule zu finden, der nicht zufällig von nicht magischen Personen entdeckt werden konnte. Schnell war sich die Familie einig, dass die Berge einen perfekten Zufluchtsort boten, vor allem an Stellen, die nahezu unmöglich zu erreichen waren. Es nahm schließlich alles seinen Lauf und nur ein Jahr später konnte die Schule an der heutigen Stelle eröffnet werden. Fels hatte durch die große Unterstützung des Schulleiters der englischen Einrichtung und auch des Ministers der Zauberei alle benötigten Materialien, Bücher und Gegenstände zusammen und konnte es nicht abwarten, die ersten Schüler in den Gängen und Klassenzimmern zu sehen. Zusammen mit dem Mitbegründer und auch ersten Lehrer der Schule Hugo Passion, beschloss Norbert Fels, die Trakte des Internates, in denen die Schüler wohnen sollten, persönlicher zu gestalten. Je Trakt durfte somit ein Lehrer einen eigenen Wohnbereich für die Schüler kreieren. Insgesamt entstanden drei Wohnbereiche, die auch die Fähigkeiten dieser Lehrer widerspiegelten.

Der Erste war ein alter Zauberer namens Hans Magius, der sehr von sich und den anderen Zauberern überzeugt war und am liebsten keine ‚nicht reinrassigen Zauberer‘, so wie er es nannte, an der Schule aufnehmen wollte, jedoch davon überzeugt war, dass die Schüler, die zu ihm kommen würden, besonders begabt und immer edlen Charakters wären. Die Zweite, Emilie Beaux, war eine sehr eitle Hexe, der es eigentlich nur um sich selbst ging und die alles andere in den Hintergrund rückte, allerdings auch dazu in der Lage war, die Gedanken Anderer lesen zu können und dies anscheinend an ihre Schüler weitergeben konnte. Der Dritte im Bunde, den ich euch bereits als Mitbegründer von Felsenschloss vorgestellt habe, Hugo Passion, war ein sehr gutherziger Zauberer, der wahnsinnig begabt war, obwohl er eine Mutter ohne magische Fähigkeiten hatte und letztlich immer drauf bedacht war, Eintracht zwischen den Schülern zu vermitteln.

„Vielleicht können Sie die ein oder anderen Parallelen zu sich selbst erkennen und wissen nun, warum sie in dem jeweiligen Wohnbereich gelandet sind!?"

Einige Schüler tauschten daraufhin Blicke aus und grinsten in sich hinein.

„Nun gut, das war es dann auch schon wieder für heute. Ich möchte, dass sie bis nächste Woche die Beziehungen zwischen den verschiedenen Zauberschulen in Europa erforschen, und bin schon sehr gespannt auf die verschiedenen Ergebnisse, die sie zutage fördern werden. Der Unterricht ist hiermit beendet."

Die Schüler strömten hinaus und redeten begeistert über die soeben erlebte Stunde.

„Der ist echt gut", meinte Berni anerkennend.

„Ja, absolut", stimmte ihm Karl zu.

„Leider kann ich das von unserem nächsten Lehrer Professor Bieder nicht behaupten", meinte Anna verstimmt.

Sie flüsterte Karolina gerade noch leise zu, dass sie sich an den Sonnengruß erinnern sollte, als er schon die Tür öffnete.

„Guten Morgen. Ich möchte heute von jedem Einzelnen von Ihnen den Aufrufezauber sehen. Setzen Sie sich auf Ihre Plätze."

Die Klasse gehorchte so schnell sie konnte, denn Professor Bieder hatte schon wieder einen Gesichtsausdruck, der erwartungsvoll, aber tatsächlich auch nicht wirklich positiv gedeutet werden konnte.

„Ich werde jeden von Ihnen einzeln prüfen und natürlich auch gleich benoten. Das Ganze wird im Nebenraum stattfinden und danach können Sie in die Mittagspause gehen, um die anderen nicht zu stören. Währenddessen wird der Rest von Ihnen alles über den Schwebezauber lesen und einen fünf Seiten langen Aufsatz darüber verfassen. Die Grundlagen dessen müssen bis zur nächsten Stunde verinnerlicht werden. Verstanden? Gut ..., dann beginnen wir mit Ihnen, Anna."

Sie hätte schwören können, dass er sie wieder als Erstes auswählen würde, doch es war ihr egal. Sie konnte inzwischen alle Dinge zu sich kommen lassen, auch wenn sie einen Raum weiter standen.

Herr Bieder ging ihr in den nächsten Raum voran. Sie sollte sich in die Mitte stellen und zunächst ein Kissen zu sich holen. Danach war ein Buch dran und schließlich ein schwerer Topf, den sie fast fallen ließ, als er in ihren Armen gelandet war.

„Ich muss sagen, ich bin erstaunt, wie schnell Sie diesen Zauber verinnerlicht haben. Um die Bestnote zu erhalten, müssen Sie jedoch noch eine gute Schippe drauflegen und aus dem ursprünglichen Klassenzimmer nebenan mein eigenes Buch der Zaubersprüche zu sich holen."

Anna sah seinen ungläubigen Blick und wollte es daher umso mehr schaffen. Sie konzentrierte sich so stark auf das Buch ihres Lehrers, dass es fast schon physisch weh tat, und sprach wie gewohnt den Zauberspruch „**imata**".

Zuerst geschah nichts und sie war schon enttäuscht von sich, als das Buch plötzlich durch das geöffnete Fenster geflogen kam. Sie fing es lässig auf und lächelte Herrn Bieder an.

Dieser murmelte ein: „Gut, dann eben die Bestnote", sah Anna jedoch mit einem positiven Blitzen in den Augen an und schmiss sie daraufhin geradezu aus dem Raum.

Da es noch über eine Stunde bis zur Mittagspause war, ging Anna in das Arbeitszimmer zurück, um gleich für Zaubereigeschichte zu recherchieren und sofort mit der Hausaufgabe für Zaubersprüche zu beginnen. Anna war schon relativ weit, als endlich die nächsten Mitschüler in den Arbeitsraum kamen.

„Wie ist es bei euch gelaufen?", fragte sie neugierig.

„Ganz okay", meinten Berni und auch Felix, der süße rötliche Locken hatte und ziemlich groß war.

Im Vergleich zu dem kleinen Berni sahen die beiden nebeneinander extrem lustig aus. Anna grinste in sich hinein, während sich die zwei ebenfalls weiter an die Arbeit machten.

Endlich kam auch Karl hinzu, der Anna einen Daumen nach oben hinstreckte und zufrieden grinste.

„Ich habe nur die letzte Aufgabe nicht ganz geschafft, da sein Buch gegen das andere geschlossene Fenster geflogen ist. Aber ich bin zufrieden damit", meinte er stolz.

„Hat bei dir alles geklappt, Anna?"

„Ja, hab alles geschafft, aber er hat sich sicher nicht darüber gefreut, das kannst du mir glauben."

Sie musste bei dem Gedanken daran grinsen und auch Karl konnte sich ein Grinsen nicht verkneifen.

Als Karolina schließlich endlich auch zu ihnen stieß, wirkte sie nicht ganz so happy.

„Alles okay bei dir?", fragte Anna sofort.

„Ich habe es nicht geschafft, dieses schwere Ding zu mir kommen zu lassen", meinte sie betrübt. „Ich war dann so nervös, dass ich beim zweiten Versuch nicht richtig konzentriert war und die Pflanze daneben zu mir hab kommen lassen. Danach war er sauer und hat gemeint, dass ich wohl zu dumm dafür bin und es keinen Sinn mehr macht, die nächste Aufgabe noch zu versuchen."

„Aber du musst nicht zu ihm, also heute Abend, oder?", fragte Anna besorgt.

„Nein, das nicht … Ich glaube, ich habe knapp bestanden … Die nächste Aufgabe muss ich allerdings definitiv besser meistern."

Anna antwortete ihr: „Das wirst du bestimmt, aber man kann einfach nicht alles gleich von Anfang an können, ich werde im Laufe des Jahres auch noch Probleme mit irgendwas bekommen …!"

„Ach, ich weiß nicht", meinte Karl vergnügt. „Du hast, glaube ich, eine Begabung für Zaubersprüche, aber … wir werden es ja dann sehen", meinte er, als er ihren skeptischen Blick sah.

70 Jahre zuvor

Anastasia schlich sich aus dem Elternhaus und rannte, so schnell sie konnte, in Richtung des Waldes davon. Erst als sie sich zu hundert Prozent sicher war, nicht gesehen und vor allem nicht verfolgt zu werden, machte sie eine kurze Pause hinter einer großen Tanne.

Sie atmete ein paar Mal tief ein und aus, um sich zu beruhigen und sich ihre nächsten Schritte genau überlegen zu können. Wo sollte sie jetzt nur hin? Sie kannte niemanden außerhalb ihres Heimatdorfes … und doch war ihr sofort klar, dass sie nie mehr zurückkehren würde.

Sie beschloss, nach München zu gehen, denn dies war die einzige Chance herauszufinden, ob die Einladung zur Schule der Magie tatsächlich echt oder doch nur eine böse List gewesen war.

Es war eine sehr dunkle Nacht und Anastasia konnte kaum den dünnen Pfad erkennen, dem sie folgte. Mehrmals stolperte sie und blieb in den Dornenbüschen hängen, doch sie gab nicht auf und landete schließlich im Morgengrauen an der Straße in Richtung der Großstadt. Dort kam sie viel schneller voran, doch der Weg nach München war weit und sie musste immer wieder Pausen einlegen.

Als sie endlich die Stadt erreicht hatte, kam sie fast um vor Hunger, Durst und Müdigkeit. Sie hatte jedoch kein Geld, um sich etwas kaufen oder gar irgendwo übernachten zu können, und so schlug sie sich weiter bis zum Alten Hof durch.

Zu ihrem großen Glück fand sie tatsächlich unter einem Turm die uralte Teestube vor, die in der Einladung beschrieben stand. Vorsichtig ging sie hinein und sah eine nette, ältere Dame am Tresen stehen.

Sie überwand sich und sprach die Dame direkt an: „Ich komme von weit her und habe leider gar kein Geld … Hätten Sie vielleicht trotzdem eine Kleinigkeit zu essen für mich oder vielleicht einfach nur einen Schluck Leitungswasser?"

„Oh, natürlich, meine Liebe, setz dich, ich bringe dir eine Kleinigkeit", erwiderte die ältere Dame.

Sie stellte Anastasia so viele Köstlichkeiten zu essen auf den Tisch, dass diese gar nicht wusste, mit was sie beginnen sollte. Sie aß jedoch begierig eine ganze Menge und bedankte sich anschließend herzlich bei der netten Frau.

„Weißt du denn, wo du heute Nacht schläfst?", fragte die Frau schließlich.

„Nein, noch nicht, aber ich finde bestimmt irgendwo ein Plätzchen", antwortete Anastasia ein wenig beschämt.

„Unsinn, du kannst hier schlafen, und wenn du möchtest, kannst du mir in den nächsten Tagen ein bisschen zur Hand gehen und ich lasse dich bis zum Schulanfang hier wohnen. Du gehst doch bestimmt auf die Felsenschlossschule, habe ich recht?"

„Oh, ähm, ja, das würden Sie wirklich für mich tun? Ich kann das doch gar nicht annehmen."

„Natürlich kannst du das. Du bekommst keinen Lohn, aber dafür lasse ich dich hier schlafen und essen und deine Schulsachen können wir bestimmt auch irgendwie besorgen."

„Ich weiß gar nicht, was ich sagen soll! Ich danke Ihnen vielmals."

Anastasia war überglücklich über diese Chance und half der netten Dame so gut es ging, bis sie schließlich in nur wenigen Tagen endlich auf die Felsenschlossschule gehen konnte. Aufgrund der Großzügigkeit der Dame und auch aufgrund ihrer Beziehungen zu den anderen Geschäftsleuten der MyMagicalPalace hatte Anastasia nun auch alle ihre Bücher und die Schuluniform zusammen, um ohne Probleme an der Zauberschule anfangen zu können.

Als schließlich der Tag gekommen war, zur Schule abzureisen, bedankte sich Anastasia nochmals herzlich bei der Dame und versprach ihr, sich bald wieder zu melden.

Voller Vorfreude ging die Reise in eine vollkommen unbekannte Welt für Anastasia los, doch sie war sich sicher, dass es den Beginn zu einem besseren Leben einläutete.

Ferien in Sicht

Die Tage und Wochen vergingen wie im Flug und vor allem ohne besondere Vorkommnisse. Anna hatte es allerdings inzwischen geschafft, sowohl ihren Eltern als auch Sofia in Briefen zu erklären, wie sie antworten konnten, und so erhielt sie wie auch an diesem Abend einige Briefe ihrer Lieben.

Sie wollte gerade in ein saftiges Butterbrot beißen, als besagter Brief vor ihrer Nase landete.

„Von wem ist der?", fragte Karolina neugierig.

„Der ist von meinen Eltern, sie fragen, ob ich nächste Woche, also in den Ferien, nach Hause komme. Hm ..., ich habe mir noch gar keine Gedanken dazu gemacht, was macht ihr zwei denn?"

„Ich bleibe auf jeden Fall hier", meinte Karl. „Meine Eltern haben sich seit dem letzten Besuch in Frau Stones Zimmer nicht mehr gemeldet und ich habe auch gar keine Lust darauf, sie zu sehen."

„Kann ich gut verstehen", meinte Karolina. „Ich werde nach Hause fahren, aber auch nur, weil meine kleine Schwester Franzi Geburtstag hat."

„Oh, wie schön, wie alt wird sie denn?", fragte Anna.

„Sie wird schon dreizehn, das heißt, sie wird nächstes Jahr auch auf unsere Schule kommen."

„Da seid ihr aber altersmäßig nicht weit auseinander, oder?", fragte Anna.

„Nein, da hast du schon recht, aber sie ist auch nur meine Stiefschwester. Meine Eltern haben sich schon vor einiger Zeit getrennt und mein Papa ist jetzt mit einer anderen Hexe zusammen. Ich wohne also eigentlich alleine mit meiner Mama zusammen. Diese Ferien werde ich allerdings eben mit meinem Papa und seiner neuen Familie verbringen."

„Du warst aber schon öfter bei ihnen?", fragte Karl.

„Ja klaro, ich verbringe normalerweise immer die Hälfte der Sommerferien und die Weihnachtsferien bei ihnen und wir kommen eigentlich ganz gut zurecht."

Karl erwiderte: „Das freut mich zu hören ... Wenigstens läuft es bei euren Familien gut ..."

„Vielleicht wird es zwischen dir und deiner Familie auch wieder besser ... Ich meine ..., du bist doch auch ein wichtiger Teil davon und ich kann mir nicht vorstellen, dass deine Eltern glücklich sind, wenn du nicht mehr mit ihnen sprichst", meinte Anna.

„Ich weiß es nicht ... Leider kann ich meine ganze Familie nicht mehr einschätzen, seit ich hier bin, es kommt mir so vor, als wären es plötzlich ganz andere Menschen. Na ja, egal, was wirst du denn jetzt tun, Anna, bleibst du auch hier oder fährst du zu deiner Familie?"

„Ich glaube tatsächlich, dass es sich gar nicht wirklich lohnt, für eine Woche heimzufahren, und eigentlich kann ich hier viel besser lernen ... Ich denke, ich bleibe auch hier! Ich werde meinen Eltern gleich noch schreiben, dass ich erst Weihnachten nach Hause komme. Wollt ihr noch was essen oder gehen wir in den Wohnbereich zurück?"

„Wir können gehen, ich bin satt", antwortete Karl.

Da Karolina auch nichts mehr zu wollen schien, gingen sie gemütlich zurück und ließen sich schließlich in die bequemen Sessel der Lounge fallen. Anna holte gleich noch einen Zettel aus der Bibliothek, um ihren Eltern zu antworten, und ging kurz darauf noch mal in den Briefraum, um ihn abzusenden.

Dort sah sie zwei Jungen stehen, die sie zunächst sehr komisch beäugten und danach Blicke untereinander austauschten. Anna fand das etwas seltsam, da die Jungs jedoch nichts weiter taten, dachte sie sich nichts weiter dabei und ging wieder zu Karo und Karl zurück.

„Da waren gerade zwei ganz komische Typen im Briefraum", erzählte sie den beiden, als sie sich wieder in ihren Sessel fallen ließ.

„Die haben mich angesehen, als hätten sie noch nie zuvor ein Mädchen gesehen", meinte sie und musste darüber lachen.

„Vielleicht haben sie noch nie ein so hübsches Mädchen gesehen", meinte Karl munter, während er Anna tief in die Augen sah.

Da er kurz darauf lauthals lachte, wusste Anna nicht, ob er es tatsächlich ernst gemeint hatte und nun nur so tat, als wäre es furchtbar witzig gewesen, was er gesagt hatte, oder ob er es eben wirklich so lustig fand. Auch Karo schaute ihn daraufhin sehr aufmerksam an, schien jedoch kurze Zeit später der Meinung zu sein, dass er es tatsächlich nicht ernst gemeint hatte.

Die anderen Mitschüler gesellten sich schließlich auch noch zu ihnen und der Abend wurde noch sehr lustig, als sie alle beschlossen, Zauberer-Flaschendrehen zu spielen. So gingen sie erst nach Mitternacht ins Bett und waren am nächsten Schultag todmüde.

Anna hatte das Gefühl, als würde sie die fehlenden Stunden Schlaf die ganze Woche mit sich ziehen, und sie war unendlich froh, als endlich die letzte Stunde vor den Ferien anstand. Es handelte sich dabei um Zauber der Musik und war Gott sei Dank ein Fach, in dem man sich ein wenig entspannen konnte und es nicht auffiel, wenn man nicht allzu viel zustande brachte.

Inzwischen waren sie schon dabei, ihre Erlebnisse im Alter von circa zehn Jahren zu ergründen, und sollten dies wie immer auf dem Tablet ausdrücken. Es waren auch dieses Mal Worte und Zeichnungen erlaubt und so beschloss Anna, ihr Schlittenerlebnis mit Sofia aufzumalen.

Frau Stone ging wie immer im Raum umher, besah sich die Werke ihrer Schüler und wirkte recht zufrieden mit dem, was sie sah.

Anna dachte gerade daran, wie der Baum vor vielen Jahren einfach spurlos vor ihren Augen verschwunden war, und hatte plötzlich eine eigentümliche Melodie im Ohr. Zunächst dachte sie, es wäre eines ihrer Lieblingslieder, das ihr im Kopf herumspukte, doch sie konnte sich eigentlich nicht daran erinnern, diese Melodie schon einmal gehört zu haben. Sie begann die paar Töne in ihrem Kopf in Form von herabfallenden Blättern des Baumes in der Mitte der Piste aufzumalen, als Frau Stone über ihr Tablet schaute.

Sie besah sich interessiert die Blätter und fragte Anna, ob diese eine bestimmte Bedeutung hätten.

„Ja …, irgendwie schon! Die Blätter symbolisieren eine kurze Tonfolge, die ich gerade im Kopf hatte, als ich mich an diese Szene zurückerinnert habe."

„Hat diese eine besondere Bedeutung für dich?", fragte Frau Stone, nun deutlich neugierig geworden.

„Ja, tatsächlich schon, es war die erste Situation, in der ich im Nachhinein betrachtet unbewusst gezaubert habe."

„Sehr interessant", murmelte Frau Stone. „Ich bitte dich, dieser kurzen Melodie weiter auf den Grund zu gehen, falls du ihr in Betrachtung der nächsten wichtigen Szenen deiner Vergangenheit nochmals begegnest."

„Mache ich", erwiderte Anna.

Frau Stone ging gerade wieder in die Mitte des Raumes zurück, als es klingelte und somit das Ende der Stunde erreicht war.

„Ich wünsche euch allen schöne Ferien. Ruht euch aus, aber vergesst auch nicht, ein wenig Zeit in eure Bildung zu investieren. Macht's gut!"

Die Schüler stürmten geradezu aus dem kleinen Klassenzimmer in einem der Türmchen. Karolina hatte es wie viele andere besonders eilig, da sie in einer Stunde an der Bergstation sein musste, um nach Hause fahren zu können. Anna und Karl, die es absolut nicht eilig hatten, gingen gemütlich in ihren Wohnbereich zurück. Dies stellte sich als eine nicht ganz so gute Idee heraus, denn viele Schüler stürmten bereits bepackt aus dem Raum und rannten die beiden beinahe um.

Schon kam auch Karolina auf sie zugelaufen. Sie hatte ihren großen Koffer dabei und umarmte beide, bevor sie mit den anderen Schülern davonging. Anna und Karl winkten ihr nach, als sie sich noch mal umdrehte, und schon war sie hinter der nächsten Ecke verschwunden. Sie konnten nun ungefährdet in den Wohnbereich eintreten und sahen, dass sie so ziemlich die Einzigen sein würden, die dablieben. So setzten sie sich in die größten und besten Sessel, die eigentlich immer von den Abschlussschülern besetzt waren und redeten den ganzen Nachmittag über alles Mögliche.

Als es schließlich Zeit war, zum Abendessen zu gehen, verließen sie erst ihren kuscheligen Platz. Sie betraten die Aula und konnten zum ersten Mal die riesigen Ausmaße des Raumes erkennen, der so leer wirkte wie nie zuvor. Die Tische hatten sich anscheinend der geringeren Schülerzahl angepasst, denn es waren nur noch wenige Zweier- und Dreiertische zu sehen. Sie setzten sich an einen der Tische und bekamen wie immer vorgesetzt, was sie sich zum Essen gewünscht hatten.

Anna hatte heute unglaublich Hunger auf eine fettige Pizza gehabt und prompt war sie vor ihr erschienen. Karl sah ein wenig neidisch zu ihr, denn er hatte sich heute zunächst einen Salat eingebildet.

„Willst du ein Stück abhaben?", fragte Anna, nachdem er traurig seinen Salat begutachtet hatte. Sie hielt ihm ein Stück hin, das er sehr dankbar annahm.

„Ich könnte dir dafür eine schmackhafte Cocktailtomate als Tauschware anbieten ... Was hältst du davon?"

„Sehr gerne", antwortete sie.

Eigentlich dachte sie, er würde ihr die Tomate auf ihren Teller legen, doch er pikste sie auf und hielt sie ihr vor den Mund.

„Beiß gleich ab, sonst ist mein Angebot ungültig", meinte er schief grinsend.

Anna konnte dem Angebot natürlich nicht widerstehen und ließ sich von ihm füttern. Genau in dem Moment kam Tom vorbei, der so tat, als würde er sich übergeben, und meinte: „Habt wohl ein romantisches Date, oder was? Ich würde ja eher eine Schlange küssen, als der ...", und er zeigte dabei auf Anna, „... zu nahe zu kommen."

„Hau ab, Tom, sonst vergesse ich mich noch!", drohte Karl ihm daraufhin.

„Ohh, keine Sorge, das werde ich mir nicht länger ansehen, aber ich bin mir sicher, es wird deine Brüder brennend interessieren."

Karl wollte gerade schon aufspringen, als Anna ihn beschwichtigend am Arm griff und ihm zuflüsterte, dass es Tom nicht wert wäre. Dieser stolzierte schließlich erhobenen Hauptes davon und ließ Anna und Karl zurück.

„Komm, wir gehen noch ein bisschen nach draußen", meinte Anna.

„Flauschi müssen wir auch noch füttern, das haben wir heute Mittag ganz vergessen."

Sie dachte noch schnell an eine große Portion Würmer, die sofort erschien.

Sie verließen die Aula und gingen nach draußen auf die große Wiese. Es war inzwischen schon deutlich kühler draußen und Anna bereute es, keine Jacke angezogen zu haben.

Flauschi begrüßte die beiden schon von Weitem, indem er am Zaun hochsprang und mit den Vorderhufen darauf stehenblieb.

„Hallo Süßer", begrüßte Anna ihr Pflegetier.

„Hast du Hunger?", meinte nun auch Karl und hielt Flauschi die riesige Portion Würmer hin.

Flauschi stellte sich wieder auf den Boden und genoss sichtlich seine Ration Würmer. Anna, die inzwischen vor Kälte zitterte, sah ihm zu und dachte an das soeben in der Aula Passierte. Karl beobachtete sie anscheinend, denn er legte ihr auf einmal seine Jacke über die Schultern. Sie drehte sich um, um sich bei ihm zu bedanken, und stand plötzlich direkt vor ihm.

Er schaute ihr wieder tief in die Augen und Anna spürte ein Prickeln in ihrem Bauch. Er kam ihr noch näher, Anna konnte schon seine winzigen Sommersprossen auf den Wangen sehen, und neigte seinen Kopf verdächtig in ihre Richtung. Sie wünschte sich in diesem Moment nichts sehnlicher, als dass er sie tatsächlich küssen würde, doch kurz bevor es so weit kam, ging er wieder einen Schritt zurück und sah sie schuldbewusst an.

„Tut mir leid, Anna, ich weiß auch nicht, was ich mir dabei gedacht habe."

„Oh, schon gut, ist doch nichts passiert", meinte sie und spürte einen leichten Stich in ihrem Herzen.

„Sollen wir wieder ins Schloss zurückgehen?", fragte Karl schließlich. „Es wird gleich richtig dunkel und es ist ganz schön kalt ohne Jacke."

„Ja klar ..., gehen wir wieder."

Sie verabschiedeten sich von Flauschi, indem sie ihn noch einmal ausgiebig streichelten, und gingen zurück in ihren Wohnbereich. Sie saßen nebeneinander auf einer gemütlichen Couch und schwiegen sich eine Zeit lang an, bis Anna es nicht mehr aushielt und leise meinte; „Ich ... ich mag dich wirklich sehr und ich bin froh, dass wir uns gleich am ersten Tag kennengelernt haben."

Sie konnte ihn dabei nicht ansehen, doch als er meinte: „Ich auch", war sie unendlich erleichtert und legte ihren Kopf auf seiner Schulter ab.

Die nächsten Ferientage verliefen ähnlich und Anna und Karl verbrachten schöne Tage miteinander. Sie verstanden sich immer blendend, lachten viel und konnten sich auch über ernste Themen ohne Probleme unterhalten. Eigentlich freute sich Anna darauf, Karolina wiederzusehen, doch sie würde die inzwischen vertraute Zweisamkeit mit Karl vermissen.

Der letzte Abend war gekommen, es war ein sehr stürmischer Tag gewesen und der offene Kamin in der Lounge war zum ersten Mal entzündet worden. Anna hatte sich auf einer Couch eingekuschelt und wartete auf Karl, der kurz in seinem Zimmer verschwunden war. Er kam wieder und setzte sich so nahe zu Anna, dass sie seinen Arm neben sich spürte.

„Heute ist der letzte Tag, an dem wir hier für eine Zeit lang in Ruhe sitzen können", meinte er schließlich.

„Stimmt", meinte Anna und stupste ihn in die Seite.

„He, was soll denn das, das macht man aber nicht", neckte er sie und stupste sie zurück.

Sie ärgerten sich gegenseitig so lange und lachten sich halb zu Tode, bis sie schließlich beide von der Couch auf den Boden fielen. Karl landete auf Anna und schon wieder waren sie sich näher, als sie es beabsichtigt hatten. Da war schon wieder dieser

Blick von ihm, den Anna nicht so recht deuten konnte. Er kam ihrem Gesicht wieder so nah, dass er sie küssen hätte können.

Bevor Anna wusste, was sie tat, drückte sie ihre Lippen auf die seinen. Es dauerte nur ein paar Sekunden und doch fühlte sich Anna, als würden Tausende Schmetterlinge in ihrem Bauch herumfliegen. Sofort danach setzte sie sich wieder auf die Couch und besah sich sehr interessiert ihre Hände. Karl setzte sich wieder sehr nah neben sie, nahm eine ihrer Hände in die seine und flüsterte: „Danke."

Sie schaute ihn ein wenig beschämt an, doch sein Lächeln nahm ihr jegliche Angst, zu weit gegangen zu sein. Stillschweigend genossen sie zusammengekuschelt den Rest des Abends, bevor sie jeweils in ihr Zimmer gingen, um zu schlafen.

Am nächsten Morgen wurde Anna ziemlich unsanft geweckt, als Karolina, Maria und Vroni in ihr Zimmer gestürmt kamen.

„Steh auf, Langschläfer", rief ihr Karolina zu und bewarf sie mit einem Kissen.

„Geht weg", maulte Anna sie an. „Es war soo schön ruhig ohne euch."

Sie setzte sich auf, grinste die anderen Mädchen an und gähnte einmal herzhaft.

„Habt ihr schon gefrühstückt oder begleitet ihr mich?"

„Ich sterbe gleich vor Hunger", rief Maria. „Los, beeil dich, Anna."

Fröhlich gingen sie zusammen in Richtung Aula davon und sahen Berni und Karl an einem Tisch sitzen.

„Ah, die Damen sind auch wieder im Lande", begrüßte Karl alle fröhlich und zwinkerte ihnen zu.

„Guten Morgen", riefen alle vier im Chor und setzten sich mit an den Tisch. Sie frühstückten wie immer ausgiebig ihre liebsten Speisen und unterhielten sich über ihre Ferien. Als Anna gefragt wurde, wie es hier im Schloss war, meinte sie nur, dass es sehr langweilig und unspektakulär gewesen war. Karl stimmte ihr zu und so fragte keiner mehr genauer nach.

In einem kurzen unbeobachteten Moment zwinkerte Karl Anna geheimnisvoll zu. Sie alle gingen schließlich zusammen in den Wohnbereich zurück und da dies der letzte Ferientag war, unternahmen sie alle zusammen etwas.

Es war ein schöner Tag, vielleicht sogar der Letzte einigermaßen warme des Jahres und so lagen sie zusammen auf der großen Wiese, spielten zwischendurch Zauberball und beobachteten die Gamsis auf ihrer kleinen Weide. Als es schließlich gegen Abend kälter wurde, gingen sie wieder hinein und machten es sich in ihrer Lounge gemütlich. Der ganze Tag war, wie auch der Rest der Ferien, viel zu schnell vergangen und keiner hatte Lust, am nächsten Tag wieder mit dem Unterricht zu starten.

Der Angriff

Der nächste Morgen brach jäh an und Anna war wieder einmal viel zu früh wach. Sie beschloss kurzerhand, nach draußen zu gehen, um nach Flauschi zu sehen. So früh am Morgen war noch niemand unterwegs und Anna gelangte, ohne irgendjemanden zu treffen, auf die große Wiese hinter dem Schloss.

„Guten Morgen, ihr Lieben", begrüßte sie die Gamsis. Sie wirkten auch noch ganz schläfrig, doch Flauschi schien bereits putzmunter zu sein und stürzte auf Anna zu.

„Na du, wie geht es dir denn heute?"

Flauschi schmiegte sich ganz eng an Anna und genoss es, von ihr gestreichelt zu werden. Anna stand eine Zeit lang so da und dachte über alles Mögliche nach, als sich plötzlich jemand von hinten näherte und „Hey du …" schrie.

Anna drehte sich um und sah zwei ältere Jungen vor sich stehen, die ihr irgendwie bekannt vorkamen.

„Kann ich euch behilflich sein?", fragte sie sehr irritiert.

„Sie redet schon so komisch", meinte einer der Jungen zu dem anderen.

„Ja, du kannst uns helfen", meinte der andere und rollte mit seinen Augen. „Wir sagen dir jetzt ganz genau, was du zu tun hast, ansonsten wirst du ernsthafte Schwierigkeiten mit uns bekommen", schnauzte er sie aggressiv an.

„Wer seid ihr überhaupt?", fragte Anna, immer noch sehr verwirrt.

„Das tut überhaupt nichts zur Sache, aber du hältst dich in Zukunft von Karl fern, haben wir uns verstanden!?"

„Oh, jetzt weiß ich Bescheid", keifte sie die zwei an. „Ihr seid Karls Brüder. Ihr solltet euch wirklich schämen, so etwas zu verlangen und so mit eurem Bruder umzuspringen."

„Oh, die Kleine ist mutig", meinte der Größere der beiden auf einmal. „Ich glaube, du hast den Ernst der Lage noch nicht ganz verstanden, Schätzchen. Wir sind dazu fähig, dir dein Leben hier sehr schwer zu machen, und glaub uns, das werden wir auch, wenn wir euch noch einmal zusammen sehen."

„Ich habe keine Angst vor euch", fauchte Anna die beiden an, „und ich werde mich auch weiterhin mit Karl treffen, weil er inzwischen ein sehr guter Freund von mir ist."

Sie sah, wie die beiden düstere Blicke austauschten. Der Kleinere der beiden ging bedrohlich auf Anna zu und machte ihr nun tatsächlich Angst.

„Ich habe dich gewarnt, du dreckige kleine Möchtegern-Hexe."

Anna wich so weit zurück, wie sie konnte, doch sie stand nun direkt vor dem Zaun der Gamsis. Auf einmal hob der Junge seinen Zauberstab. Anna hatte nicht die geringste Chance zu reagieren, während er einen Zauber auf sie losließ, den sie noch nie zuvor gehört hatte, und sie gegen den Zaun geschleudert wurde.

Zunächst wurde alles dunkel und wie es schien, war sie auch erst nach einiger Zeit wieder bei Bewusstsein. Sie sah verschwommen, wie Flauschi auf die beiden losging. Das kleine Gamsi schien ungeheure Kräfte zu haben und jagte die zwei in Richtung Schloss davon. Es schien, als würde es immer wieder kleinere Abschnitte auf sie zufliegen und konnte so die scharfen Hufe immer wieder in ihre Rücken schlagen.

Anna konnte nur von Weitem zusehen, denn ihr tat alles weh und sie war nicht in der Lage alleine aufzustehen. Als Flauschi die beiden schließlich in das Schloss gejagt hatte, kehrte es sofort zu Anna zurück. Es stupste sie vorsichtig mit der Schnauze an, doch Anna konnte sich einfach nicht bewegen. So legte es sich ganz nahe zu ihr und wärmte sie, so gut es ging. Immer wieder verlor Anna kurz das Bewusstsein und so bemerkte sie nicht, dass sie endlich entdeckt worden war.

Frau Stone kam auf sie zugeeilt, doch Flauschi versuchte sie zunächst auch zu verjagen und Anna zu beschützen.

„Ich tue ihr nichts, hab keine Angst, ich will ihr nur helfen." Flauschi verstand anscheinend, dass sie gekommen war, um Anna zu helfen und ließ sie zu ihr gehen.

„Anna, was ist passiert? Kannst du mich hören?"

Als Anna jedoch nicht reagieren konnte, hob Frau Stone sie einfach mit einem Zauber hoch und brachte sie in die Schule zurück. Sie ging durch mehrere Geheimgänge, um kein unnötiges Aufsehen mit der ohnmächtigen Anna zu erregen, und konnte sie schließlich auf die Krankenstation bringen.

Die Leiterin, Frau Summer, erschrak zutiefst, als sie das leblos wirkende Mädchen in Frau Stones Händen sah.

Sie fragte daher sofort: „Was ist passiert, Manuela?"

„Ich weiß es nicht, ich habe aus meinem Fenster gesehen, wie etwas Komisches auf der Wiese lag, und wollte nachsehen, was es ist, dann habe ich erst gemerkt, dass dort Anna liegt. Ein Gamsi hat sie beschützt und wollte mich zuerst gar nicht zu ihr lassen ...

Aber es konnte meine guten Absichten Gott sei Dank erkennen. Ich hoffe, sie lag noch nicht so lange auf der Wiese. Was denken Sie, was ihr passiert sein könnte, Gitti? Hat sie möglicherweise einen Fluch abbekommen?" Frau Stone sah Frau Summer dabei ganz besorgt an.

„Es sieht mir ganz danach aus, aber bestimmt weiß ich es erst in ein paar Stunden. Ein Trank wird uns dann aufzeigen, wie wir ihr helfen können, und, falls es ein sehr schlimmer Fluch war, gleich zur Genesung beitragen."

„Gut, dann werde ich später noch einmal wiederkommen und nach ihr sehen ... Falls sie sagen, was passiert ist, informieren sie mich bitte sofort, Gitti!"

„Natürlich, Manuela, aber sie wird jetzt erst mal eine Zeit lang schlafen."

„Alles klar, dann werde ich zunächst ihrer Familie Bescheid geben und natürlich auch ihren besten Freunden."

Zur gleichen Zeit waren Karl und Karolina in heller Aufregung. Anna war heute Morgen nicht mehr im Zimmer gewesen, als Karolina aufgewacht war, und auch sonst war sie nirgends zu finden. Karl war beunruhigt und wollte unbedingt sofort in die Aula gehen, um nachzusehen, ob sie dort war, aber auch hier gab es kein Lebenszeichen von ihr. Sie befragten die anderen aus ihrer Klasse, doch auch sie hatten Anna heute Morgen noch nicht gesehen.

„Vielleicht ist sie ja bei den Gamsis", meinte Karolina auf einmal hoffnungsvoll.

Gerade als sie in Richtung der großen Wiese aufbrechen wollten, liefen sie in die Arme von Frau Stone.

„Ich habe Sie beide schon gesucht ... Würden Sie mir bitte kurz folgen?"

„Wir können jetzt nicht", meinte Karl sehr gehetzt, „wir müssen Anna suchen, sie ist verschwunden."

„Es geht um Anna, also würden Sie nun bitte mitkommen?" Karolina und Karl tauschten besorgte Blick aus, als sie Frau Stone in ihr Büro folgten.

„Setzen Sie sich bitte. Ich habe Anna heute Morgen bei den Gamsis gefunden. Sie lag bewusstlos auf dem Boden, während eines der Gamsis sie zu wärmen schien und sie anscheinend beschützen wollte."

„Was??", rief Karl besorgt und sprang auf. „Wie geht es ihr, wo ist sie?"

„Bitte beruhigen Sie sich und setzen sich wieder. Sie ist auf der Krankenstation und wird gut von Frau Summer versorgt. Wir wissen leider nicht, was geschehen ist, oder wer oder was dafür verantwortlich ist, aber wir werden es herausfinden, das verspreche ich Ihnen."

„Können wir zu ihr?", fragte Karolina sehr besorgt. „Bitte!!", fügte sie flehend hinzu, als Frau Stone schon widersprechen wollte.

„Na gut, ausnahmsweise. Ich bringe Sie hin."

Auf dem Weg hin zur Krankenstation wirkten Karl und Karolina sehr angespannt. Als sie Anna schließlich furchtbar blass in einem Bett liegen sahen, wurde ihnen beiden ganz anders. Sie setzten sich zu ihr und Karl strich ihr ganz vorsichtig ein Haar aus der Stirn. Die zwei sprachen kein Wort miteinander und starrten ihre Freundin besorgt an.

Frau Summer kam herein und als sie die besorgten Blicke von Karl und Karolina sah, sagte sie sehr freundlich: „Sie wird wieder gesund werden, glauben Sie mir. Momentan können Sie allerdings nichts für sie tun, ich habe ihr einen Trank gegeben, der sie noch einige Zeit schlafen lässt."

„Danke, ähm ..., dann gehen wir mal in den Unterricht und kommen später wieder", erwiderte Karl.

„Tun Sie das, ich passe auf sie auf", meinte sie sehr fürsorglich.

Karolina und Karl verließen die Krankenstation und gingen in ihren Unterricht. Natürlich wurden sie sofort befragt, warum sie erst so spät kamen und wo Anna stecke, doch als sie erzählten, was passiert war, wirkten alle, einschließlich des Lehrers, geschockt. Keiner konnte sich an diesem Tag wirklich konzentrieren und so verging der Schultag, ohne dass auch nur einer der Schüler aus der Klasse besonders viel gelernt zu haben schien.

Sofort nach dem Ende des Unterrichts rannten Karl und Karolina wieder zu Anna auf die Krankenstation. Sie kamen schwer atmend vor der Tür zum Stehen, klopften kurz an und warteten gar nicht erst darauf, hereingerufen zu werden, sondern stürmten hinein.

Anna war wach und versuchte, sie ein wenig anzulächeln.

„Oh Gott, Anna, ich bin so froh, dass du wieder wach bist", flüsterte Karl ihr erleichtert zu, als er sich neben sie setzte.

„Wie geht es dir?", fragte Karolina.

„Mir geht es so weit ganz gut, aber mir tut immer noch alles weh", antwortete sie mit schwacher Stimme.

„Was ist denn überhaupt passiert?", fragte Karl. „Kannst du dich an irgendwas erinnern?"

„Das würde mich auch interessieren", hörten sie eine Stimme hinter sich sagen.

Frau Stone hatte sich hinter sie gestellt und schaute Anna erwartungsvoll an.

„Ich ..., ähm, ich kann es nicht sagen", meinte sie nur.

„Anna, du musst es uns doch sagen, falls dir jemand wehgetan hat oder wenn dir irgendwas anderes passiert ist", sagte Karl.

Frau Stone stimmte Karl zu und meinte: „Anna, wir wissen, dass du einen Fluch abbekommen hast, der nur von einem Menschen ausgesprochen werden konnte. Wir müssen doch denjenigen bestrafen, der dir das angetan hat."

„Anna, bitte sag es uns", flehte nun auch Karl sie an.

Anna hatte Tränen in den Augen und meinte: „Ich will dich aber nicht verletzen."

„Was meinst du damit? Wieso solltest du mich damit verletzen?", fragte Karl verwirrt.

Doch Frau Stone schien verstanden zu haben, auf was Anna anspielte.

„Anna, ich glaube zu wissen, wer es war, doch du hilfst weder dir noch Karl oder sonst irgendjemandem, wenn du nicht erzählst, was genau passiert ist. Auch Karl würde sich das nie verzeihen, wenn er durch andere davon erfahren würde."

Anna sah Karl daraufhin sehr traurig an und Tränen strömten ihr plötzlich übers Gesicht, als sie schließlich zu erzählen begann.

„Also gut", schluchzte sie. „Ich bin heute sehr früh wach geworden und dachte mir, ich könnte ja unser Gamsi-Baby besuchen. Ich stand auch schon eine Weile vor dem Zaun und habe Flauschi gestreichelt, als mich auf einmal jemand von hinten anschrie. Ich habe mich umgedreht und zwei Jungs auf mich zukommen sehen. Sie haben mich bedroht und mich davor gewarnt ..." Sie sah nun kurz in Karls Augen, „mich weiter mit Karl zu treffen."

Er keuchte auf ..., denn er hatte anscheinend auch verstanden, von wem Anna da sprach.

„Ich hatte zunächst keine Angst vor ihnen und habe ihnen gesagt, dass sie mich in Ruhe lassen sollen und mir niemand verbietet, mit wem ich mich treffe oder mit wem ich befreundet bin und auch, dass ich es wirklich unmöglich finde, wie sie mit dir, also Karl, umgehen ... Anscheinend war das nicht das, was sie erwartet hatten, denn der Kleinere der beiden stand auf einmal mit erhobenem Zauberstab vor mir. Ich hatte keine Chance ..." Nun weinte Anna hemmungslos. „Ich habe noch versucht, mich nach hinten zu retten, doch da war der Zaun der Gamsis. Dann habe ich einen grellen Lichtblitz gesehen, ich wurde nach hinten geschleudert und weiß dann erst mal nichts mehr."

Alle schienen mit angehaltenem Atem zugehört zu haben und schauten sehr geschockt. Karl nahm Annas Hand in die seine und versuchte, sie ein bisschen zu beruhigen.

„Ich … ich habe dann zwischendurch gedacht, Flauschi hätte die zwei verfolgt und in das Schloss zurückgetrieben, da sie auf einmal weg waren, aber ich weiß nicht, ob ich mir das nur eingebildet habe."

Frau Stone warf dazu noch ein: „Ich habe dich mit einem Gamsi zusammen gefunden. Es lag auf dir und wollte dich auch vor mir beschützen, also könnte es schon sein, dass es die beiden in die Flucht gejagt hat", meinte sie mitfühlend.

Anna weinte immer noch und sagte schließlich an Karl gewandt: „Es tut mir soo leid, dass das alles passiert ist und du jetzt noch mehr Probleme mit deiner Familie bekommen könntest."

„Ohh nein, Anna, wenn es jemandem leidtun muss, dann ja wohl mir", sagte Karl erschrocken. „Du hast mich vor meinen Brüdern verteidigt und musst deshalb hier verletzt auf der Krankenstation liegen. Das rührt mich wirklich zutiefst und macht mich gleichzeitig extrem wütend auf meine Familie. Frau Stone, Sie müssen die beiden dafür bestrafen."

„Davon kannst du ausgehen, Karl. Ich werde sie jetzt sofort zu mir rufen und sie mir vorknöpfen. Wahrscheinlich werde ich auch deine Eltern herbitten müssen, denn so ein Vorfall ist wirklich kein Kavaliersdelikt."

An Anna gewandt, sagte sie: „Danke, dass du so mutig warst und uns erzählt hast, was passiert ist. Ruh dich heute Nacht bitte gut aus, ich werde dich dann morgen wieder besuchen." Sie ließ die drei alleine zurück.

Karl hielt noch immer Annas Hand und sie war sehr dankbar dafür. So war sie sich sicher, Karl nicht als Freund verloren oder ihn gar hintergangen zu haben, und doch fühlte sie sich alles andere als gut, weil sie seine Brüder verpetzt hatte.

„Du warst heute extrem mutig", sagte Karolina schließlich in die Stille hinein. „Ich hätte mich wahrscheinlich einschüchtern lassen oder wäre einfach davongerannt."

Sie nahm nun Annas andere Hand in die ihre und schaute ihr fest in die Augen. „Aber ich muss dir auch sagen, dass du uns heute schreckliche Angst eingejagt hast. Wir haben heute in der ganzen Schule verzweifelt nach dir gesucht … Kannst du uns bitte versprechen, nicht mehr alleine loszuziehen?"

„Ja, ich verspreche es euch. So was wie heute will ich nicht mehr so schnell erleben."

Frau Summer kam nun herein und gab Karl und Karolina nur noch wenige Minuten, da Anna sich unbedingt ausruhen müsse. Karl drückte sachte Annas Hand und sie sah ihm an, dass er noch etwas sagen wollte, doch er wusste anscheinend nicht wie. So verabschiedeten sich die beiden von Anna und ließen sie alleine auf der Krankenstation zurück.

Anna war extrem erschöpft von den ganzen Vorkommnissen und insgeheim froh, endlich alleine zu sein. Sie wollte in Ruhe noch mal über alles nachdenken, konnte sich jedoch nicht konzentrieren, da sie immer noch ziemliche Schmerzen hatte. Frau Summer kam erneut zu ihr herein, brachte ihr etwas zu trinken und fragte sie, ob sie gerne etwas gegen die Schmerzen hätte.

Anna überlegte schon kurz, Nein zu sagen, da sie nicht als überempfindlich gelten wollte, doch nachdem sie sich aufgesetzt hatte, um zu trinken, und ein schrecklicher Schmerz in ihre Brust fuhr, konnte sie nicht anders, als Ja zu sagen.

Frau Summer wuselte in ein anderes Zimmer und kam mit einem kleinen Fläschchen zurück.

„Damit wirst du auch bis morgen durchschlafen können, dann geht es dir hoffentlich schon wieder besser. Allerdings wirst du schon noch eine Zeit lang hierbleiben müssen. Der Fluch war wirklich kein Spaß, das kannst du mir glauben. Trink, Mädchen, das wird dir guttun."

Anna nahm einen großen Schluck eines Trankes, der nach faulen Eiern roch, und musste ihn fast wieder hochwürgen, doch sie sah Frau Summers Blick und riss sich zusammen. Nach wenigen Minuten wurde Anna extrem müde und schlief gefühlte Sekunden danach ein.

Am nächsten Morgen wachte sie erst auf, als Frau Summer sie untersuchen wollte. Diese betrachtete vor allem Annas Brust, dort musste der Fluch sie anscheinend getroffen haben, und berührte nur ganz leicht eine Stelle an Annas Körper, was Anna jedoch sofort vor Schmerzen aufschreien ließ.

„Tut mir sehr leid, Anna, aber ich muss das leider zwischendurch anschauen, nicht, dass sich eine noch schlimmere Verletzung herausstellt, als sie es eh schon ist."

„Mhm", antwortete Anna nur, der die Tränen in die Augen gestiegen waren.

„Hier, nimm doch bitte noch diesen anderen Trank, der lindert deine Schmerzen eine Zeit lang. Hast du eigentlich Hunger, Liebes?", fragte sie plötzlich. „Soll ich dir was zum Frühstück bringen?"

„Ich glaube, ich kann jetzt nichts essen", erwiderte Anna, „aber vielleicht später, wenn der Trank wirkt."

„Kein Problem, irgendwann musst du allerdings später was essen, okay!?"

Sie erwartete anscheinend keine Antwort, denn sie war schon wieder auf dem Weg hinaus in ein anderes Zimmer.

Anna schlief wieder eine Zeit lang ein, bis sie von einer geradezu hysterischen Stimme geweckt wurde. Schon sah sie ihre Mutter auf sich zueilen, die ihren Namen rief, und dahinter ihren Vater. Beide wirkten sehr besorgt und setzten sich sofort an ihre Seite.

„Was tut ihr denn hier?", fragte Anna ganz erstaunt und froh zugleich.

„Mein Schatz, das könnten wir wohl eher dich fragen. Aber sag, wie geht es dir?"

„Es geht mir ganz okay, aber ich habe ziemliche Schmerzen in der Brust, dort wo mich, ähm …, also, vermutlich der …, ähm, na ja, Fluch getroffen hat."

Annas Mutter schaute zutiefst entsetzt drein und fragte nur, wie das passieren konnte. Anna wollte ihnen nicht die ganze Geschichte erzählen, doch sie erklärte ihren Eltern, dass sie einen Freund verteidigen und beschützen wollte und deshalb von einem Jungen angegriffen wurde.

„Das war wirklich dumm von dir, Anna", meinte ihre Mutter streng, doch sie fügte hinzu: „Allerdings bin ich auch wirklich stolz auf dich, dass du dich für deine Freunde einsetzt."

Annas Papa stimmte ihr zu und meinte: „Weißt du denn, wer der Junge war, und hast du das schon jemandem gesagt?"

„Ja, ich habe es gleich meiner Rektorin erzählt und die wollte gestern Abend noch mit ihm sprechen. Mehr weiß ich nicht …"

„Wir haben einen Termin bei ihr, dann wissen wir vermutlich mehr", meinte ihre Mutter. „Danach kommen wir gleich noch mal bei dir vorbei, okay?"

Sie streichelte Anna übers Haar und ging mit ihrem Mann zu dem Termin mit der Rektorin der Schule.

Drastische Konsequenzen

Gegen Mittag kamen Annas Eltern wieder zu ihr zurück. Sie setzten sich zu ihrer Tochter ans Bett, bevor ihre Mutter ihre Hand nahm und zu ihr sagte: „Anna, du hast uns wohl vorher nicht die ganze Wahrheit erzählt. Wir haben gerade erfahren, dass du vor diesem schrecklichen Vorfall von zwei Jungs bedrängt, bedroht und beschimpft wurdest und trotzdem zu deinem Freund gehalten hast."

Anna wollte etwas erwidern, doch ihre Mutter bedeutete ihr, kurz zu warten.

„Wir haben auch erfahren, wer diese Jungs sind und in welchem Zusammenhang sie mit deinem Freund Karl stehen und das macht es eigentlich noch unglaublicher für uns. Du hast gestern wahre Größe bewiesen, obwohl du vermutlich wusstest, dass du nichts gegen die beiden ausrichten kannst, da du erst am Anfang deiner Ausbildung bist. Auch deine Rektorin ist sehr stolz auf dich, doch sie wird dir das später noch mal selber sagen. Ich möchte dir dennoch erneut sagen, dass du nicht sehr klug gehandelt hast und du dich in große Gefahr gebracht hast. Der Fluch, der dich getroffen hat, ist anscheinend sehr gefährlich und wird eigentlich nur von sehr ... – wie hat sie es ausgedrückt, Schatz?"

„Sie meinte ..., ähm, irgendwie nur von zum Bösen übergelaufenen Zauberern ausgeführt", half ihr Annas Papa aus.

„Ja, danke ... Das hat sie anscheinend sehr nachdenklich gemacht", meinte nun wieder Annas Mutter. „Auf jeden Fall werden die Eltern der Jungen auch noch im Laufe des Tages hier ankommen", erzählte sie weiter.

„Deine Rektorin will auf jeden Fall mit allen zusammen eine angemessene Strafe für beide Jungs finden, denn sie meinte, dass sich keiner der beiden auch nur ansatzweise so verhalten hat, wie es sich für einen Schüler der Felsenschlossschule gehört."

Anna war sehr erleichtert, dies zu hören, und doch hatte sie gleichzeitig ein komisches Gefühl, da dies alles auch Karl betraf. Sie wollte unbedingt so schnell es ging mit Karl sprechen und ihm alles in Ruhe erklären.

„Schatz, wir müssen jetzt leider wieder fahren", störte Annas Mutter ihre Gedanken. „Wir kommen sonst nicht mehr nach Hause zurück."

„Mach's gut, Anna", sagte nun auch ihr Papa ..., „und werd bald wieder fit."

Annas Mutter gab ihr noch einen Kuss auf die Stirn und verabschiedete sich auch von ihr. Anna hatte schon wieder Tränen in den Augen und sah ihren Eltern nach, wie sie die Krankenstation verließen.

Sie fühlte sich plötzlich sehr alleine und weinte leise in ihr Kissen. Einige Zeit später schlief sie wieder ein und wachte, so schien es zumindest, erst am Abend wieder auf.

Denn sie öffnete ihre Augen und sah, dass es draußen schon dunkel geworden war. Sie war jedoch nicht alleine, denn irgendjemand schien im Nebenraum zu sein, sie hörte nämlich leise Stimmen miteinander reden.

Anna hatte auf einmal schrecklichen Durst und versuchte an das Wasser neben ihr zu gelangen, doch schon wieder schnürte ihr ein schrecklicher Schmerz in der Brust die Luft ab und sie keuchte laut auf. Schon flog die Tür des Nebenzimmers auf und Frau Summer stürzte auf sie zu.

„Kindchen, es ist anscheinend wieder Zeit für den Trank, so wie du dich anhörst. Hier, trink, dann geht es dir schon wieder viel besser."

Anna trank und tatsächlich war nicht nur der Schmerz, sondern auch ihr Durstgefühl sehr schnell verschwunden. Sie sah aus dem Augenwinkel, wie Frau Stone auf sie zukam. Frau Summer zog sich wieder zurück und ließ die beiden alleine.

„Wie ich sehe, geht es dir noch nicht wirklich besser. Ich wollte nur kurz nach dir sehen und dir mitteilen, dass wir ein sehr ernstes Gespräch mit den Brüdern von Karl in Anwesenheit seiner Eltern geführt haben. Wir sind uns darüber einig geworden, dass ihr Verhalten inakzeptabel war und sie harte Strafen zu erwarten haben. Kurzzeitig habe ich überlegt, sie der Schule zu verweisen, habe mich dann jedoch dazu entschieden, dass es mehr bringen würde, wenn sie das ganze Schuljahr über Arbeiten im Schloss tätigen, und zwar ganz ohne Magie. Sollten sie auch nur irgendwas Weiteres anstellen, fliegen jedoch beide mit sofortiger Wirkung raus. Ihre Eltern waren mit der Strafe einverstanden und man konnte ihnen deutlich ansehen, dass sie gewisse Schuldgefühle hatten. Soweit ich informiert bin, haben sie danach noch das Gespräch mit Karl gesucht, dazu kann ich dir jedoch leider nicht mehr sagen."

Anna hatte die ganze Zeit geschwiegen und ihrer Rektorin sehr aufmerksam zugehört.

„Danke, Frau Stone, und, ähm, kann, ähm …, kann ich vielleicht Karl heute noch sprechen?", fragte sie zaghaft. „Es wäre mir wirklich sehr wichtig."

Sie sah ihrer Rektorin an, dass sie eigentlich Nein sagen wollte, doch als diese Annas flehenden Blick sah, willigte sie ein.

„Ich werde ihm sagen, dass er dich noch besuchen soll, allerdings nur, wenn du jetzt noch was zu Abend isst. Ich kann es nicht verantworten, dass du seit zwei Tagen nichts mehr gegessen hast."

Anna willigte ein und sah ihrer Rektorin nach, wie sie nach draußen ging.

Etwa eine halbe Stunde später betrat Karl die Krankenstation mit einem Tablett in der Hand. Er setzte sich zu ihr und legte ihr das Tablett auf den Schoß.

„Na du, wie gehts dir denn?"

„Ganz ok", meinte Anna wahrheitsgemäß.

„Frau Stone meinte, du benötigst unbedingt einen Speiselieferanten und hat mich zu dir gelassen."

Er hob elegant den Deckel über den Speisen hoch und verkündete freudestrahlend, dass er extra für sie Pizza besorgt habe. Er nahm ein Stück in die Hand und begann schon wieder Anna zu füttern.

Sie ließ es sich gefallen und aß einiges davon, obwohl sie keinen Hunger hatte.

„Ich kann nichts mehr essen, sonst platze ich noch", meinte sie schließlich.

Er nahm ihr das Tablett vom Schoß, stellte es auf den Boden und hielt wieder ihre Hand.

„Ich möchte dir sagen, dass noch nie jemand so was für mich gemacht hat. Du hast dich meinen viel älteren und größeren Brüdern in den Weg gestellt und mich verteidigt und ich kann mich gar nicht genug bei dir dafür bedanken."

„Ich würde das immer wieder für dich tun", meinte Anna nur und sah ihm wieder in seine wunderschönen blauen Augen.

„Ich weiß ..., aber ich hoffe, du musst das nie wieder tun."

Er bückte sich zu ihr und gab ihr einen vorsichtigen Kuss auf die Stirn.

„Ich lasse dich jetzt wieder schlafen", meinte er zärtlich.

Anna wünschte sich, er würde hier bei ihr bleiben, doch sie nickte nur. Als er kurz vor der Tür war, drehte er sich um und flüsterte:

„Ich hab dich sehr lieb" und ging hinaus.

In dieser Nacht hätte Anna auch ohne irgendeinen Trank super schlafen können, denn sie träumte von einem wunderschönen Tag, den sie mit einem besonderen Menschen verbrachte.

Anna musste noch einige Tage auf der Krankenstation bleiben und wurde nun regelmäßig von all ihren Freunden besucht. Auch ein Brief von Sofia kam bei ihr an, die anscheinend von dem Vorfall erfahren hatte und sehr besorgt war. Anna versuchte sie in einem Brief zu beruhigen und freute sich schon darauf, sie an Weihnachten wiederzusehen.

Frau Summer kam gerade herein, um sie wieder einmal zu untersuchen, und verkündete endlich, dass Anna am nächsten Tag wieder in ihren Wohnbereich zurückkehren und auch wieder am Unterricht teilnehmen dürfe. Ab und zu hatte Anna zwar immer noch ein leichtes Stechen in der Brust, aber das würde schon wieder weggehen, hoffte sie zumindest. Frau Summer hatte sie auf jeden Fall nichts davon erzählt, die würde sie sonst nie wieder gehen lassen.

Der nächste Morgen war gekommen und Anna verließ freudig die Krankenstation, um sich direkt auf den Weg in die Aula zu machen. Die meisten ihrer Freunde saßen schon an einem Tisch und bemerkten sie zunächst gar nicht.

„Guten Morgen", sagte sie laut und Karolina erschrak so heftig, dass sie aufsprang und ihren Stuhl umschmiss.

„Anna, du bist wieder gesund!", riefen einige und schon war ihr Karolina um den Hals gefallen.

„Setz dich doch." Karl bot seinen Stuhl an und holte sich vom Nebentisch einen anderen.

„Danke", murmelte sie und setzte sich an den Tisch.

„Wir sind so froh, dass es dir wieder gut geht", meinte nun Maria.

„Jaah, da hat sie recht, die ganze Schule war geschockt, als wir davon erfuhren", stimmte Vroni zu.

„Die Rektorin hat es vor euch allen gesagt?" Schon wurde Anna wieder ganz weiß um die Nase.

„Gehts dir gut?", flüsterte ihr Karl zu. Er sah sie sehr besorgt an, doch Anna nickte ihm unauffällig zu.

„Ja ..., also die Rektorin meinte, dass eine Schülerin von zwei älteren Schülern angegriffen wurde, weil sie jemanden beschützen wollte. Es hat sich in der Schule natürlich ziemlich schnell rumgesprochen, dass du das warst", erwiderte Karolina vorsichtig.

„Aber glaub uns, die fanden das alle sehr heldenhaft von dir und uns haben soo viele gefragt, wie's dir geht", schob Maria nach.

„Du warst vermutlich noch nicht in unserem Zimmer, oder?"

„Nein, ich bin direkt hierher gegangen, Karo, ohh, aber ich muss auch gleich noch meine Schulsachen holen", fiel ihr gerade auf.

„Ich hole sie gleich für dich", meinte Vroni, „du musst dich noch ein bisschen schonen, du bist immer noch viel zu blass. Hast du alles in deiner Tasche?"

„Ich glaube schon, aber schau ruhig rein. Wenn nicht, liegt alles auf meinem Nachttisch."

„Alles klar, ich bin gleich wieder da."

Schon sprang Vroni auf und ging in Richtung ihres Wohnbereichs davon.

„Anna, du musst noch eine Kleinigkeit essen, bevor wir zum Unterricht gehen, sonst kommst du nie zu Kräften", meinte Karl fürsorglich.

„Na gut ..." Sie stellte sich einen Erdbeerjoghurt vor, der prompt erschien und aß ihn unter den strengen Blicken von Karl ganz auf.

„Braves Mädchen", lobte er sie und zwinkerte ihr zu.

Mythen und Legenden

Vroni kam mit Annas Tasche zurück und so beschlossen sie, zur Unterrichtsstunde in Pflanzen und magische Tiere zu gehen.

„Danke, Vroni", sagte Anna, als diese ihr die Tasche überreichte.

„Hab ich doch gern gemacht."

Sie gingen hinaus und Anna spürte, wie sich einige Mitschüler nach ihr umdrehten, manche fragten sogar, ob es ihr gut ginge oder sagten einfach nur: „Gut gemacht."

„Siehst du?", meinte Karolina schließlich. „Die ganze Schule war besorgt, wie's dir geht, und findet toll, was du gemacht hast."

„Ich wollte durch die Aktion sicher keine Aufmerksamkeit auf mich lenken."

„Wissen wir doch", sagte Karl, „aber damit wirst du wohl eine Zeit lang klarkommen müssen."

Sie waren unten auf der großen Wiese angekommen, die nun schon vollkommen weiß vom vielen Schnee war, und als Anna das Gamsis-Gehege sah, wurde ihr zum ersten Mal richtig bewusst, was hier alles hätte passieren können. Ihr wurde kurz schummrig und sie hielt sich unauffällig an Karl fest, der sie nun die ganze Zeit über genau beobachtete.

Professor Forster begrüßte die Klasse und als er Anna sah, fügte er hinzu: „Es ist schön, Sie wieder hier zu sehen, Anna."

Tom, der hinter ihnen stand, äffte ihn nach und meinte sarkastisch: „So schön", doch der Professor hatte ihn gehört und schaute ihn nun sehr streng an.

An die Klasse gewandt, meinte er letztlich: „Wir fahren heute mit den magischen Wesen, die rund um Felsenschloss wohnen, fort und sehen uns ganz genau die ,schneeverrückten' Vertreter ihrer Art an. Wenn Sie sich genau umschauen, sehen Sie vielleicht ein paar Abdrücke im Schnee und können mir gleich schon sagen, wer diese verursacht hat?"

Die Klasse machte sich auf die Suche nach Abdrücken und schon bald waren die ersten Spuren im Schnee gefunden. Sie wurden den verschiedensten Kreaturen zugeordnet, doch eine Spur, die direkt in die Felsen hineinführte, schien Professor Forsters Interesse geweckt zu haben.

„Sehen Sie sich bitte alle einmal diese Abdrücke an", bat er die Schüler zu sich. „Vor ein paar Jahren sind sie mir hier schon einmal begegnet und schon damals hatte ich noch nie etwas Derartiges gesehen. Die Abdrücke waren ziemlich groß, tatzenartig, hatten jedoch auch noch einen kleineren, eher runden Abdruck dazwischen."

„Was denken Sie, was das sein könnte?", fragte Luis den Professor.

„Ich kann Ihnen nur meine Vermutung mitteilen und ich muss auch gleich dazu sagen, dass wir uns hier eher auf dem Gebiet der Legenden und Mythen von Felsenschloss bewegen, aber es könnte das Felsenmonster sein, das die Schule angeblich seit Anbeginn vor feindlichen Angriffen schützt."

Die Schüler schauten sich um und untersuchten den Felsen vor sich, doch sie konnten natürlich kein magisches Wesen entdecken.

„Es ist wie gesagt nur eine Legende", meinte Professor Forster.

„Keiner hat es je gesehen oder weiß, wie es aussieht, doch es soll anscheinend manchmal in der Nacht zu hören sein, wenn es Feinde verjagt. Auch die von den normalen Menschen, so gefürchteten Schnee- und Gerölllawinen sollen zumindest in diesen Bergen auf seine Kappe gehen."

„So ..., nun aber genug der Legenden, ich würde sagen, wir kehren wieder zu den Fakten zurück."

Er sah kurz auf seine Uhr und meinte schließlich: „Allerdings nicht mehr heute. Die Stunde ist schon zu Ende. Bitte suchen Sie sich für Ihre Hausaufgabe eines der existierenden magischen Wesen von heute heraus und versuchen es zu skizzieren und seine magischen Fähigkeiten herauszufinden."

Die Klasse machte sich auf den Weg in die Schule zurück. Anna, die spürte, dass sie alles andere als fit war, hakte sich bei Karolina unter, um beim Gehen ein wenig gestützt zu werden. Diese merkte nichts davon, doch Anna sah Karl an, dass er genau wusste, was Sache ist. Sie betraten die Aula zu dritt und Anna war gerade dabei, nach einem freien Tisch Ausschau zu halten, als sich ihr zwei sehr bekannte Jungen in den Weg stellen.

Anna erschrak zutiefst, doch Karl stellte sich sofort vor sie.

„Habt ihr noch nicht genug? Lasst sie endlich in Ruhe!!!"

„Entspann dich, Bruderherz", meinte Tobi, der ältere und größere der beiden. „Wir wollten uns nur entschuldigen."

Es hörte sich zwar nicht ernst gemeint an, doch Anna nickte ihnen zu. Karl wollte noch etwas erwidern, doch Anna zog ihn einfach mit sich.

„Anna, du weißt, was sie dir angetan haben, und dann nimmst du diese nicht ernst gemeinte Entschuldigung einfach so an??"

„Lass gut sein Karl, die sind es leider nicht wert."

Dabei schaute sie ihn unsicher an, denn es waren ja immer noch seine Brüder. Karl schien jedoch immer noch richtig wütend auf sie zu sein, denn er starrte seine Brüder böse an, als sie nach draußen gingen.

Sie setzten sich und Anna war tatsächlich zum ersten Mal seit einiger Zeit richtig hungrig. Sie aßen gemütlich und unterhielten sich über das Monster von Felsenschloss.

„Meint ihr, es existiert wirklich?", fragte Berni.

„Keine Ahnung …, aber die Abdrücke im Schnee sahen schon ziemlich echt aus, findet ihr nicht?", antwortete Maria.

„Das schon, aber vielleicht wollte uns Professor Forster auch nur ein bisschen Angst damit einjagen und hat die Spur selbst gelegt", warf Karolina ein.

„Da bin ich mir nicht so sicher", meinte nun Vroni.

„Ich stand direkt neben ihm, als er die Spur gefunden hat, und er wirkte sehr besorgt und verängstigt."

„Ich habe, als ich auf der Krankenstation lag, die Mythen und Legenden von Felsenschloss durchgelesen und beim Monster von Felsenschloss stand geschrieben, dass es sich nur in der Schule zeigt, wenn unmittelbare Gefahr bevorsteht", meinte Anna.

„Der Legende nach ist es vor über zwanzig Jahren zum letzten Mal aufgetaucht, als in England dieser schreckliche Zauberer Angst und Schrecken verbreitet hat. Es hieß, er hätte einen gefährlichen Angriff auf die Schule durch Anhänger des Zauberers verhindert. Aber es ist wie gesagt nicht bewiesen", ergänzte sie, als die anderen sie interessiert, aber auch geschockt ansahen.

„Die Zeit damals war richtig schlimm ..., haben mir meine Eltern erzählt", sagte Maria plötzlich mit leiser Stimme. „Anscheinend hat dieser böse Zauberer nicht nur England, sondern die ganze Welt terrorisiert und auch in Deutschland hat er Angst und Schrecken verbreitet. Er wurde dann Gott sei Dank im Kampf getötet, aber Genaueres weiß ich leider nicht."

„Ah, doch, mir fällt noch was ein", meinte Maria nach einer Weile, „anscheinend hatte diese berühmte Schule irgendwas damit zu tun."

„Die Zauberschule in England?", hakte Vroni nach.

„Ja, genau die, aber meine Eltern haben mir nie Genaues darüber erzählt. Sie meinten nur immer, ich solle froh sein, dass ich in einer so friedlichen Zeit lebe."

„Da haben sie nicht ganz unrecht", meinte Karl.

„Leute, wir müssen los", sagte Felix auf einmal. „Professor Bieder bringt uns, glaube ich, um, wenn wir alle zu spät zu seiner Stunde erscheinen."

Sie kamen gerade noch rechtzeitig an und ließen sich auf die Stühle sinken. Anna bekam in dieser Stunde so gut wie gar nichts mit, denn es hatte sich schon wieder ein unangenehmes Stechen in ihrer Brust ausgebreitet. Sie war unendlich froh, als die Stunde endlich vorbei war und sie wieder in ihren Wohnbereich zurückkehren konnten. Die anderen machten es sich wie immer in den Sesseln gemütlich, doch Anna ging sofort in ihr Zimmer. Sie sah, dass Unmengen von Süßigkeiten auf ihrem Bett lagen. Anscheinend hatten einige Menschen an sie gedacht, als sie auf der Krankenstation lag. Sie schmiss alles von ihrem Bett und legte sich erschöpft hinein. Karolina kam herein, um nach ihr zu sehen.

„Alles okay bei dir, Anna? Du warst in Zaubersprüche schon so still."

„Alles gut, ich muss mich nur ein bisschen ausruhen, war ganz schön viel für den ersten Tag."

„Okay, gut, dann lass ich dich mal in Ruhe. Vielleicht willst du später wieder zu uns kommen, wenn es dir besser geht?"

„Mach ich, danke, Karo."

Anna schlief ein bisschen und fühlte sich danach schon wieder besser. Sie ging wieder in die Lounge und setzte sich zu den anderen. Sie hatte sich extra einen Platz gegenüber von Karl ausgesucht und schaute ihn nun direkt an. Sie hoffte, er würde verstehen, was sie ihm mit ihren Blicken zu verstehen geben wollte, doch er schaute nach kurzer Zeit in die andere Richtung. Sie war enttäuscht, denn sie hatte gehofft, irgendwie einen Weg finden zu können, kurz mit ihm alleine zu sein. Sie starrte vor sich hin und achtete nicht darauf, was die anderen redeten. Ganz kurz überlegte sie, schon in den Arbeitsraum zu gehen, um so zu tun, als würde sie Hausaufgaben machen oder den vielen verpassten Stoff nachholen, doch Karl sprach sie auf einmal an.

„Oh Anna, ich habe ganz vergessen, dir zu sagen, dass wir gleich noch zu Frau Stone kommen sollen."

„Warum denn das?", fragte Anna verwundert.

„Hat sie nicht gesagt, aber ich sollte es dir unbedingt ausrichten."

„Okay, sie wird es uns dann schon sagen … Sollen wir gleich schon zu ihr?"

„Ich denke, wenn wir in ein paar Minuten losgehen, müsste es passen", erwiderte Karl.

Die anderen hatten zunächst aufmerksam zugehört, doch als es sich nur um Frau Stone drehte, war das Gespräch zwischen Anna und Karl schnell uninteressant geworden und sie unterhielten sich weiter aufgeregt über alle Mythen und Legenden, die sie über Felsenschloss auftreiben konnten.

„Wollen wir los?", fragte Karl schließlich.

„Ja …, bis später, Leute."

Sie verabschiedeten sich und gingen aus dem Wohnbereich hinaus. Anna war nervös, denn sie wusste nicht, was sie bei der Rektorin erwarten würde. Karl, der ihr vorausging, schlug auf einmal den Weg in Richtung Aula ein.

„Ähm, Karl, das ist aber nicht der Weg zur Rektorin, oder?"

„Nein." Er drehte sich um und grinste sie an. „Ich …, also, das war nur eine Ausrede, ich wollte in Ruhe mit dir reden und da ist mir nichts Besseres eingefallen."

Anna grinste ihn nun auch an und meinte: „Gut gemacht."

„Ich habe letzte Woche einen kleinen Raum in der Nähe der Aula entdeckt, den, glaube ich, keiner kennt, da wollte ich hin."

Sie gingen auf eine unscheinbare Türe zu, die eher den Anschein einer Besenkammer erweckte. Anna war dementsprechend erstaunt, als ein kleiner Tisch mit gemütlichen Sesseln darum in ihm stand.

„Ich hatte eigentlich einen Besen und eine Schaufel gesucht, weil mich der Hausmeister gezwungen hat, den Dreck von meinen Schuhen wegzufegen und nicht zu zaubern", erklärte Karl. „Und dann habe ich diesen Raum gefunden."

„Wie cool, der sieht echt gemütlich aus", meinte Anna.

Die beiden machten es sich bequem und Karl schaute Anna wie immer mit durchdringenden Augen an.

„Wie gehts dir, Anna?"

Sie wollte schon „Gut" antworten, als sie es sich anders überlegte.

„Wenn ich ehrlich bin, nicht so gut. Ich bin noch nicht so fit, wie ich es gerne wäre, und vor allem nicht, wie ich es Frau Summer weisgemacht habe."

„Was? Aber warum hast du das gemacht?"

„Ich habe mich auf der Krankenstation so alleine gefühlt und es da einfach nicht mehr ausgehalten."

Er nahm wieder ihre Hand und meinte: „Das kann ich ja verstehen, aber das war wahrscheinlich keine gute Idee, oder? Ich meine, heute auf der großen Wiese konntest du dich ja auch nur gerade so auf den Beinen halten."

„Ja …, ähm, heute Morgen war es noch ein bisschen was anderes. Mir ist, glaube ich, da zum ersten Mal bewusst geworden, was tatsächlich hätte passieren können, wenn mich keiner gefunden hätte oder eben nicht so schnell und das war mir in dem Moment einfach zu viel."

Sie hatte wieder Tränen in den Augen und hasste sich dafür.

„Hey, nicht weinen, ok?"

Er nahm sie in den Arm und sie war einfach nur froh, dass er sie so nicht noch mehr weinen sah. Nach einiger Zeit hatte sie sich wieder beruhigt und löste sich von ihm.

„Tut mir leid, dass ich dich immer so vollheule, ich bin eigentlich gar nicht so."

„Du hast eine schlimme Attacke erlebt und das auch noch von Mitgliedern meiner Familie, also hast du jedes Recht dazu, emotional zu sein", erwiderte er daraufhin.

Nach kurzem Zögern sprach er weiter: „Ich wollte dir übrigens noch was erzählen. Ich habe es sonst niemandem gesagt, aber bei dir weiß ich, dass du es verstehen wirst. Ich hatte an dem Tag nach dem Vorfall ein Gespräch mit meinen Eltern. Sie haben sich bei mir für ihr Verhalten entschuldigt und sich gewissermaßen eine Mitschuld an dem Ganzen gegeben. Meine Mutter meinte, sie hätte das alles nicht gewollt, und vor allem nicht, dass durch ihre Hetze eine Unschuldige zu Schaden kommt. Ich habe ihnen daraufhin erzählt, wer du bist und dass du ein extrem wichtiger Mensch für mich geworden bist. Sie haben sich dann noch mehr geschämt, weil du eben gerade mich vor meinen eigenen Brüdern beschützen wolltest. Auf jeden Fall versuchen wir uns in Zukunft wieder zusammenzuraufen und ich werde deshalb Weihnachten mit ihnen verbringen. Meine Brüder bleiben allerdings hier, meine Eltern meinten, sie hätten es nicht verdient, an Weihnachten heimkommen zu dürfen nach dem, was sie getan haben."

„Ach ja, und eines hätte ich fast vergessen, Tom hat ihnen übrigens gesteckt, dass du meine Freundin bist, und deswegen sind sie erst auf dich losgegangen."

„Was??? Tom hat also damals doch keine leeren Drohungen ausgesprochen … Aber meinst du, er hätte erwartet, dass deine Brüder so krass reagieren?"

„Kann ich mir eigentlich nicht vorstellen, er ist zwar ein Ekel, aber das hätte er sicher auch nicht gewollt."

„Stimmt schon und, ähm, danke, dass du mir das anvertraut hast", meinte Anna schließlich. „Ich weiß das sehr zu schätzen und ich wünsche mir für dich, dass alles wieder gut zwischen euch wird."

„Danke, Anna."

Er umarmte sie noch mal vorsichtig und meinte schließlich, dass sie zurückgehen müssten, weil gleich Ausgangssperre war.

Auf dem Weg zurück nahm er Annas Hand und ließ sie erst wieder los, als sie am Eingang des Wohnbereichs angekommen waren. Er hielt sie noch kurz zurück und meinte: „Versprichst du mir bitte, dich in den nächsten Tagen nicht zu übernehmen und Bescheid zu sagen, wenn es dir nicht gut geht? Sag es bitte vor allem zu mir, ich werde mich dann sofort um dich kümmern und den anderen irgendeine Story erzählen."

„Mache ich und, ähm, danke, Karl."

Sie gab ihm einen Kuss auf die Wange und ging schnell in den Wohnbereich hinein. Karl folgte ihr unauffällig und sie setzten sich wieder zu den anderen.

„Was wollte Frau Stone denn?", fragte Karolina neugierig.

„Ach, nichts Besonderes, es ging noch mal um, na ja, ihr wisst schon was, und sie hatte noch ein, zwei kurze Fragen", antwortete Anna sofort, ohne rot zu werden.

„Oh, ach so …, okay", meinte Karolina enttäuscht. „Ich dachte schon, es wäre irgendwas Spannendes."

„Nein …, es ist ja nicht spannend genug, dass Anna fast umgebracht wurde, aber hey, ist ja kein Ding", meinte Karl, vor Sarkasmus triefend.

Karolina wurde so rot wie eine Tomate und murmelte ein leises: „Ich habe nicht nachgedacht, was ich sage, tut mir leid."

Karl nahm die Entschuldigung zähneknirschend an, war jedoch ab dem Moment sehr patzig zu allen und schließlich stritt er sich noch mal mit Karolina wegen irgendeiner Kleinigkeit. Anna hatte genug davon, verabschiedete sich von allen und ging ins Bett.

Sie lag lange wach in ihrem Bett und dachte über die Ereignisse der letzten Wochen nach. Es war so viel passiert, nicht nur der Vorfall, sondern auch zwischen ihr und Karl, und sie wusste nicht so recht, wie sie das einordnen sollte.

Sie hatte gerade die Augen geschlossen, als sie plötzlich auf einem Felsvorsprung stand und ein riesiges Geschöpf vor sich sah, das sie aus einer Höhle in dem Felsen beobachtete. Es hatte rot unterlaufene Augen und komische Hörner auf dem Kopf, die an einen großen Hirsch erinnerten. Mehr konnte sie nicht erkennen und sie traute sich auch nicht, darauf zuzugehen. Sie stand wie angewurzelt da und versuchte, keinen Laut von sich zu geben. Auf einmal kam das Wesen auf sie zu. Sie schrie und das Wesen brüllte sie mit einem schrecklichen Ton an. Sie versuchte, nach hinten auszuweichen, rutschte jedoch nun schon fast mit einem Fuß den Abhang hinab. Anna hatte Todesangst und sie zitterte am ganzen Leib, doch auf einmal wurde sie jäh aus diesem Horrorszenario gerissen. Karolina saß neben ihr und schüttelte sie sachte.

„Anna, wach auf ... Du hast schlecht geträumt."

Sie riss die Augen auf und sah, wie sie besorgt von Karolina angestarrt wurde.

„Ist alles in Ordnung mit dir, Anna? Du zitterst ja ...!"

Anna setzte sich ein bisschen auf und versuchte, sich innerlich zu beruhigen. „Alles okay, aber ich hatte einen so realistischen Albtraum ..., ich dachte ..., mich würde gleich ein Wesen töten oder wahlweise in den Abgrund stürzen."

„Das kommt bestimmt davon, dass wir heute den ganzen Tag über das Monster von Felsenschloss und die anderen Mythen und Legenden gesprochen haben. Es war nur ein Traum, Anna! Versuch wieder einzuschlafen, okay?"

Sie ging wieder zu ihrem eigenen Bett und ließ Anna mit diesem schrecklichen Traum und den Gedanken daran alleine. Sie hatte noch nie ein derartiges Monster gesehen, weder im Traum noch in irgendwelchen Büchern, und der Gedanke ließ sie nicht los, dass dies womöglich das echte Monster von Felsenschloss war. Unruhig schlief sie wieder ein, träumte jedoch nicht mehr von dem Wesen. Auch in den nächsten Nächten wurde sie nicht mehr von ihm heimgesucht und so beschloss sie, dass es wirklich ein schlechter Traum gewesen sein musste und ihr Gehirn ihr einfach einen üblen Streich gespielt hatte.

Es weihnachtet sehr

In den letzten Tagen wurde das Schloss richtig schön weihnachtlich geschmückt. Weihnachtsmuffel konnten tatsächlich nirgends mehr hingehen, ohne von Weihnachtskitsch erdrückt zu werden. Da Anna Weihnachten liebte, fühlte sie sich allerdings pudelwohl und war bester Laune in die letzte Schulwoche vor den Ferien gestartet.

Nicht einmal Professor Bieder schaffte es, ihr mit seinen enorm hohen Ansprüchen die Laune zu verderben, und so meisterte sie den von ihm geforderten Verwandlungszauber an einer Maus spielerisch. Sein mürrischer Gesichtsausdruck und die Tatsache, dass er ihr schon wieder die Bestnote geben musste, setzten dem Ganzen noch die Krone auf.

Auch in Zaubertränke wurde ihre Gruppe immer besser. Der letzte Trank, den sie brauen sollten, war ein unsichtbar machender Trank, der bei richtiger Zubereitung nicht einmal im Kessel gesehen werden konnte. Karolina führte die Gruppe wieder so gut an, dass jeder wusste, was zu tun war, und so ein perfekter Trank gebraut werden konnte. Er war tatsächlich derart perfekt, dass Frau Watson Karolina gestattete, ihn auszuprobieren. Sie nahm einen Schluck davon und wurde augenblicklich unsichtbar. Die Klasse war begeistert und auch Karolina fand es extrem cool, sich nicht im Spiegel sehen zu können. Frau Watson stellte ihr letztendlich den Gegentrank auf einen Tisch und alle beobachteten, wie das Fläschchen scheinbar durch die Luft schwebte. Nach ein paar Sekunden erschien Karolina zuerst an den Füßen und dann immer weiter, bis schließlich auch ihr Kopf wieder zu sehen war.

Frau Watson vergab der Gruppe rund um Karolina vor lauter Begeisterung einfach so die Bestnote. Man konnte ihr ansehen, wie stolz Frau Watson auf den Trank war. Fröhlich verließen sie schließlich das Klassenzimmer und feierten ihren grandiosen Trank mit einem Berg Lebkuchen und Plätzchen.

Die nächste Stunde war Zauber der Musik, in der sie nun dabei waren, das letzte Jahr zu analysieren, bevor sie ihre Einladungen zur Felsenschlossschule der Magie erhalten hatten. Anna konnte immer deutlicher eine eigentümliche, aber schöne Melodie wahrnehmen, die seit einigen Stunden in ihrem Kopf herumspukte, um genau zu sein, seit sie an ihren ersten, unbewussten Zauber gedacht hatte.

Inzwischen dachte sie auch manchmal in Zaubersprüche daran, die Melodie schoss dann einfach in ihren Kopf und Anna hatte das Gefühl, noch besser zaubern zu können als sonst.

Heute malte sie den Unfall auf, den sie zusammen mit Sofia erlebt hatte, und Frau Stone schien wieder besonders interessiert daran zu sein.

„Was ist da passiert?", fragte sie, als sie die eher abstrakte Zeichnung begutachtete.

„Ein Auto hätte mich und meine beste Freundin fast erfasst und wir wären vermutlich von ihm und der Mauer hinter uns erdrückt worden, wenn die Mauer nicht eine Schutzbarriere für uns errichtet hätte", erklärte Anna leichthin.

„Du meinst ..., du hast damals eine Barriere für euch errichten können, damit euch nichts passiert?"

„Ähm, ja, aber da wusste ich noch nicht, dass ich zaubern konnte, und konnte es mir also nicht erklären."

Sie zuckte mit den Schultern, doch Frau Stone sah sie immer noch komisch an.

„Das ist wirklich außergewöhnlich. Ich meine, man hat schon davon gehört, dass junge Hexen und Zauberer andere vor Gefahren beschützen konnten, so wie beispielsweise die Geschichte mit dem Baum ..." Sie zwinkerte Anna dabei zu. „Aber einen Schutzwall zu errichten, der sogar ein Auto davon abhielt, euch zu zerquetschen, ist sehr schwer und für eine junge Hexe ohne Erfahrung eigentlich nicht zu schaffen."

„Oh", meinte Anna nur, während Karl und Karolina der Unterhaltung mit großen, erstaunten Augen gefolgt waren.

„Wart ihr schwer verletzt?", fragte die Rektorin nun vorsichtig.

„Eigentlich ...", meinte Anna nun sehr zögerlich ..., „ähm, hatten wir nur ein paar Schürfwunden und sonst ist uns nichts passiert."

Frau Stone sah aus, als würde sie gleich umkippen. „Ich ..., oh, das ist großartig. Ganz großartig ..."

Sie ging davon, ohne Anna noch mal anzusehen, und beendete schließlich gleich danach die Stunde.

„Habt ihr gesehen, wie seltsam sie reagiert hat?", fragte Anna ihre besten Freunde in der Schule.

„Ja, schon, aber ich muss auch sagen, dass das, was du erzählt hast, wirklich krass ist", meinte Karl.

„Wie meinst du das?"

„Na ja ..., du hast ja gemerkt, wie sie reagiert hat ... Meine Eltern haben mir früher immer Geschichten über ähnliche Vorfälle oder besser gesagt Glücksfälle erzählt. Aber, na ja ..., das waren eher Märchen, verstehst du?"

„Ich habe keine Märchen erzählt", meinte Anna nun entrüstet.

„Nein, das meint Karl doch gar nicht", half Karolina ihm aus.

„Mein Papa hat mir auch immer so was vorgelesen. Das waren schon Geschichten für ein bisschen größere Kinder, die eigentlich dazu anregen sollten, die magischen Fähigkeiten der Kinder rauszukitzeln. Da gab es eben auch welche, in denen Kinder andere Kinder oder Erwachsene beschützten. Das Problem ist eben, dass ein Kind mit magischen Fähigkeiten eigentlich noch nicht viel kann. Manchmal, wenn die Kinder wütend sind, zerbrechen sie irgendwas nur mit ihren Gedanken oder machen so was in der Art, aber mehr kann man eigentlich nicht."

„Aber was ist, wenn die Kinder in Gefahr sind ... oder irgendwas anderes passiert, dann haben sie doch bestimmt auch gezaubert, damit nichts Schlimmes passiert ..., oder?"

Anna zweifelte schon langsam an sich.

„Nicht so wie du", meinte nun wieder Karl. „Normalerweise können die Kinder ihre Kräfte eben gar nicht kontrollieren und dann passiert ihnen doch immer was. Das war ja auch der Grund dafür, diese Schule zu errichten. Damit die Schüler in Deutschland eben auch lernen konnten, damit umzugehen. Viele damalige Hexen und Zauberer waren nicht besonders gut, ihnen hat einfach die nötige Ausbildung gefehlt, das hat uns doch Professor Storie erzählt."

„Die ersten Lehrer von Felsenschloss und doch bestimmt auch der Gründer waren aber doch gute Hexen und Zauberer", meinte Anna verwirrt.

Inzwischen waren sie wieder in ihrer Lounge gelandet und setzten sich auf ihre Lieblingssessel.

„Natürlich, es gab immer wieder sehr begabte Zauberer, die sich alles selbst beigebracht hatten und auf ihren Spezialgebieten brillierten, auch ohne eine Ausbildung in einer Schule der Magie, aber eben nicht viele", warf nun wieder Karolina ein.

„Oh Gott, ich bin verwirrt ... Was bedeutet das denn jetzt alles für mich?", fragte Anna.

„Keine Ahnung", meinten nun beide.

„Vielleicht finden wir es nach den Ferien in der nächsten Zauber-der-Musik-Stunde heraus, aber bis dahin sollten wir uns nicht mehr allzu viele Gedanken darüber machen, das bringt doch jetzt eh nichts", schlug Karolina vor.

„Du hast recht, wir sollten lieber über die Ferien reden ... Habt ihr schon besondere Pläne?", fragte Karl.

„Nein, nicht wirklich", antwortete Anna. „Ich möchte einfach die Zeit zu Hause nutzen, um noch ein bisschen zu regenerieren und den letzten verpassten Stoff nachzuholen, aber sonst möchte ich nur in Ruhe vor dem Weihnachtsbaum sitzen und Zeit mit meiner Familie verbringen."

„Ich auch", sagte Karolina, als ihr plötzlich etwas einzufallen schien. „Karl, was machst du denn eigentlich, du verbringst Weihnachten aber nicht alleine hier?"

Anna warf Karl kurz einen Blick zu, denn sie hatten ja lange darüber gesprochen, als er Karolina antwortete: „Nein, ich fahre auch nach Hause und ich hoffe, wir bringen uns nicht alle gegenseitig um."

Karolina schaute ihn geschockt an, doch als er lachte, war sie schon beruhigter.

„Wird schon werden", fügte er noch hinzu.

„Bestimmt", sagte Anna und an Karo gewandt fügte sie hinzu: „Hast du inzwischen schon gepackt?"

„Nein, ich konnte mich irgendwie bis jetzt nicht aufraffen, aber da wir nur noch zwei Stunden Zeit haben, werde ich wohl mal in unser Zimmer gehen. Was ist mit dir, Anna?"

„Oh, ich habe gestern Abend gleich noch alles in meinen Koffer geschmissen, ich bin fertig."

„Hm ..., okay, dann bis gleich."

Karo verschwand und Anna sah, dass Karl sie grinsend beobachtet hatte.

„Du wolltest sie doch nicht zufällig loswerden, oder?"

„Ich?", meinte sie entrüstet. „Niemals ... Aber wenn wir jetzt schon mal alleine sind, wollen wir dann ein bisschen spazieren gehen?"

„Gern, komm mit, bevor uns einer sieht."

Die beiden stahlen sich heimlich aus dem Wohnbereich hinaus und beschlossen, einen kurzen Abstecher zu den Gamsis zu machen. Draußen lag inzwischen mindestens ein halber Meter Schnee und man konnte die Gamsis fast nicht mehr von der weißen Pracht unterscheiden. Ab und zu sah man etwas Kleines, Flauschiges umherspringen, um dann sofort wieder mit dem Weiß des Schnees zu verschmelzen.

Die zwei alberten ein wenig herum und als Anna es wagte, einen Schneeball nach Karl zu werfen, und ihn auch noch traf, griff er sie an der Taille und schmiss sie in den Tiefschnee. Als er ihr wieder aufhelfen wollte, zog sie ihn mit in den Schnee. Die beiden lachten und fühlten sich wieder wie kleine Kinder. Sie bewarfen sich mit noch mehr Schnee und machten Schneeengel, als Anna aufsprang und plötzlich meinte: „Karl, ich glaube, wir müssen los ..., sonst kommen wir nicht mehr rechtzeitig zur Bergstation."

„Gleich", meinte Karl nur. Er zog sie wieder zurück zu sich in den Schnee und küsste sie kurz, aber sehr zärtlich auf den Mund.

„Frohe Weihnachten, Anna", murmelte er danach.

Er zog sie wieder hoch, Anna grinste ihn noch kurz an und schon stürmten beide zurück ins Schloss.

Völlig durchnässt kamen sie wieder im Wohnbereich an, wo Karolina und die anderen schon alle mit gepackten Koffern dasaßen.

„Wo wart ihr und warum zur Hölle seid ihr so nass?", fragte Karolina nur.

„Erzähl ich gleich, wir holen nur schnell unsere Koffer."

Anna flitzte davon und auch Karl beeilte sich, seinen Koffer aus dem Zimmer zu holen. Sie kamen gerade zurück, als die anderen aufbrechen wollten.

„Gehen wir?", fragte Maria.

Karolina wich nicht von Annas Seite und wollte unbedingt wissen, was sie gemacht hatten.

„Wir waren noch kurz bei Flauschi. Mir ist eingefallen, dass ich mich nicht von ihm verabschiedet hatte, und wollte das unbedingt noch machen. Karl war so nett, mich zu begleiten beziehungsweise ... er hätte mich auch nicht alleine hingehen lassen, wenn man es mal genau nimmt." Sie rollte mit den Augen und Karolina musste kichern.

„Draußen auf der Wiese liegt inzwischen sooo viel Schnee, dass wir durchwaten mussten. Deswegen sind wir auch so nass", schloss Anna schließlich ihren Bericht ab.

Karolina schien das als Erklärung zu genügen, denn sie schwenkte sofort das Thema um und sprach nun, alle miteinbeziehend, in einer Tour über Weihnachten. Anna war ganz froh, denn so konnte sie in Ruhe an den Kuss von Karl zurückdenken, ohne auch nur im Geringsten aufzufallen. Karl schien es ähnlich zu gehen, denn er schaute die ganze Fahrt über aus dem Fenster der Gondel.

Wieder im Tal angekommen, verabschiedeten sich alle mit vielen Umarmungen voneinander und gingen mit ihren Eltern davon. Anna freute sich sehr auf zu Hause und Weihnachten und natürlich auch auf Sofia.

Als sie kurz vor ihrem Haus waren, sah sie Sofia schon davorstehen.

„Ich habe mir gedacht, du würdest dich bestimmt freuen, wenn ich ihr erzähle, wann du ankommst", meinte Annas Mutter.

„Oh ja, danke, Mama!"

Anna strahlte über beide Ohren, als sie Sofia um den Hals fiel. Sie hatten sich so viel zu erzählen, dass sie sofort in Annas Zimmer verschwanden. Sie redeten und redeten und hatten noch nicht über alles gesprochen, als es schon dunkel wurde und Sofia wieder nach Hause gehen musste. Sie beschlossen allerdings, sich sofort nach den Weihnachtsfeiertagen wieder zu treffen.

Anna verbrachte also einen sehr ruhigen Heiligabend mit ihren Eltern und freute sich auch über Geschenke von Karolina und Karl, die per „Flugpost" angekommen waren.

Das Geheimnis der Familie

Am 1. Weihnachtsfeiertag wurde es Anna irgendwann zu langweilig, nur mit ihren Eltern dazusitzen, und sie beschloss, im Speicher nach alten Schätzen ihrer Uroma zu suchen.

Vielleicht hatte sie noch etwas von ihrer Schwester aufbewahrt oder einfach nur weitere Informationen zusammengetragen, die Anna helfen konnten zu verstehen, woher ihre magischen Kräfte kamen.

Sie suchte fast den ganzen Nachmittag und wollte schon fast aufgeben, als sie eine kleine Schatulle fand, die im letzten Eck unter einigen Sachen verborgen gelegen hatte. Sie wusste schon, als sie die Schatulle in die Hand nahm, dass sie etwas Magisches in Händen hielt.

Sie setzte sich in einen alten Sessel und öffnete das Kästchen ganz vorsichtig. Zunächst sah sie einen Brief, doch was sich darunter befand, ließ ihr den Atem stocken. Es war nur ein kleines Zeichen, sehr alt und ähnlich einem Anstecker, und doch bedeutete es alles für Anna. Es war das Abzeichen, das sie jeden Tag an ihrer Schuluniform trug, das Zeichen, unter dem sie wohnte und schlief.

Anna nahm das deformierte Herz vorsichtig in ihre Hand und drehte es um. Es war ein Datum darauf eingraviert und nach einigen Problemen, es zu entziffern, ließ sie dieses stutzen. Dort stand eindeutig in schnörkeliger Schrift „1499" geschrieben. Sie nahm schließlich den Brief in die Hand und begann ihn zu lesen.

Meine geliebte Schwester,
ich habe heute Morgen etwas wirklich Wunderbares und
geradezu Außergewöhnliches erfahren. Wie ich dir bereits
berichtete, bin ich wirklich sehr begabt im Zaubern. Mit
anderen Worten, Felsenschloss brachte mein enormes Ta-
lent derart zur Geltung, dass mich sogar der Direktor zu
sich in sein Büro rief. Er lobte mich für meine tollen Leis-
tungen und meinte, so etwas hätte die Schule schon lange
nicht mehr gesehen. Du kannst dir gar nicht vorstellen, wie
stolz ich war. Er offenbarte mir, dass es dafür einen Grund
geben könne und er deshalb Nachforschungen angestellt
habe. Er fand heraus, dass unsere Mutter eine direkte Nach-
fahrin von einem der berühmtesten Zauberer und des Mit-
begründers der Felsenschlossschule sein müsse. Sie hatte
anscheinend entweder als Einzige einer sehr langen Reihe
von Hexen und Zauberern in der Familie keine magischen
Fähigkeiten entwickelt oder diese aus welchen Gründen
auch immer abgelegt. Leider werden wir sie diesbezüg-
lich nicht befragen können ... Du weißt ja, dass sie nichts
mehr mit mir zu tun haben will, und ich möchte dich nicht
auch noch hineinziehen. Auf jeden Fall meinte er, dass die
Schule einen kostbaren Besitz unseres Vorfahren so lange
verwahrt hat, bis ein Nachfahre zurückkehren würde. Er
berichtete, es stehe mir nun das originale Abzeichen mei-
nes Vorfahren zu, da ich als Nachfahrin seine rechtmäßige
Besitzerin wäre. Ich möchte deswegen in der Schule kein
Aufsehen erregen und sende dir deshalb unseren nun wert-
vollsten Besitz zu. Bitte verwahre ihn gut und verstecke ihn
auch vor unserer Familie. Ich weiß, dass du es mit deinem
Leben verteidigen würdest, und dafür habe ich dich unend-
lich lieb. Übrigens gab er mir das Abzeichen zusammen mit
einem Rätsel, das seit Anbeginn immer weitervererbt wurde
und angeblich noch nicht gelöst werden konnte. Natürlich
werde ich es dir nicht vorenthalten, obwohl ich leider auch
nichts damit anzufangen weiß:

Der Wächter der Schule allein bestimmt, wann es Zeit ist, sich zu offenbaren. Nur wer reinen Herzens die Melodie erkennt, kann den Schlüssel richtig verwenden. Der Weg ist beschwerlich, doch wird er aufleuchten für denjenigen, der mutig genug ist, ihn zu gehen. Der Anfang beginnt im Inneren.
Falls du also vielleicht etwas damit anfangen kannst, wäre ich dir wirklich sehr verbunden, wenn du mir das in deiner Antwort mitteilen könntest. Ich vermisse dich ... jeden Tag ... immer.
Deine Anastasia

Anna las den Brief immer wieder durch und war in heller Aufregung. Sie hielt die Antwort in Händen, weshalb sie so begabt war. Sie stammte mehr oder weniger direkt von Hugo Passion ab, dem Gründer ihres Wohnbereiches, und hatte den Beweis dafür direkt vor Augen. Außerdem war da dieses Rätsel. Sie konnte nicht direkt etwas damit anfangen und doch löste es ein Kribbeln in ihr aus.

„Oh Gott, was mache ich denn jetzt?", sprach sie zu sich selbst. Sie rannte im Speicher hin und her, bis sie einen Entschluss gefasst hatte. Sie musste mit Karl und Karolina sprechen, persönlich, und zwar so schnell es ging. Sie stürmte hinunter und suchte ihre Mutter. Die stand gerade in der Küche und bereitete das Abendessen vor.

„Du, ähm, Mama, mir ist da gerade so eine Idee gekommen. Meinst du, ähm ..., darf ich vielleicht Karl und Karolina fragen, ob sie die letzte Ferienwoche hier bei uns verbringen dürfen? Karl könnte im Gästezimmer schlafen und Karolina bei mir im Zimmer!"

„Ich weiß nicht, Anna, meinst du nicht, die beiden wollen die Weihnachtsferien lieber mit ihren Familien verbringen?"

„Ich könnte sie doch einfach mal fragen, oder?"

Sie flehte ihre Mutter geradezu an, bis diese sagte: „Von mir aus, aber frag vorher noch deinen Vater."

Anna wusste, dass sie gewonnen hatte, denn ihr Vater konnte ihr keinen Wunsch abschlagen. Sie schaute ihn mit ihren großen, rehbraunen Augen an und schon hatte er keine Chance mehr. Er willigte ein und Anna griff sofort zu Zettel und Stift, um Briefe an ihre Freunde zu schreiben.

Sie entschied sich ganz bewusst dafür, den genauen Grund ihrer Einladung zu verheimlichen, und meinte nur, sie würde sich wahnsinnig freuen, wenn sie kommen dürften, und dass sie spannende Neuigkeiten haben würde. Gott sei Dank hatte sie daran gedacht, magische Briefmarken mitzunehmen, und so flatterten zwei Briefe selbstständig aus ihrem Fenster davon.

Karls Antwort kam schon in derselben Nacht zurück. Er war anscheinend wirklich froh, nicht die ganzen Ferien bei seinen Eltern bleiben zu müssen, und freute sich, zu Anna kommen zu dürfen. Auch Karolinas Brief ließ nicht lange auf sich warten.

Am nächsten Morgen kam er zum Frühstück hereingeflattert und landete wie so oft in Annas Müsli. Sie zog ihn schnell heraus und öffnete ihn. Karolina schrieb, dass sie auch sehr gerne die Einladung annehmen würde, da es furchtbar langweilig bei ihr zu Hause sei.

Schon in ein paar Tagen würde Anna also ihre Freunde wiedersehen und vor allem endlich jemandem von dem Geheimnis erzählen können, das sie aufgedeckt hatte. So sehr sie Sofia auch vertraute, sie wollte ihr davon nichts erzählen, und so sprach sie mit ihr in den nächsten Tagen nur über die Erlebnisse in der Schule. Sofia berichtete gerade, dass sie die zweite Ferienwoche nicht mit Anna verbringen könne, da sie ins Skilager fahren würde, und so musste Anna ihr nicht einmal erzählen, dass Karl und Karolina kommen würden.

Sie wusste nicht genau warum, aber sie hatte das Gefühl, es wäre besser, die magischen und nicht-magischen Freundschaften noch auseinanderzuhalten. Sofia und Anna verbrachten also einen letzten schönen Tag miteinander und umarmten sich schließlich zum Abschied, denn sie würden sich wahrscheinlich erst im Sommer wiedersehen.

Anna war am nächsten Tag auf dem Weg zum Bahnhof ihres Heimatortes, da Karolina und Karl zusammen mit dem Zug aus München anreisen wollten. Sie stand am Bahngleis und wartete darauf, dass die beiden aus dem gerade eingefahrenen Zug steigen würden. Zunächst sah sie sie in den Menschenmassen nicht, doch dann kam Karolina von weiter hinten auf sie zugerannt. Sie umarmte Anna stürmisch und Karl, der sich erst zwischen zwei Männern durchquetschen musste, tat es ihr gleich.

„Es ist so schön, euch zu sehen", strahlte Anna die beiden an. „Kommt mit, wir gehen zu mir nach Hause."

Annas Eltern kannten Karl und Karolina bereits von ihrem Besuch in der Felsenschlossschule und so begrüßten sie die beiden auch freudestrahlend.

„Schön euch wiederzusehen", meinte Annas Mutter. „Anna wird euch zeigen, wo ihr eure Sachen hinbringen könnt, und dann gibt es Mittagessen."

Anna nahm beide mit und als sie in ein eher kleines, aber sehr geschmackvoll eingerichtetes Zimmer eintraten, erklärte sie: „Karl, du kannst hier im Gästezimmer schlafen."

„Danke, Anna, ich schmeiße nur schnell meine Tasche aufs Bett, dann können wir auch schon weiter."

„Alles klar, Karl, und, ähm, Karo, ich hoffe, es ist für dich okay, wenn du bei mir im Zimmer schläfst?"

„Natürlich, wir schlafen doch sonst auch in einem Raum."

Sie grinste Anna an, während sie in ihr Zimmer gingen. Annas Zimmer bot einen wunderschönen Ausblick auf die Berge und war relativ groß.

„Die Couch kann man ausziehen, dann ist sie fast wie ein normales Bett", erklärte sie gerade.

„Oh, perfekt, danke, und dein Zimmer ist wirklich schön", meinte Karolina.

Sie schaute sich ganz genau um und auch Karl schien ihr Zimmer abzuchecken.

„Ist das deine beste Freundin?", fragte er und zeigte auf ein Foto von Anna und Sofia.

„Ja genau, sie ist aber leider diese Woche Skifahren, sonst hätte ich euch einander vorgestellt."

„Schade, aber vielleicht können wir ja mal wiederkommen und sie dann sehen", meinte Karolina.

„Von mir aus sehr gerne", grinste Anna. „Ich hoffe nur, meine Eltern sehen das genauso. Apropos, wir sollten lieber ins Esszimmer gehen, sonst wird Mama noch sauer, weil das Essen kalt wird."

Annas Mutter hatte extra für sie einen traditionellen bayerischen Schweinekrustenbraten mit Knödeln gemacht und Karl und Karolina stürzten sich geradezu darauf.

„Frau Prinz, das schmeckt extrem gut", lobte Karl ihre Küche.

„Ja, wirklich", stimmte auch Karo zu. „Sie machen den besten Schweinebraten der Welt."

„Danke, ihr zwei, es freut mich sehr, dass es euch schmeckt."

Nach dem Essen gingen die drei wieder in Annas Zimmer zurück und machten es sich auf ihrem Bett gemütlich.

„Du hast in deinem Brief von Neuigkeiten gesprochen", kam Karolina schließlich gleich auf den Punkt.

„Du kennst mich, ich bin gar nicht neugierig, aber ..." „Wissen würdest du es trotzdem gerne", schloss Karl ihren Satz ab.

Sie musste darüber lachen und auch Karl und Anna stimmten mit ein.

„Ja, ich habe tatsächlich sogar ein wenig untertrieben, als ich von Neuigkeiten sprach. Eigentlich ist es mehr eine Offenbarung."

„Okay, jetzt machst du mich auch neugierig", meinte Karl nun.

Anna beugte sich über Karl, um an ihren Nachttisch zu gelangen, und holte die kleine Schatulle aus einer Schublade hervor.

„Die habe ich oben im Speicher gefunden. Sie war ziemlich versteckt und lag vermutlich schon Jahre da oben."

Sie öffnete sie erneut vorsichtig und holte den Brief sowie das Abzeichen hervor. Die beiden staunten nicht schlecht, als sie das so bekannte Zeichen erkannten.

„Was ist das, Anna?", fragte Karl.

„Lest euch einfach den Brief durch ..."

Sie beobachtete die beiden ganz genau und sah, wie ihre Augen immer größer wurden, je weiter sie kamen. Karolina war bereits fertig und starrte Anna an.

„Du ..., ich meine ..., ist das wahr?"

„Ich kann es natürlich nicht zu hundert Prozent sagen, meine Urgroßmutter lebt natürlich leider nicht mehr, aber wenn ihr das Abzeichen umdreht, seht ihr darauf ein Datum eingraviert, das möglicherweise auf die Echtheit hinweist."

„Das ist von 1499", sagte Karl ehrfürchtig. Er überlegte weiter: „Das kann ja auch gut hinkommen, ich meine, ungefähr um die Zeit müsste die Schule ja gegründet worden sein."

„Das heißt", meinte Karolina, „du bist tatsächlich eine Nachfahrin von Hugo Passion und das erklärt natürlich auch, warum du so gut zaubern kannst. Du hast das einfach im Blut."

Karolina wirkte geschockt und lehnte sich schließlich nachdenklich an die Wand.

„Ich musste euch das einfach persönlich erzählen und wollte das auch so schnell wie möglich tun. Ich hatte einfach das Gefühl, es wäre wichtig", erklärte sich Anna.

„Dieses Rätsel ...", meinte Karl auf einmal. „Ist der Wächter, von dem da die Rede ist, das Monster von Felsenschloss, über das wir auch die ganze Zeit gerätselt haben? Ich meine, was steht da noch mal...? ‚**Der Wächter der Schule allein bestimmt, wann es Zeit ist, sich zu offenbaren.**' ... Könnte doch das Monster sein, oder nicht?"

„Ich habe auch schon an das Monster gedacht", gab Anna offen zu.

„Ich meine ..., es hat sich, falls es das Monster überhaupt gibt, angeblich mindestens die letzten zwanzig Jahre nicht gezeigt und als ich auf die Schule komme, taucht es plötzlich wieder auf?"

„Na ja, zumindest seine Abdrücke", warf Karolina ein.

„Ja ..., aber trotzdem, seit ich das Rätsel gelesen habe, bin ich der Meinung, dass es da einen Zusammenhang gibt. Ich habe doch auch von dem Monster geträumt, kannst du dich erinnern, Karo?"

„Wann hast du davon geträumt, Anna, das hast du gar nicht erzählt?", fragte Karl besorgt nach.

„Das war in der Nacht, als wir beziehungsweise Professor Forster die Spur im Schnee gefunden hatten", erklärte sie.

„Ja, stimmt ... Anna hat im Schlaf geschrien und ich habe sie dann aufgeweckt", erwiderte Karolina.

Karl sah Anna nachdenklich an und fragte: „Kannst du dich noch genau an den Traum erinnern?"

„Ich denke schon ... Ich stand auf einem Felsvorsprung und habe in eine große Höhle geschaut. Auf einmal kam ein riesiges Wesen in Sicht. Es hatte Hörner wie ein Hirsch und gruselige, rot unterlaufene Augen. Ich weiß noch, dass ich wie angewurzelt dastand und es auf einmal auf mich zukam. Ich habe blöderweise geschrien und wollte nach hinten ausweichen, das ging jedoch nicht, weil hinter mir der Abgrund war. Ich habe Panik bekommen und das Monster hat mich ziemlich laut angebrüllt ... Dann wurde ich auch schon von Karo geweckt."

Sie fügte noch hinzu: „Es ... war auch irgendwie kein normaler Traum, es fühlte sich so real an. So was habe ich vorher noch nie erlebt. Normalerweise kann ich mich ganz schlecht an Träume erinnern..."

Karl schien in Gedanken versunken zu sein, als er schließlich meinte: „Okay ..., also nehmen wir mal an, dass es den Wächter der Schule tatsächlich gibt und du ihm vielleicht sogar schon im Traum begegnet bist ... Aber was ist mit dem Rest?"

Karolina nahm den Brief wieder in die Hand und las weiter vor:

„Nur wer reinen Herzens die Melodie erkennt, kann den Schlüssel richtig verwenden."

Anna sagte: „Hm ... Melodie erinnert mich natürlich sehr an Zauber der Musik, wenn ihr mich fragt."

„Kannst du nicht sogar schon Töne hören, wenn du an früher zurückdenkst?", meinte Karolina hoffnungsvoll.

„Schon ... Aber das ist noch keine richtige Melodie, sondern ziemlich kurz. Es spukt zwar manchmal in meinem Kopf rum, aber ich weiß nicht, ob das gemeint ist oder möglicherweise eine ganz andere Melodie, die eventuell möglicherweise mein Vorfahre entwickelt hat und die man wiedererkennen muss oder so!?"

„Klar, kann natürlich sein, oder auch was ganz anderes", meinte Karl. „Aber … es ist schon verdächtig, dass nur du wirkliche Töne hören kannst. Bei mir ist das wirklich sehr schwammig und ich kann es gar nicht greifen. Wie ist es bei dir, Karo?"

„Ganz genauso! Ich habe mal kurz gedacht, was gehört zu haben, aber es war Anna, die neben mir gesummt hat."

„Oh Mann, Karo." Anna grinste sie an.

„Was? Lach nicht, Anna … Es ist wirklich so und auch die anderen haben noch nie konkret etwas gehört."

„Na gut, vielleicht könnte ich in der Lage sein, diese Melodie zu hören, aber ich habe absolut keine Ahnung, was der Schlüssel sein könnte, und vor allem nicht, wie ich ihn richtig verwenden könnte."

„Ja", meinte Karl „das ist wirklich ein Problem."

Sie saßen wieder schweigend auf dem Bett und dachten über den Schlüssel nach, konnten sich jedoch auch nach einiger Zeit keinen Reim darauf machen.

„Lasst uns doch auch noch die letzten Zeilen ansehen, ich meine mit dem Schlüssel kommen wir jetzt eh nicht weiter, oder wie seht ihr das?", fragte Anna.

Sie nickten ihr zu und so las sie den nächsten Abschnitt noch mal vor: „**,Der Weg ist beschwerlich, doch wird er aufleuchten für denjenigen, der mutig genug ist, ihn zu gehen.'** Ich meine, das klingt nicht gut und macht mir zusammen mit dem Wächter am meisten Angst, wenn ich ehrlich bin."

Karl antwortete ihr: „Kann ich verstehen, aber weißt du, an was ich denken muss, wenn ich auch an deinen Traum zurückdenke?"

„Nein, keine Ahnung", meinte Anna ehrlich.

„Denkst du nicht, dass es um den Felsen rund um Felsenschloss gehen könnte? Ich meine …, es hat ja sicher was mit dem Schloss zu tun, da dein Vorfahr einer der ersten Lehrer war und somit quasi ein Gründungsmitglied. Er hätte bestimmt ganz leicht beim Bau der Schule geheime Gänge, Höhlen oder keine

Ahnung was nicht alles in den Felsen bauen oder hauen können, ohne dass es irgendjemand mitbekommt."

„Gut möglich", erwiderte Anna nachdenklich, „aber der Felsen ist natürlich riesig und mündet auch in noch viel höheren Bergen ... Das könnte also auch sonst wo sein."

„Das glaube ich nicht", sagte Karolina schließlich. „Ich meine, das macht doch eigentlich keinen Sinn, wenn er irgendeinem Nachfahren in Felsenschloss dieses Rätsel hinterlässt und man dann nicht direkt vom Schloss dahin kommt, oder liege ich da falsch?"

„Natürlich, du hast vollkommen recht, Karo ... Vielleicht ist der Eingang sogar irgendwo in der Schule. Das wäre zunächst am ungefährlichsten und auch unauffälligsten", überlegte Karl laut.

„Aber ... angeblich konnte keiner das Rätsel bis jetzt lösen und meint ihr nicht, man hätte es schaffen können, wenn der Eingang, zu was auch immer, direkt in der Schule vor der Nase aller ist?", meinte Anna zweifelnd.

Karl warf nun wieder ein: „Na ja, die Gefahr besteht natürlich, aber überlegt mal, wer überhaupt von dem Rätsel wusste. Die Schwester deiner Urgroßmutter hat es ja schon mal nicht wirklich versucht, weil sie keine Aufmerksamkeit erregen wollte. Davor muss es irgendwann in den Besitz der Schule gelangt sein ... Wir wissen natürlich nicht, wann genau, aber da hat es auch eine Zeit lang keiner versucht und, na ja, das Rätsel wäre bestimmt nicht weitergegeben worden, wenn es tatsächlich schon einer gelöst hätte, oder?"

Karo sah nun auf den allerletzten Hinweis und war auf einmal ganz aufgeregt. „Seht euch den Schluss an: **,Der Anfang beginnt im Inneren.'** ... Könnte das nicht der Hinweis auf den Beginn des Rätsels im Schloss sein?"

„Du hast recht, Karo ... Das ist durchaus möglich. Die Frage ist dann natürlich immer noch, wo im Schloss der Eingang sein könnte, aber dazu steht im Rätsel gar nichts ...", fügte Anna nachdenklich hinzu.

„Vielleicht finden wir einen Hinweis dazu, wenn wir uns die nächsten Tage alle Informationen, die wir bekommen können, über die Anfänge des Schlosses und auch über die Gründer besorgen", mutmaßte Karl.

„Möglich ...", sagte Anna wieder, „aber eine andere Wahl haben wir momentan eh nicht, wir können erst im Schloss suchen, wenn wir wieder vor Ort sind und auch dann wird es natürlich schwierig werden. Wir dürfen auf keinen Fall auffallen, sonst würden uns wahrscheinlich unangenehme Fragen gestellt werden."

„Das wäre nicht gut", stimmte auch Karolina zu. „Also, lasst uns an die Arbeit gehen und vielleicht auch noch ein paar wichtige Zauber zusammensuchen, nur für den Fall der Fälle."

Die drei arbeiteten hart und saßen jeden Tag von morgens bis abends an ihren Tablets und Büchern, um zu recherchieren. Dabei fassten sie nicht nur die Anfänge der Schule, sondern auch wichtige Zaubersprüche ins Auge. Zaubern war ihnen natürlich außerhalb der Schule verboten, doch die theoretischen Grundlagen einiger sehr wichtiger Zaubersprüche versuchten sie sich alle bestmöglich einzuprägen.

„Die können wir dann auch noch im Schloss üben, falls wir tatsächlich den Eingang finden sollten", erwiderte Anna, nachdem sie weitere Zaubersprüche notiert hatte.

„Du musst die bestimmt nicht lange üben, dir fällt doch eh immer alles so leicht", meinte Karl und rollte mit seinen Augen.

„Hey, wer weiß ..., es kommt bestimmt der Tag, an dem auch ich an einem Zauber verzweifeln werde."

„Natürlich ...", meinte Karolina vor Sarkasmus triefend und bekam sofort die Quittung von Anna, da sie ihr ein Kissen auf den Kopf schlug. Das Ganze mündete in einer wilden Kissenschlacht, die erst damit beendet wurde, dass Karl von Annas Bett fiel.

Sie beschlossen, dass dies ein Zeichen war, und ließen den Tag schließlich mit einem gemütlichen Fernsehabend ausklingen, es waren ja immerhin Ferien.

Anna saß zwischen Karl und Karolina im Bett und freute sich innerlich darüber, Karl so nah sein zu können, ohne irgendeinen Verdacht zu erregen. Karl hatte nach einiger Zeit ganz unauffällig Annas linke Hand ergriffen und schien ganz ähnliche Gedanken wie sie zu hegen. Nach dem anstrengenden Tag war Karolina glücklicherweise schnell eingeschlafen und Anna nutzte die Chance und kuschelte sich an Karl. Er streichelte ihr vorsichtig übers Haar und Anna fühlte sich so glücklich wie schon lange nicht mehr. Sie wünschte sich, der Abend würde nie mehr enden und schlief schließlich zufrieden in seinen Armen ein.

Am nächsten Morgen waren alle drei verspannt und hatten sehr schlecht geschlafen, da sie zu dritt in dem relativ kleinen Bett gelegen hatten und darin definitiv kein Platz für alle gewesen war. Sie schleppten sich zum Frühstück und Annas Mutter sah sehr belustigt drein, als Anna erklärte, dass sie zu dritt in ihrem Bett eingeschlafen waren.

Nach einem langen und ausgiebigen Frühstück fühlten sie sich jedoch schon wieder viel besser und waren erneut voller Tatendrang. Heute wollten sie unbedingt die wichtigsten gesammelten Ergebnisse vergleichen und nach versteckten Hinweisen suchen.

„Ich bin gestern auf einen Satz gestoßen, der mich ein wenig stutzig gemacht hat", begann Anna das Gespräch. „In einem alten Artikel stand geschrieben, dass jeder der drei Hausgründer seinen Bereich ganz individuell und vor allem anscheinend wirklich ganz alleine innerhalb des Schlosses errichtet hatte. Das ließ natürlich einigen Raum dafür, geheime Gänge oder ähnliches in den Wohnbereich einbauen zu können, findet ihr nicht? Außerdem habe ich entdeckt, dass es irgendwo im Wohnbereich eine Skulptur von Hugo Passion geben muss. Habt ihr die schon mal gesehen?"

„Nein, keine Ahnung, wo die ist", sagte Karl.

„Ich hab die auch noch nie gesehen, aber das könnte ja gut für uns sein. Vielleicht ist das tatsächlich der erste wichtige Hinweis auf den Eingang", mutmaßte Karolina.

„Habe ich mir auch gedacht", meinte Anna nun wieder. „Habt ihr auch irgendwas Wichtiges entdeckt?"

„Ja, ich habe in Mythen und Legenden von Felsenschloss einen kurzen Abschnitt gefunden, der uns auch weiterhelfen könnte. Es geht um gewisse Hymnen, die es zu Beginn der Schulära gegeben haben soll. Jeder Wohnbereich hatte seine eigene, die angeblich von den Gründern initiiert worden war. Das ließ mich natürlich an die Melodie aus dem Rätsel denken. Möglicherweise könnte es sich dabei um die Hymne von Passion handeln. Leider gibt es natürlich keine Aufzeichnung davon, also bringt es uns nur bedingt was ... Aber wir haben wenigstens eine Idee", meinte Karolina hoffnungsvoll.

„Super, ich meine, darauf kann man aufbauen und vielleicht können wir unauffällig Frau Stone dazu befragen", antwortete Anna. „Karl, hast du auch noch was entdeckt?"

„Mehr oder weniger. Ich habe versucht, mich auf das Monster zu konzentrieren und wahrlich Berichte von angeblichen Augenzeugen entdeckt. Viele beschreiben nur sehr schwammig ein großes, gruseliges Wesen, doch manche berichteten tatsächlich von einem Wesen mit einem hirschähnlichen Geweih, so wie du es auch in deinem Traum gesehen hast, Anna. Außerdem berichteten sie, dass es sich sogar auf dem Felsen sehr flink bewegen konnte."

„Okay, das heißt, ich könnte tatsächlich von ihm geträumt haben ... Und vor allem scheint es das Monster wirklich zu geben, nachdem es Augenzeugen gibt, die meine Version bestätigen. Ob das jetzt gut oder schlecht ist, weiß ich allerdings nicht." Sie zuckte mit den Schultern und sah die beiden anderen planlos an.

„Wir wissen damit zumindest, mit was wir es ungefähr zu tun bekommen werden, falls wir ihm über den Weg laufen sollten", meinte Karl und fügte hinzu: „Es ist immer besser, seinen Feind zu kennen, oder nicht?"

„Ich hoffe nicht, dass wir uns das Monster zum Feind machen, ich glaube, dagegen hätten wir keine Chance", erwiderte Karolina.

„Nein, das vermeiden wir natürlich, wenn es geht", sagte nun auch Anna. „Aber Karl hat recht, je mehr wir darüber wissen, desto besser können wir, falls nötig, damit umgehen."

„Haben wir sonst noch irgendwas?"

Als Karl und Karolina verneinten, meinte Anna schließlich: „Ich auch nicht, aber ich denke, wir sind jetzt schon mal besser vorbereitet und wissen, was wir zurück in der Schule zu tun haben ... Lasst uns doch jetzt noch den letzten Tag genießen und ein bisschen Schlittenfahren gehen, habt ihr Lust?"

„Oh ja", riefen Karl und Karolina gleichzeitig.

Die drei machten sich auf den Weg und kamen erst nach Einbruch der Dunkelheit wieder nach Hause zurück. Sie fielen nach dem Abendessen erschöpft in ihre Betten und wachten am nächsten Morgen ausgeruht auf. Heute mussten sie wieder in die Schule zurückkehren und alle drei waren extrem angespannt. Sie wussten nicht, was sie erwarten würde, zum einen, falls sie des Rätsels Lösung tatsächlich auf der Spur waren, und zum anderen, falls sie nach der ganzen Vorbereitung einen Rückschlag einstecken müssten.

Abschied der Gamsis

Annas Mutter fuhr die drei wieder zu dem geheimen Punkt am Felsen. Sie verabschiedeten sich am Parkplatz von ihr, bedankten sich noch mal für alles und drehten sich schließlich in den Felsen hinein. Bald darauf trafen sie auf ihre anderen Freunde und ließen sich von deren Ferienerlebnissen ablenken.

Sie fuhren schon eine Zeit lang mit der Seilbahn und hatten sehr viel Spaß zusammen, als Anna, kurz bevor sie mit den Gondeln an der Bergstation angekommen waren, besorgt aus dem Fenster sah. Sie hatte auf einmal ein ganz komisches Gefühl und tatsächlich: Oberhalb des Schlosses in den Felsen sah sie etwas Großes, Weißes. Zunächst dachte sie, es wäre nur ein Schneefeld, doch dann bewegte es sich auf einmal.

„Ich bilde mir das nur ein", dachte sie still. „Da ist nichts."

Keiner der anderen schien etwas Ungewöhnliches bemerkt zu haben und so befahl sich Anna, nicht mehr aus dem Fenster zu sehen, sondern sich wieder auf das Gespräch ihrer Freunde zu konzentrieren. Sie waren endlich oben angekommen und Anna ging betont langsam aus der Gondel, um kurz mit Karl oder Karolina alleine sprechen zu können. Karolina war jedoch schon mit Maria, Vroni und den anderen hinausgestürmt und so war sie froh, Karl am Eingang des Tunnels auf sie warten zu sehen.

„Was hast du gesehen?", fragte er sie sofort.

„Ich hatte ein ganz komisches Gefühl und habe dann auf dem Felsen oberhalb des Schlosses einen riesigen weißen Fleck gesehen, der sich dann auch noch bewegt hat. Karl ..., ich habe das Gefühl, das Monster beobachtet mich."

„Bist du dir sicher? Ich meine, woher sollte es denn wissen, dass du, also die Nachfahrin von Passion, im Schloss bist?"

„Nein, keine Ahnung ..., es ist nur so ein Gefühl. Und woher es von mir wissen sollte, weiß ich natürlich überhaupt nicht, aber ich mache mir Sorgen deswegen."

„Kann ich natürlich verstehen, aber wir können dagegen gerade nichts ausrichten, außer schnellstmöglich die Skulptur zu finden, um das Rätsel lösen zu können."

Sie gingen in ihren Wohnbereich und gleich darauf in ihre Zimmer, um das Gepäck loszuwerden. Anna versuchte Karolina unauffällig von den anderen wegzulocken und schaffte es erst, als sie fragte, ob sie kurz zu Flauschi gehen wollten.

Sofort als sie außer Reichweite waren, sagte Anna: „Karo, was ist los mit dir? Warum bist du mit den anderen gegangen und hast nicht auf uns gewartet? Ich habe eine sehr unerfreuliche Entdeckung gemacht und hätte dir das gerne auch gleich erzählt!"

„Tut mir leid, Anna, aber ich wollte kurz an was anderes denken und es tat so gut, nichts über Monster oder Gefahren zu hören." Anna wollte schon antworten, doch Karl kam hinzu und schob sie beide aus der Lounge hinaus in den leeren Gang vor dem Eingang zum Wohnbereich.

„Wir müssen einfach aufpassen, wo wir darüber reden", sagte Karl, als Anna und Karo ihn sehr komisch ansahen.

„Du hast recht, es war dumm von mir, das in der Lounge zu erwähnen", sagte Karolina kleinlaut.

„Gut, können wir uns dann jetzt bitte wieder darauf konzentrieren, was wir bei mir zu Hause geplant haben, oder willst du noch ein bisschen Ablenkung, Karo?"

Anna hatte das geradezu gezischt und funkelte Karolina böse an. Karo tat es ihr gleich, bis sie jedoch einknickte und sich bei Anna entschuldigte.

„Haben wir uns alle wieder beruhigt?", fragte Karl und sah von Anna zu Karolina.

„Ja, alles gut", meinte Anna. Sie sah zwar nicht danach aus, redete aber wieder relativ normal weiter.

„Also …, wir sind uns einig, dass wir unbedingt diese Skulptur finden müssen?"

Karolina und Karl bejahten und so machten sie sich auf den Weg. Sie durchsuchten den gesamten Wohnbereich, konnten jedoch nicht die geringste Spur einer Skulptur von Passion finden.

„Wo könnte die denn noch sein? Der Wohnbereich ist doch nicht größer, oder war er früher mal größer?", überlegte Karolina laut.

„Ich habe zumindest nichts darüber gelesen … Aber das bringt uns jetzt erst mal eh nicht weiter. Es ist schon fast halb neun, das heißt, wir können nicht mehr raus, um noch woanders zu suchen", meinte Anna niedergeschlagen.

„Wir geben nicht auf und suchen einfach morgen in den Räumen über und auch unterhalb unseres Wohnbereiches", gab sich Karl kämpferisch.

In den nächsten Tagen machten sie sich immer sofort nach dem Unterricht wieder auf die Suche, doch sie konnten einfach keine Skulptur finden. So langsam fiel es auch einigen Mitschülern auf, dass sie immer wieder in den Gängen umherschlichen und so mussten sie gezwungenermaßen eine Pause einlegen.

Immerhin war Anna in Zauber der Musik so mutig gewesen, unauffällig nach Melodien der Gründer der Wohnbereiche zu fragen, und Frau Stone erzählte tatsächlich von Hymnen, die es damals zu Ehren dieser gegeben haben soll. Allerdings hatte auch sie keine Aufzeichnung davon und so war der Hinweis nicht weiter nützlich.

Es war nun schon fast eine ganze Woche vergangen und der einzige weitere Erfolg, den zumindest Anna verbuchen konnte, war, dass die Melodie in ihrem Kopf diese Woche so stark und klar wahrnehmbar war wie nie zuvor. Als sie in der letzten Zaubersprüche-Stunde beim Ausführen eines Zaubers von ihr begleitet wurde, war ihr Zauber so stark, dass Professor Bieder gleich umgerissen wurde.

„Ohh, tut mir schrecklich leid!", rief Anna ihm zu und half ihm wieder auf.

Sie hatte kurz die Panik ihres Lebens, da sie befürchtete, von Herrn Bieder bestraft zu werden, doch dieser schien zum allerersten Mal wirklich beeindruckt zu sein und meinte nur: „Kann doch mal passieren, alles gut."

Annas Blick wanderte sofort zum Rest der Klasse, die aufgrund der Antwort genauso perplex zu sein schien wie sie. Allerdings war er zu den anderen anschließend noch gemeiner als sonst und so war er seinem Ruf als schlimmster Lehrer wieder gerecht geworden. Tatsächlich verordnete er sogar allen außer Anna ein Nachsitzen am Freitagnachmittag, damit sie endlich die Zaubersprüche anwenden lernten.

Bis zu der Freitagnachmittag-„Verabredung „waren es allerdings noch ein paar Tage und so versuchte sich die Klasse in den anderen Unterrichtsstunden davon abzulenken.

Vor allem Professor Storie gelang dies hervorragend, da er wieder einmal so spannend von der Geschichte der Zauberei berichtete, dass ihm alle Schüler an den Lippen hingen. Das Thema der heutigen Stunde waren die Unterschiede der Zauberer-Gemeinschaften weltweit und Professor Storie war gerade dabei, die Zaubersprüche miteinander zu vergleichen.

„Wissen Sie", sagte er gerade, „Zauberer und Hexen, die nicht aus Deutschland stammen, halten unsere Methoden und Zaubersprüche für sehr primitiv, da sie sie einfach nicht verstehen können. Sie denken, wir wüssten nicht, was wir da tun, und vor allem sind sie der Meinung, dass wir nicht gut genug zaubern können, um uns verteidigen zu können. Das ist natürlich vollkommener Unfug. Viele unserer Vorfahren, und denken sie dabei beispielsweise nur an den Gründer der Schule oder auch die Gründer der Wohnbereiche, die extrem begabt waren und sich weltweit mit allen damaligen Zauberern messen konnten, wurden in Deutschland geboren oder haben hier gelebt. Es heißt sogar, Hugo Passion hätte persönlich bei einem Sieg über einen international bekannten schwarzmagischen Zauberer mitgewirkt und ihm letztlich zu einer lebenslangen Haftstrafe verholfen.

Die Unterschiede, die sie nun bemerkt haben, sind vor allem in Bezug auf Deutschland und die englischsprachigen Länder extrem, da beispielsweise die amerikanischen, kanadischen und englischen Zaubersprüche, Denkweisen und Methoden sehr ähnlich sind und im Gegensatz zu Deutschland die Kommunikation untereinander um ein Vielfaches erleichtert wird. Natürlich wird Deutschland auch von vielen Zauberern als Brutstätte begabter Zauberer und Hexen angesehen, es herrschen jedoch noch immer viele Vorurteile vor, die zu einer Diskriminierung deutscher Zauberer im internationalen Kontext führen können. Falls Sie somit vorhaben sollten, in Zukunft international zu arbeiten, sollten Sie besonders viel Zeit in Ihre Bildung investieren, um bestmögliche Noten zu erhalten. Ich muss wohl nicht erwähnen, dass Sie den Grundstein hierfür bereits in der ersten Klasse legen, da Sie hier alle Grundlagen für Ihre weitere Bildung erlernen. Also immer schön am Ball bleiben – ja?!"

Die Schüler nickten ihm eifrig zu, was er mit einem Lächeln quittierte und schließlich die Stunde beendete.

„Ich hätte niemals gedacht, dass wir, nur weil wir aus Deutschland kommen, vielleicht als Zauberer oder Hexen gar nicht anerkannt werden könnten, das ist doch nicht fair", meinte Karolina, als sie in die Aula gingen.

„Hätte ich auch nie gedacht ... und vor allem ... ich stamme nicht mal aus einer Zaubererfamilie, da habe ich ja später mal gar keine Chance", stimmte Anna ihr zu.

Sie setzten sich an ihren Lieblingstisch, als Karl schließlich meinte: „Ich glaube tatsächlich nicht, dass du in Zukunft Probleme haben wirst, Anna, du bist jetzt schon mit Abstand die Beste in vielen wichtigen Fächern und da wird wohl kaum einer darauf achten, ob du aus einer nicht Zaubererfamilie stammst oder nicht."

„Ich hoffe doch sehr, dass du recht hast, Karl. Ich möchte später eine Arbeit oder Berufung oder was auch immer ... aufgrund meiner Leistungen erhalten und nicht einfach kategorisch abgelehnt werden, nur weil ich anders bin."

„Natürlich ..., aber ich glaube, wenn wir uns tatsächlich in den nächsten Jahren anstrengen, stehen uns alle Türen offen, wie auch Professor Storie gemeint hat, alsoo ... sollten wir heute Nachmittag noch mal diesen blöden Zauber üben, oder was denkst du, Karo?"

Karl grinste Karolina dabei an, die genervt die Augen verdrehte. Anna lachte die beiden aus und biss schließlich genüsslich in ihr Bacon-Käse-Sandwich. Sie aßen und quatschten eine ganze Zeit, weil sie am Nachmittag keinen Unterricht mehr hatten. Karolina und Karl gingen dann jedoch in den Wohnbereich zurück, da sie unbedingt die Zauber wiederholen mussten.

Anna hatte darauf gar keine Lust und so beschloss sie, nach Flauschi zu sehen. Morgen war das Ende ihres Projektes und Flauschi sollte deshalb heute noch einmal besonders von ihr verwöhnt werden.

Flauschi begrüßte Anna mit der gleichen Freude wie immer und sprang mit den Vorderfüßen auf den Zaun. Inzwischen war er viel größer geworden, doch sah er nicht weniger süß oder flauschig aus. Anna streichelte ihm über das weiche Fell und flüsterte ihm zu: „Du bist mein kleiner Schatz, ich werde dich ab morgen schrecklich vermissen. Hoffentlich können wir dich ab und zu sehen."

Als ob Flauschi ihre Worte verstanden hätte, schmiegte er sich an sie und schien selbst ein wenig traurig auszusehen. Natürlich konnte Anna sich dies auch einbilden, aber irgendwas sagte ihr, dass Flauschi sie auch vermissen würde.

Der nächste Morgen kam viel zu schnell und so waren die drei gerade auf dem Weg zur großen Wiese. Professor Forster erwartete sie bereits vor allen Gamsis stehend und schaute in die Runde, bevor er verkündete: „Heute ist das Ende unseres Projektes. Die Gamsis sind nun ausgewachsen und werden in Zukunft in den Bergen und Felsen bei ihren Artgenossen leben. Da Sie alle die Aufgabe mit Bravour gemeistert haben und alle Ihre Gamsis gesund und schön sind und vor Kraft nur so strotzen, möchte ich Ihnen die Bestnote für das Projekt geben. Sie haben das wirklich sehr gut gemacht und ich bin sehr stolz auf Sie alle."

Professor Forster grinste seine Klasse stolz an und fuhr letztlich fort: „Sie wissen nun, wie man mit magischen Wesen umgeht und sie versorgt, deswegen bewegen wir uns nun in die andere Richtung und wenden uns den magischen Pflanzen zu.

Ich möchte, dass Sie sich auf der Wiese und nahe der Felsen umsehen und nach einer blauen Blume in nahezu der Farbe ihrer Schuluniform Ausschau halten. Falls sie jemand entdeckt, rufen Sie mich und die anderen bitte zu sich."

Die Schüler schwärmten auf der Wiese aus und Anna beschloss, mit Karl und Karo in der Nähe der Felsen zu suchen. Sie sah gerade die Felswand nach oben, als sie erstarrte. Dort, ganz oben, hatte sie gerade ein Wesen gesehen. Es hatte sie ganz eindeutig beobachtet und Anna war sich sicher, dass es schon wieder das Monster von Felsenschloss gewesen war. Sie hatte das Geweih gerade noch gesehen, als es sich wieder zurückzog. Geschockt schaute sie wieder und wieder nach oben, doch das Monster ließ sich nicht mehr blicken.

Als Lena schließlich die Blume entdeckte und Professor Forster der Klasse ihre magischen Fähigkeiten erklärte, war sie in Gedanken weit weg. Sie war sich nun absolut sicher, dass das Monster sie beobachtete, und auch, dass dies eine Bedeutung für das Rätsel hatte. Sie musste einfach diese Skulptur finden, komme, was da wolle.

Sie war so mit ihren Gedanken beschäftigt, dass sie nicht bemerkt hatte, dass die Stunde schon zu Ende war. Dementsprechend überrascht war sie, als sich alle Schüler in Bewegung setzten. Karl nahm sie sofort beiseite und fragte, was geschehen war.

„Ich habe es wieder gesehen ... Es beobachtet mich, da bin ich mir ganz sicher!"

„Was?? Wo war es?", fragte er entsetzt.

„Ganz oben an der Felswand. Es ist dann abgehauen, als ich es entdeckt hatte."

Karolina, die inzwischen auch mitgehört hatte, wirkte extrem blass und flüsterte: „Hoffentlich ist das kein schlechtes Zeichen."

„Da bin ich mir nicht sicher", antwortete Anna. „Aber ich habe das Gefühl, es weiß ganz genau, dass wir auf der Spur des Rätsels sind."

Der restliche Tag verging extrem langsam und doch war es schon bald Zeit für alle außer Anna, zur Zusatzstunde mit Herrn Bieder zu gehen. Anna hing noch immer den Gedanken an das Monster nach, als Maria, Vroni und die anderen aufbrechen wollten. Karl und Karolina waren extrem schlecht gelaunt und verabschiedeten sich nicht einmal richtig von ihr.

Sie überlegte kurz, was sie alleine tun könnte, und beschloss schließlich, noch mal nach der Skulptur zu suchen. Leider war die Suche erneut erfolglos und so wartete Anna in der Lounge auf die Rückkehr der anderen. Als sie endlich wieder in den Wohnbereich kamen, schmissen sie sich mürrisch in die Sessel ihr gegenüber.

„Bieder ist so ein Arsch ...", knurrte Maria und alle stimmten ihr zu.

„Er hat uns quasi gequält", meinte Karolina zu Anna und machte ein sehr finsteres Gesicht.

„Das tut mir wirklich leid", meinte nun Anna und fügte hinzu: „Ich wünschte wirklich, ich könnte euch helfen."

„Kannst du aber nicht", sagte Vroni sehr aggressiv.

„Hey ..., macht sie nicht so an!", rief Karl dazwischen. „Anna kann nichts dafür, dass wir so schlecht sind, oder?"

Felix hielt erstaunlicherweise auch zu ihr und meinte nur: „Karl hat doch recht ... Anna ist doch nicht mit Absicht besser als wir!"

Anna nickte ihm dankbar zu.

„Wie wäre es, wenn wir Essen gehen, danach geht's einem immer besser!?", fragte sie vorsichtig.

„Gute Idee", meinte nun auch Karolina. „Ich habe eh ziemlichen Hunger."

Sie machten sich also auf den Weg und nachdem sie alle etwas gegessen hatten, sah die Welt schon gleich wieder besser aus.

Das Monster von Felsenschloss

Es war nun schon einige Zeit vergangen und der Frühling war endlich in Felsenschloss eingekehrt. Die große Wiese war ein einziges Blütenmeer und sogar in den Felsen blühten einzelne Blumen in den schönsten Farben. Die Schule hatte noch nie so schön ausgesehen wie in dieser Jahreszeit, dachte Anna gerade, als sie an diesem frühen Morgen aus dem Fenster blickte. Sie hatte sich vorgenommen, jetzt jeden Morgen noch vor dem Unterricht zu lernen, um den ganzen Stoff für die Prüfungen wiederholen zu können. Karl und Karolina hielten sie für verrückt, doch es war Anna einfach wichtig, möglichst gut abzuschneiden, auch wenn sie dafür schon Wochen vorher zu lernen begann.

Anna saß also ganz alleine im Arbeitsbereich, um zu lernen, als Karl hereinkam und sie munter begrüßte. Er kam direkt auf sie zu und küsste sie leicht auf die Wange.

„Guten Morgen, Anna", flüsterte er und setzte sich neben sie.

„Guten Morgen, Karl, du bist aber heute gut gelaunt."

„Es ist ein wunderschöner Tag und da hat man doch gleich gute Laune, findest du nicht?"

Er grinste sie an und Anna musste ihm einfach zustimmen. Sie redeten eine Zeit lang miteinander und beschlossen, als Karo hereinkam, frühstücken zu gehen.

Anscheinend hatten sich die Frühlingsgefühle im ganzen Schloss verteilt, denn jeder schien heute fröhlicher zu sein als sonst. Die ersten Unterrichtsstunden des Tages verliefen daher wie im Flug, doch das Hochgefühl wurde jäh gestoppt, als es an der Zeit war zur Zaubersprüche-Stunde zu gehen.

Vor allem Karolina wurde merkwürdig still, als sie alle schließlich im Klassenzimmer saßen. Professor Bieder hatte sich auf sie eingeschossen und war jede Stunde extrem gemein und unfair zu ihr. Er schwebte wie immer in seiner üblichen Manier herein und stellte sich bedrohlich vor die Klasse.

Leider waren die Frühlingsgefühle nicht bis zu ihm gelangt, denn sein Blick verhieß nichts Gutes.

„Guten Morgen, Klasse. Wir werden heute Ihre Fortschritte der Abblockzauber überprüfen. Ich werde jeweils einen Zauber gegen Sie aussprechen und Sie versuchen, diesen abzublocken.

Anna, wir beginnen gleich mit Ihnen, ich möchte zunächst gerne mit einem Erfolgserlebnis starten, bevor der Rest der Klasse wieder versagt."

Mal wieder ein wenig unbehaglich ob der gesprochenen Worte, stellte Anna sich vor ihn und wartete darauf, einen besonders schwierigen Zauber abzublocken. Als er schließlich zauberte, wurde Anna erneut von der Melodie durchströmt, die sie immer deutlicher und häufiger begleitete. Sie blockte den Zauber so geschickt ab, dass er um ein Haar auf Herrn Bieder zurückfiel, der sich jedoch gerade noch rechtzeitig aus dem Weg geworfen hatte.

„Sehr schön, Anna, Sie dürfen für heute gehen."

An den Rest der Klasse gewandt, fuhr er fort: „Ich hoffe, Sie haben sich den Abblockzauber Ihrer Klassenkameradin sehr genau angesehen und können dies eins zu eins übernehmen, ansonsten fürchte ich, wird die Stunde heute ein wenig länger dauern als üblich."

Anna sah die geschockten Blicke ihrer Klassenkameraden, als sie zur Tür hinausging. Sie hatte ein furchtbar schlechtes Gewissen, weil sie schon wieder besser abgeschnitten hatte und bevorzugt wurde, doch sie konnte den anderen nicht helfen. Sie beschloss schließlich, die freie Zeit zu nutzen, um zum gefühlt hundertsten Mal nach der Skulptur zu suchen.

Als sie gerade wieder entnervt in den Wohnbereich zurückkehren wollte, blitzte sie auf einmal etwas hinter den vielen exotischen Pflanzen an, da die Sonne genau im richtigen Winkel am Himmel zu stehen schien. Sie strich vorsichtig ein paar Blätter zur Seite, schlüpfte unter einer großen Pflanze hindurch und sah eine uralte Skulptur, die in den hellen Stein gemeißelt zu sein schien.

Anna war in heller Aufregung, sie hatte tatsächlich die Skulptur gefunden, die so nahe an ihrem Wohnbereich und doch so unscheinbar hinter Blättern versteckt war, dass sie einfach nie aufgefallen war. Möglicherweise kannten sie sogar einige Schüler und Lehrer der Institution, doch nur Anna wusste in diesem Moment, dass sie einen eindeutigen Hinweis auf ihr persönliches Rätsel gab. Eigentlich wollte sie sich die Skulptur noch näher ansehen, doch gerade noch rechtzeitig, hörte sie, wie sich Stimmen näherten. Sie hüpfte aus den Pflanzen heraus, lief so schnell sie konnte in die Lounge und ließ sich in einen Sessel fallen. Schon kamen ihre Klassenkameraden herein und verteilten sich wild durcheinanderredend im ganzen Raum.

Karl und Karolina setzten sich zu Anna und diskutierten über eine anscheinend unglaublich witzige Verwandlung, die Felix zustande gebracht hatte, obwohl er einen Zauber hätte abblocken sollen. Die Stimmung in der Lounge war trotz der Zaubersprüche-Stunde so gut, dass Anna ohne Gefahr von ihrer Entdeckung berichten konnte. Karolina verschluckte sich fast an den Süßigkeiten, die sie sich gerade in den Mund geschoben hatte, und sah Anna mit großen Augen an.

„Wann willst du sie unter die Lupe nehmen?", fragte Karl leise.

„Heute Nacht, wenn alle schlafen. Ich möchte auf keinen Fall Aufmerksamkeit erregen und keine ungebetenen Gäste dabeihaben", flüsterte Anna zurück.

Er nickte ihr zu und nach einigem Zögern auch Karolina.

„Karo, wenn du Angst hast, musst du nicht mitkommen! Wir zwingen dich nicht dazu!!"

„Nein, niemals, ich lasse euch doch nicht alleine", sagte sie bestimmt und starrte Anna und Karl an.

„Gut." Anna lächelte sie an. „Also ist es abgemacht. Wenn alle schlafen gegangen sind, schleichen wir uns raus."

Sie beschlossen, am frühen Abend zunächst so zu tun, als würden sie schon zu Bett gehen, um sich noch einmal in Ruhe das Rätsel durchlesen zu können. Die Mädchen warteten anschließend still in ihren Betten, bis Maria und Vroni in ihr Zimmer kamen und nach einer gefühlten Ewigkeit endlich eingeschlafen waren. Sie schlichen sich nach draußen und sahen, dass auch sonst keiner mehr in der Lounge oder den anderen Räumen war. Gerade kam auch Karl aus seinem Zimmer und schien auch sehr erleichtert zu sein, niemanden mehr zu sehen.

„Gut, dann mal los", flüsterte Anna.

Sie verließen ihren Wohnbereich und gingen gleich neben dem Eingang auf die exotischen Pflanzen zu. Gott sei Dank schien Vollmond zu sein, denn es war hell genug, um die Skulptur hinter den vielen Blättern und Blumen sehen zu können. Sie war relativ groß und zeigte einen stattlichen Mann mit Bart, der gutmütig lächelte. In den Händen hielt er ungefähr in der Mitte seines Körpers ein kleines deformiertes Herz. Anna, die inzwischen das Rätsel auswendig kannte, erinnerte sich an die letzten Zeilen. „*Der Weg ist beschwerlich, doch wird er aufleuchten für denjenigen, der mutig genug ist, ihn zu gehen. Der Anfang beginnt im Inneren.*" Sie sah sich die Skulptur ganz genau an und stutzte, als der Mond anscheinend genau das Herz in seinen Händen zu beleuchten schien.

„Seht ihr, wie das Herz hervorsticht?", flüsterte sie aufgeregt. „Das könnte es doch sein, oder?"

„Versuch es mal zu drücken", flüsterte Karl zurück.

Karolina hielt sich die Hände vor die Augen, als Anna vorsichtig ihre Hand auf das Herz legte. Sie spürte schon, dass es die richtige Stelle war, als ihr plötzlich wieder die Melodie in den Kopf geschossen kam. Kurze Zeit passierte nichts, doch dann schwang die Skulptur plötzlich nach vorne und zeigte einen schmalen Eingang.

Die drei sahen sich einen Moment lang an, bevor sie sich zunickten und sich nacheinander ganz vorsichtig durch den Eingang zwängten.

Dahinter bot sich ein dunkler, düsterer Gang, der sehr im Kontrast zum hellen Schloss stand. Anna entzündete ihren Zauberstab und forderte die anderen auf, es ihr gleichzutun. Vorsichtig schlichen sie den dunklen Gang entlang und befürchteten hinter jeder Kurve eine Gefahr. Sie gingen schon eine ganze Zeit durchs Dunkle und es schien immer noch düsterer zu werden.

Karl flüsterte: „Ich glaube, wir gehen immer weiter in den Berg hinein."

Anna hatte das gleiche Gefühl und war sich nicht sicher, ob sie das beruhigen sollte oder nicht.

Plötzlich kamen sie an eine Stelle, die von Fackeln hell erleuchtet war. Zunächst konnten sie nichts erkennen, doch als sie weitergehen wollten, stießen sie gegen eine unsichtbare Barriere.

„Was hat das zu bedeuten?", flüsterte Karolina den beiden anderen zu.

„Ich glaube, das ist eine Aufgabe, aber ich verstehe nicht, was wir machen müssen", flüsterte Anna schließlich zurück.

Karl schaute sich um und sagte auf einmal: „Anna, schau mal, da vor mir im Boden ist eine Note zu erkennen."

Anna suchte den Boden ab und fand tatsächlich noch mehr Noten, die scheinbar in den Boden eingraviert waren. Als sie sich direkt vor eine der Noten stellte, konnte sie einen Ton hören.

„Habt ihr das auch gehört? Die Noten erzeugen Töne!"

„Was? Wo?", fragten Karl und Karolina gleichzeitig.

„Ihr könnt sie nicht hören?"

Die beiden schüttelten den Kopf, als Anna sämtliche Töne abging. Sie meinte schließlich: „Ich glaube, ich muss die Töne in der richtigen Reihenfolge mit meinem Zauberstab antippen, dann kommen wir hoffentlich weiter."

„Aber was ist die richtige Reihenfolge?", fragte Karolina verwirrt.

„Ich glaube, es ist die Melodie, die ich immer höre … Ich muss es riskieren, sonst kommen wir nicht weiter. Geht ein Stück zurück, nicht dass irgendwas passiert, falls ich mich irren sollte."

Karl und Karolina gehorchten und beobachteten aus der Ferne, wie Anna die erste Note antippen wollte. Die Luft war zum Zerreißen gespannt und alle hielten den Atem an, als Anna den Zauberstab auf die Note hielt. Sofort leuchtete die Note auf und schimmerte unheimlich auf dem dunklen Boden. Anna war sich sicher, die richtige Note berührt zu haben, und fuhr vorsichtig und mit Bedacht mit den anderen fort.

Als sie die letzte Note angetippt hatte, schwebten die Noten auf einmal in die Höhe und legten sich auf die eigentlich unsichtbare Barriere. Anna konnte kurz einen Ausschnitt der Melodie hören und schon erloschen die Noten samt den Fackeln und ließen die drei im Dunkeln zurück.

Karolina war nicht darauf gefasst und gab einen erschrockenen Laut von sich.

„Beruhige dich, Karo, ich glaube, wir könnten es geschafft haben", sagte Anna.

Sie entzündeten wieder ihre Zauberstäbe und gingen vorsichtig weiter. Keine Barriere hielt sie auf und so führten sie den unheimlichen Weg fort.

In der Ferne hörten sie jedoch plötzlich ein Geräusch, das sie nicht zuordnen konnten. Sie bewegten sich noch vorsichtiger und langsamer und kamen dem Geräusch schließlich immer näher. Als sie um die nächste Kurve gegangen waren, sahen sie endlich den Ursprung des Geräusches. Ein riesiger Wasserfall schien mitten durch eine große, unterirdische Höhle zu gehen. Der Weg endete abrupt und sie standen am Rande einer großen Schlucht.

Auf der anderen Seite schien eine Art Seil zu liegen, mit dem sie vielleicht die Schlucht überqueren konnten, doch es war unerreichbar.

„Oh nein, was machen wir denn jetzt?", rief Karolina über das Getöse des Wasserfalls hinweg.

„Anna, meinst du, du schaffst es, das Seil oder was auch immer das ist zu uns rüber zu zaubern?", rief nun Karl.

„Ich hoffe es", rief Anna zurück.

Sie konzentrierte sich auf das Seil auf der anderen Seite der Schlucht und schon schien es aufzuleuchten. Anna wurde von der Melodie in ihrem Kopf geleitet und schaffte es ohne Probleme, den Gegenstand auf die andere Seite zu holen. Das Seil stellte sich im Nachhinein als eine sehr wackelige und instabil wirkende Hängebrücke heraus, die sich dank Anna vor ihnen ausgerollt und verankert hatte.

„Die sieht extrem instabil aus, aber wir müssen es versuchen", rief Anna den beiden anderen zu.

„Ich gehe zuerst und ihr kommt erst nach, wenn ich sicher auf der anderen Seite bin."

Karl wollte protestieren, doch schon hatte Anna den ersten Schritt auf die Brücke gesetzt. Wieder begann die ganze Brücke zu leuchten und wirkte vor dem Wasserfall ziemlich gruselig. Anna setzte einen Schritt vor den anderen und ermahnte sich, bloß nicht nach unten zu schauen. Es ging ganz gut, bis sie auf einmal mitten in der Brücke abrutschte.

Karolina schrie vor Entsetzen auf, doch Anna konnte sich gerade noch halten.

„Pass auf, Anna!", rief ihr nun Karl geradezu panisch zu.

Anna ging wackelig weiter und schaffte es ohne weitere Ausrutscher bis ans Ende. Zitternd stand sie auf der anderen Seite und hielt den Daumen hoch zum Zeichen, dass Karl oder Karolina folgen konnten.

„Geh du als Nächstes", rief Karolina Karl zu. „Ich komme dann als Letztes rüber."

Karl ging los und auch er hatte große Schwierigkeiten, sich auf dem dünnen Seil halten zu können. Ein paar Mal stockte Anna der Atem, als sie sah, wie er sich gerade so vor dem Absturz retten konnte. Karl war nun schon fast bei ihr, als ein komisches Geräusch die Höhle erfüllte.

Karolina schrie panisch nach Anna und Karl, doch aufgrund des Getöses des Wasserfalls konnten sie sie nicht hören. Das Seil begann auf ihrer Seite zu reißen und sie wusste nicht, wie sie die beiden warnen sollte. Plötzlich fiel ihr ein Zauber ein, der ihr helfen könnte. Sie schrie „**stellini**" und schon stoben Funken aus ihrem Zauberstab. Anna sah zuerst die Funken und dann Karolina, die panisch auf die Stelle an der Brücke deutete, die zu reißen drohte.

Anna hatte verstanden und ihr wurde es schlecht bei dem Gedanken, was gleich passieren würde. Sie schrie Karl an, er müsse sich beeilen und er ging auch so schnell er konnte, doch er rutschte immer wieder ab. Er hatte den letzten Meter erreicht, als ein ohrenbetäubendes Knallen die Höhle erfüllte. Das Seil war gerissen und die Brücke begann rasend schnell nach unten zu fallen.

„Spring, Karl, komm schon!", schrie Anna verzweifelt.

Karl schaffte es gerade noch im letzten Moment abzuspringen und Anna hielt ihm die Hand hin, um ihn zu sich ziehen zu können. Beinahe hätte sie ihn verfehlt, doch er konnte ihre Fingerspitzen greifen und sich auf die andere Seite retten. Die Wucht seines Aufpralls hatte sie jedoch beide zu Boden gerissen.

„Bist du okay?", fragte Anna sofort und rüttelte an ihm.

„Ich denke schon …" Er setzte sich auf und schaute auf die riesige Schlucht vor ihnen. „Puhh, das war verdammt knapp."

„Ich dachte schon, du würdest abstürzen", meinte Anna erschrocken und ein paar Tränen kullerten ihr über die Wange.

„Alles gut, nichts passiert, Anna. Aber ich fürchte, wir werden ohne Karolina weitergehen müssen."

Karolina war unterdessen auf der anderen Seite der Klippe zusammengebrochen. Sie kauerte auf dem Boden und konnte nicht glauben, was geschehen war. Erst als sie sah, wie Karl und Anna auf der anderen Seite wieder aufstanden, beruhigte sie sich ein wenig. Sie beschloss, den anderen eine Stunde Zeit zu geben, bevor sie Hilfe holen würde.

Anna und Karl hatten sich nun auch wieder einigermaßen beruhigt und beschlossen, den Weg weiterzugehen. Erneut waren sie in einem düsteren Gang gelandet, den sie so leise wie möglich entlangschlichen. Sie hörten nur den Klang ihrer eigenen Schritte von den Wänden widerhallen und sahen das Licht ihrer Zauberstäbe vor sich her tanzen. Sie gingen wieder einmal um eine Biegung und standen plötzlich vor einer großen Felswand.

„Was soll das denn?", flüsterte Karl Anna zu.

„Ich weiß es nicht genau, aber irgendwie müssen wir durch diese Wand durchkommen."

Sie beleuchteten jeden Zentimeter der Wand, bis Anna am linken Rand eine komische Vertiefung feststellte.

„Karl, hier ist was, fühl mal."

„Sieht aus, als müssten wir irgendwas hineinlegen", meinte Karl nachdenklich.

„Ich denke, du hast recht, aber was könnte das sein? Hier ist doch nichts."

Sie glitt mit ihren Fingern noch mal über die Vertiefung und spürte plötzlich, dass sie die Antwort darauf kannte. Sie dachte angestrengt nach, bis ihr endlich das alte Abzeichen einfiel.

„Karl, ich glaube, ich hab's."

„Was, wo?", fragte er.

Sie zog eine Kette unter ihrem Pullover hervor, an der das Abzeichen ihres Vorfahren hing.

„Das könnte passen, Anna. Du bist ein Genie."

Vorsichtig legte sie das Abzeichen hinein und hörte ein beruhigendes Klicken. Die Felswand schwang wenige Zentimeter auf und ließ einen hellen Lichtschein durchscheinen. Karl berührte Anna kurz an der Schulter, die schon weitergehen wollte.

„Anna, ich glaube nicht, dass ich da durchpassen werde. Ich fürchte, du musst alleine weiter."

Sie wollte schon widersprechen, doch als sie den schmalen Spalt sah, wusste sie, dass er recht hatte.

„Du schaffst das auch alleine, okay? Pass bitte auf dich auf."

Er gab ihr einen kurzen Kuss auf die Stirn und Anna schlüpfte durch den Spalt.

Zunächst konnte sie gar nichts erkennen, da es auf einmal so viel heller war als zuvor. Es beschlich sie ein sehr ungutes Gefühl und schon bemerkte sie, dass sich die Wand hinter ihr wieder geschlossen hatte. Sie saß auf dieser Seite fest und war vollkommen auf sich alleine gestellt. Anna versuchte die aufkommende Angst in sich zu unterdrücken, doch es gelang ihr nicht ganz. Sie stand nun am Rande eines glitzernden Sees und bemerkte zunächst nicht, dass sich etwas auf sie zubewegte.

Erst als sie ein Knacken vernahm, erschrak sie und drehte sich um. Dort stand es, das Monster von Felsenschloss, in seiner ganzen Pracht. Es überragte Anna um ein Vielfaches, hatte das seltsame Hirschgeweih auf dem Kopf, von dem sie geträumt hatte, und, wie Anna nun erkannte, den Kopf eines weißen Tigers, der in spitzen, schlangenartigen Zähnen endete.

Es stand auf seinen Hinterbeinen und sah dabei ein wenig wie ein süßes Murmeltier aus, wäre da nicht der mörderische Blick gewesen.

Anna wich zurück, doch hinter ihr war der Felsen und vor ihr nur der See. Sie stand also vollkommen unbeweglich da und starrte das Wesen an. Es kam weiter auf sie zu und Anna zitterte am ganzen Leib. Sie hatte Todesangst und wusste, dass sie nicht die geringste Chance gegen dieses Wesen haben würde. Es blieb circa einen Meter vor ihr stehen und summte auf einmal eine unheimliche Melodie. Zunächst erkannte Anna sie nicht, doch dann fiel es ihr wie Schuppen von den Augen. Es war die Melodie, die sie seit Ewigkeiten begleitete und plötzlich hatte sie keine Angst mehr.

Sie schaute dem Wesen in die gruseligen Augen und sprach ganz deutlich:

„Ich bin die Nachfahrin von Hugo Passion."

„Ich weiß", antwortete das Wesen mit einer sehr kratzigen, tiefen Stimme. „Ich habe dich beobachtet."

„Oh", meinte Anna nur.

„Ich habe gesehen, dass du schon jetzt eine sehr mächtige Hexe bist und klug, nachdem du es bis hierher geschafft hast. Du hast das Rätsel deiner Familie gelöst, das hat niemand vor dir geschafft."

„Ich bin die Erste?", fragte sie erstaunt.

„Das bist du, in der Tat. Hugo hat das Rätsel ursprünglich für seine Tochter erfunden, er hatte gehofft, sie wäre aus dem gleichen Holz geschnitzt wie er, doch da hatte er sich gründlich getäuscht. Er beschloss, dass, wer auch immer aus seiner Familie in der Lage sein würde, das Rätsel zu lösen, sein Wohlwollen erhalten und würdig sein würde, das Geheimnis zu lüften. Mich hat er als Wächter des Rätsels beauftragt, niemand Unwürdigen in die Nähe dieses Ortes zu lassen, und so sorge ich bis heute dafür, dass es auch so bleibt. Gleichzeitig beschütze ich die Felsenschlossschule, wann immer dies nötig ist."

Anna schaute ihn mit großen Augen an und war schließlich doch unfähig zu sprechen.

„Ich werde dich nun zu dem Geheimnis eurer Familie begleiten. Bitte folge mir."

Er ließ sich wieder auf alle Viere fallen und ging Anna voraus. Am Ende des Sees entsprang erneut ein wunderschöner Wasserfall. Anna folgte dem Wächter durch den Wasserfall hindurch und gelangte vollkommen durchnässt in eine weitere Höhle. Dort stand ein genaues, aber sehr kleines Abbild der Felsenschlossschule.

„Ich lasse dich nun kurz alleine und warte draußen auf dich."

„Danke", flüsterte sie ihm ehrfürchtig zu.

Sie besah sich das Schloss genauer und bemerkte, dass es einen Griff hatte. Sie zog vorsichtig daran und das Schloss begann sich zu öffnen. Darin fand sie einen Brief, den sie zunächst zu lesen begann.

Meine geliebte Anna,

ich freue mich sehr, dass du das Rätsel lösen konntest, und ich muss dir sagen, dass ich wahnsinnig stolz auf dich bin. Du bist wahrlich die Tochter, die ich mir immer gewünscht habe, und aus diesem Grunde möchte ich, dass du meine Nachfolge antrittst. Du hast nun die Befugnis, über den Wächter des Berges und der Schule zu herrschen. Dies ist eine große Bürde, die ich dir auferlege, da es eine große Verantwortung mit sich bringt, und doch ist es der größte Beweis meines Vertrauens in dich, den ich dir erbringen kann. Trage das Armband, das in der Schatulle liegt, und es wird dir immer eine Verbindung zu deinem Wächter ermöglichen. Entscheide klug, aber niemals überstürzt, und beschütze die Schule mit all deiner Kraft, so wie ich es viele Jahre getan habe. Norbert ist eingeweiht und weiß es sehr zu schätzen, dass wir die Schule so vor allen Angriffen bewahren können.

Versprich mir bitte, dass du das Rätsel an deine zukünftigen Kinder weitergeben wirst.

Ich liebe dich sehr!! Dein Vater

Anna war zunächst verwirrt, doch begriff sie sehr schnell, dass die Tochter des großen Hugo Passion auch Anna geheißen haben musste, genau wie sie. Sie war geschockt über den Inhalt des Briefes und die große Bürde, die nun anscheinend auf sie übergegangen war.

Sie holte die Schatulle aus dem Inneren des Schlosses und öffnete sie vorsichtig. Tatsächlich lag darin ein wunderschönes filigranes Armband mit einem einzelnen Anhänger, der verdächtig nach dem deformierten Herzen ihres Abzeichens aussah.

Anna betrachtete es verträumt, als sie plötzlich von draußen einen riesigen Lärm hörte. Sie steckte das Armband und den Brief in ihre Hosentasche und rannte zum Anfang der Höhle und aus dem Wasserfall heraus.

Dort sah sie, wie zwei Männer mit erhobenen Zauberstäben auf den Wächter des Rätsels zugingen. Anna überlegte nicht lange und schlich sich von hinten an die Männer heran. Das Monster schien die beiden genau zu beobachten und noch nicht einzugreifen.

Gerade als der eine laut einen Zauberspruch aufsagte, hatte Anna ihm von hinten einen Zauber in den Rücken gejagt und er brach zusammen. Der andere drehte sich blitzschnell um und schoss einen Zauber auf Anna ab, die jedoch mit einem gekonnten Sprung auswich und schließlich versuchte ihm zu entkommen und die Zauber abzublocken.

Er schoss so viele Zauber auf Anna ab, dass sie irgendwann nicht mehr schnell genug reagieren konnte und erneut mitten in der Brust getroffen wurde. Sie sackte zusammen und blieb reglos liegen.

Der Wächter hatte Annas Ablenkung jedoch genutzt und sich von hinten auf den Zauberer gestürzt, der absolut keine Chance gegen ihn hatte und nun auch ausgeknockt auf dem Boden lag.

Sofort lief der Wächter zu Anna und beugte sich besorgt über sie. Er bemerkte, dass sie noch atmete, und beschloss sich zunächst um die Eindringlinge zu kümmern. Er schleifte sie in eine Höhle und versperrte diese mit einem riesigen Felsbrocken. Anschließend hob er Anna ganz vorsichtig mit seinem Maul hoch, schmiss sie ein wenig unsanft auf seinen breiten Rücken und ging mit ihr in Richtung der Schule davon.

Die wahre Prinzessin der Felsen

Anna wachte auf und fühlte sich, als ob ihr Kopf gleich zerspringen würde. Sie hatte einen sehr komischen Traum gehabt und war erleichtert, dass dieser nun vorbei zu sein schien. Als sie sich jedoch umsah und nicht in ihrem Zimmer, sondern erneut auf der Krankenstation lag, brachen die Erinnerungen über sie herein und sie wusste, dass es kein Traum, sondern die Wirklichkeit gewesen war.

Sie tastete ihren Kopf ab, um den ein großer Verband gewickelt war, und versuchte sich ein wenig aufzusetzen, doch wieder hatte sie solche Schmerzen in der Brust, dass sie laut aufstöhnte und zurück in ihr Kissen sank.

„Nicht schon wieder", dachte sie gerade, als die Nebentür aufgestoßen und Frau Summer in schnellen Schritten auf sie zugeeilt kam.

„Du bist wach, Gott sei Dank."

Sie sah, wie besorgt Frau Summer war, und fühlte sich darin bestätigt, als diese meinte: „Ich war sehr besorgt um dich. Du wurdest in einem sehr schlechten Zustand zu mir gebracht und ich dachte, du würdest vielleicht nicht mehr aufwachen."

Geschockt von diesen Worten sah Anna Frau Summer an.

„Du wurdest an der gleichen Stelle wie damals, nur mit einem noch schlimmeren Fluch, getroffen und dein Körper hatte sich immer noch nicht ganz von dem ersten Angriff erholt, deswegen war es besonders schlimm. Ein paar Tage hatte ich richtige Angst um dich, aber danach hast du dich ein bisschen erholt und jetzt bist du endlich wieder wach."

„Wie lange war ich denn bewusstlos?", fragte Anna mit etwas brüchiger Stimme nach.

„Inzwischen ein bisschen über eine Woche."

„Was?" Anna schrie Frau Summer geradezu an und versuchte sich erneut aufzusetzen, was ihr jedoch wieder schrecklich misslang.

„Ganz ruhig, es geht allen gut …", erwiderte diese fürsorglich, drückte Anna wieder ganz auf ihr Kissen zurück und betrachtete sie mit einem geradezu mitleidigen Blick.

„Du hattest auf jeden Fall jeden Tag sehr besorgte Besucher, die bestimmt glücklich sein werden, dich wieder wach zu sehen. Sie müssten eigentlich jeden Moment kommen, der Unterricht ist gleich zu Ende."

Sie gab Anna noch einen Trank und ließ sie alleine auf der Krankenstation zurück.

Anna überlegte fieberhaft, wie sie wieder vom Felsen gekommen war und wie Karl und Karolina wieder zurückgekommen waren, doch sie konnte sich einfach nicht daran erinnern. Sie hoffte, Karl und Karolina würden ihr Antworten darauf geben können.

Ein wenig später öffnete sich tatsächlich die Tür. Anna tat zunächst so, als würde sie noch immer schlafen, während sich die beiden an ihre Seite setzten und Karl ihre Hand nahm. Sie öffnete vorsichtig die Augen und schon schrie Karolina vor Freude auf. Frau Summer schaute nur kurz aus der Tür und als sie die beiden Besucher sah, drehte sie sich sofort wieder um.

Karolina umarmte Anna so vorsichtig es ging und Karl grinste sie unsicher, aber sichtlich erleichtert an.

„Oh, Anna, wir sind so froh, dass du wieder wach bist. Frau Summer war so besorgt, dass du möglicherweise gar nicht mehr aufwachen könntest."

Karolina hatte Tränen in den Augen und umarmte Anna noch mal vorsichtig.

„Nicht weinen, Karo, es wird alles wieder gut. Ich bin doch jetzt wach und Frau Summer päppelt mich schon wieder auf."

„Wenn wir doch nur bei dir gewesen wären, dann hätten wir dir helfen können. Was hat das Monster von Felsenschloss denn nur mit dir gemacht?", meinte nun Karl.

„Ähm, das Monster?", fragte Anna unsicher.

„Ja …??" Karl war irritiert. „Was denn sonst?"

Anna erzählte ihnen schließlich die ganze Geschichte, obwohl sie schon wieder extrem müde war. Sie war gerade an dem Punkt angekommen, als sie einen Zauberer getroffen und zu Boden gerissen hatte, als Frau Summer wieder hereinkam. Sie sah Anna sofort an, dass sie extrem erschöpft war, und gab Karl und Karolina höchstens noch fünf Minuten, bevor sie Anna wieder in Ruhe lassen mussten.

Anna erzählte weiter bis zu dem Punkt, an dem sie noch wahrgenommen hatte, was passiert war, und endete letztlich damit, dass sie nicht wisse, wie sie hierhergekommen war.

Die beiden hatten die ganze Zeit schweigend zugehört, immer mal wieder die Hand entsetzt vor den Mund gehalten und schließlich erschrocken die Augen aufgerissen.

„Ich weiß nicht, was ich sagen soll", fand Karolina zuerst ihre Worte wieder. „Du bist tatsächlich die Nachfahrin ... Das war alles echt ... Ich fasse es nicht."

„Das ist wirklich unglaublich", meinte nun auch Karl. „Wir müssen dir auch noch einiges erzählen, aber ich glaube, das machen wir lieber morgen ... Du musst dich jetzt unbedingt ausruhen."

Er gab ihr einen zärtlichen Kuss auf die Stirn, obwohl Karolina anwesend war, verabschiedete sich noch mal von Anna und zog die perplexe Karolina hinter sich her.

Anna hätte über den lustigen Gesichtsausdruck von Karolina gelacht, wäre sie nicht so unendlich müde gewesen. Der kurze Besuch hatte sie sehr erschöpft und so schlief sie wieder bis spät in den nächsten Tag hinein.

Sie wachte auf und sah, wie Frau Summer gerade eine warme Suppe neben sie stellte.

„Oh, du bist wach, wunderbar. Magst du ein bisschen warme Suppe? Die hilft dir, ein wenig zu Kräften zu kommen."

Anna nickte und versuchte sich ein bisschen aufzusetzen, doch die Schmerzen waren schon wieder extrem stark geworden. Frau Summer sah ihr verzerrtes Gesicht und sagte: „Ich helfe dir ein bisschen."

Sie fütterte Anna wie ein kleines Kind, aber das war ihr in diesem Moment egal, denn die Suppe tat ihr wirklich gut. Sie hatte gerade aufgegessen, als auch schon Karl und Karolina hereinstürmten.

„Nicht so schnell, die Dame und der Herr", meinte Frau Summer amüsiert und ging mit dem leeren Suppenteller aus dem Raum.

„Du siehst schon viel besser aus", sagte Karl und setzte sich auf den Stuhl neben Anna.

„Danke …, aber man darf nicht lügen, das weißt du, oder?", erwiderte Anna. Karl lächelte sie liebevoll an und schüttelte den Kopf.

„Ihr wolltet mir noch was erzählen", meinte Anna nun.

„Ja, natürlich … Also, du weißt ja, dass Karolina auf der anderen Seite der Schlucht war und ich hinter dem Felsen festsaß. Ich habe mir dann gedacht, durch den Felsen komme ich eh nicht, also ist es besser, wenn ich zum Wasserfall zurückgehe und wir so vielleicht einen Weg hier rausfinden könnten. Dort angekommen, sah ich, dass Karolina verschwunden war. Ich dachte zuerst, sie hätte vielleicht Hilfe geholt, aber plötzlich kam sie neben mir aus dem Felsen. Sie hatte einen Weg gefunden, der durch einen anderen versteckten Tunnel verlief und auf der anderen Seite, also bei mir, endete. Ich erzählte ihr, dass du hinter dem Felsen verschwunden warst und wir beschlossen noch eine Weile zu warten, ob du zurückkehren würdest."

„Aber als das nicht geschah, haben wir uns Sorgen gemacht und sind durch den Tunnel zurück auf die andere Seite und schließlich den ersten Gang zurück, bis zu den exotischen Pflanzen. Wir wollten eigentlich sofort zur Rektorin laufen, doch als wir uns auf den Weg zu ihr gemacht haben, kam sie uns schon aufgeregt entgegen. Sie war anscheinend froh, uns zu sehen, und meinte nur, man hätte dich gefunden und sofort auf die Krankenstation gebracht. Wir konnten uns ehrlich gesagt nicht erklären, woher sie das so schnell wusste, oder wie das gegangen war, aber sie meinte, wir sollten uns erst mal keine Sorgen machen und ins Bett gehen."

„Natürlich sind wir nicht ins Bett gegangen", warf nun Karolina ein. „Die anderen Mädchen hatten bemerkt, dass wir nicht in unseren Betten lagen, den Jungs auch Bescheid gegeben, die Karl natürlich auch nicht finden konnten, und letztendlich in der Lounge auf uns gewartet."

„Wir haben ihnen keine Details erzählt", meinte nun wieder Karl, „aber … dass wir einen Geheimgang gefunden haben und wir uns trennen mussten und du jetzt wieder auf der Krankenstation liegst."

„Wir haben die ganze Nacht spekuliert, was dir passiert hätte sein können, und es gab wirklich die wildesten Ideen der anderen, das kannst du mir glauben", sagte Karolina.

„Am nächsten Morgen sind wir dann gleich zur Krankenstation geeilt und haben von Frau Summer erfahren, dass es dir gar nicht gut geht, und, na ja, den Rest weißt du ja …", beendete Karl die Erzählung.

„Ich bin froh, dass ihr da wieder heil rausgekommen seid, aber ihr wisst also auch nicht, wie ich hier gelandet bin?", fragte Anna.

Beide schüttelten den Kopf und sagten: „Nein, leider nicht."

Dieses Mal vergingen einige Wochen, bis Anna die Krankenstation vollkommen genesen wieder verlassen durfte. Frau Summer hatte dafür gesorgt, dass niemand zu lange bei ihr blieb, sie sich auch nicht nur ein bisschen aufregen konnte und schon gar nicht, dass fremde, neugierige Besucher auf die Krankenstation stürzten.

Aus diesem Grunde hatte Anna noch immer nicht mit Frau Stone gesprochen und wurde schon langsam wahnsinnig. Sie wollte die Wahrheit wissen und vor allem wollte sie eine Erklärung für alles, was passiert war.

So ging sie sofort, nachdem sie entlassen worden war, zu Frau Stones Büro. Sie klopfte nervös an und wartete, bis sie ein „Herein" hörte.

„Ach, Anna, du bist es", meinte Frau Stone, nachdem sie die Tür geöffnet hatte. „Komm rein und setzt dich doch."

„Danke, Frau Stone."

Anna tat wie geheißen und sah Frau Stone zunächst erwartungsvoll an.

Diese seufzte nach einiger Zeit und sagte: „Ich weiß natürlich, warum du hier bist. Ich habe sehr lange überlegt, ob ich dir alles erzähle, während du noch auf der Krankenstation bist, einfach damit du es endlich weißt, damit du endlich die Wahrheit kennst ... Aber ich wollte nicht, dass du geschockt bist und es dir dann noch schlechter geht."

Anna starrte Frau Stone an und sagte: „Da bin ich jetzt aber gespannt."

Es klang böser als beabsichtigt, doch Frau Stone lächelte nur milde und meinte: „Ich kann deine Ungeduld verstehen, aber ich würde dir gerne alles in Ruhe und vor allem von vorne erzählen, wenn du erlaubst."

Anna nickte ihr nur zu.

„Nun gut ... Als ich vor langer Zeit Rektorin wurde, war ich noch recht jung, aber sehr optimistisch, dass ich hier an meiner alten Schule gut zurechtkommen würde. Ich war begabt und wollte unbedingt mein Wissen an die Schüler weitergeben. Zunächst war der alte Rektor noch an meiner Seite und führte mich in das Amt ein. Am letzten Tag meinte er schließlich zu mir, dass ich sicher alles wunderbar schaffen würde, es jedoch noch eine Kleinigkeit gäbe, die ich noch nicht wüsste. Ich war gespannt und wusste nicht, von was er sprach. Er fing einfach damit an, mich nach all den Legenden und Mythen von Felsenschloss zu befragen, die ich so kannte. Ich überlegte eine Weile und schließlich fiel mir das Monster von Felsenschloss ein. Keiner hatte es während meiner Schulzeit zu Gesicht bekommen und doch hielt sich der Mythos über dieses Wesen sehr hartnäckig. Der alte Rektor schaute mir in die Augen und meinte nur, dass ich den Nagel damit auf den Kopf getroffen hätte. Ich schaute ihn natürlich sehr verwirrt an, bis er mir direkt ins Gesicht sagte, dass es das Monster wirklich gäbe.

Ich war zunächst der Meinung, es wäre ein Scherz, doch als er nicht lachte und mich immer noch sehr streng anschaute, wusste ich, dass er die Wahrheit gesprochen haben musste. Ich musste mich erst mal setzen und schaute den alten Rektor genauso an wie du mich vorher. Er erklärte mir schließlich, dass das Monster die Schule vor allem Bösen beschützen würde und es noch ein Geheimnis gäbe, das von Schulleiter zu Schulleiter weitergegeben würde. Der Gründer deines Wohnbereiches, Hugo Passion, hatte anscheinend einen Geheimgang in das Schloss gebaut, der nur durch ein Rätsel entdeckt werden konnte, das nur der rechtmäßige Erbe allein entziffern konnte und ihn letztlich zum Monster von Felsenschloss bringen würde. Der Erbe allein hätte, wenn er es bis zum Monster schaffen würde, ab diesem Zeitpunkt die Gewalt über das Monster und müsse mit all seiner Kraft die Schule beschützen. Bis zu diesem Zeitpunkt läge dies jedoch in der Hand des jeweiligen Schulleiters.

Bis dahin war dies noch nicht geschehen und jeder Rektor hätte deshalb die Verantwortung, den Schülern ein Fach namens Zauber der Musik beizubringen, um den möglichen Erben zu entdecken. Anscheinend war Passion enorm begabt und ließ sich durch eine bestimmte Melodie leiten, die ihn quasi unbesiegbar machte. Der alte Rektor erklärte mir weiter, dass nur wer diese Melodie erkennen könne, letztlich in der Lage dazu sein würde, das Rätsel zu lösen.

Das Problem war nur, wie sollten die Rektoren jemals die richtige Melodie erkennen können? Viele Schüler hatten in all den Jahren immer wieder Melodien gehört, während sie ihre Vergangenheit durchkämmten, doch keiner schien auch nur annähernd Passions Talent geerbt zu haben. Der alte Rektor hinterließ mir also diese doppelte Bürde. Ich musste die Schule beschützen und gleichzeitig den wahren Erben von Passion suchen, indem ich selbst unterrichtete. Zunächst schien mir die Aufgabe, den Nachfahren zu finden, komplett unmöglich. In den letzten zehn Jahren war nicht ein Schüler hier, der nur annähernd in Frage gekommen wäre ... Bis du kamst, Anna."

„Ich wusste schon in der ersten Zauber-der-Musik-Stunde, dass du etwas ganz Besonderes bist. Auch Professor Bieder berichtete mir, wie begabt du bist, obwohl du aus einer-Familie ohne magische Fähigkeiten kommst, und das ließ mich schließlich stutzen. Wie konntest du die Erbin sein, wenn du doch gar nicht von Zauberern abstammst? Ich habe daraufhin Nachforschungen angestellt, die mich zur Schwester deiner Uroma geführt haben und die wiederum zu einer uralten Zaubererfamilie, den Nachfahren von Passion, um genau zu sein.

Warum deine Mutter und auch Oma keine Hexen waren, konnte mir niemand beantworten, aber es wurden anscheinend zwei Generationen übersprungen und du bekamst das ganze Talent ab. **Du bist die rechtmäßige Nachfahrin von Hugo Passion, die wahre Prinzessin der Felsen mit der Macht über das Monster von Felsenschloss."**

Anna schluckte schwer und sah Frau Stone wieder mit ihren großen Augen an.

„Ich denke jedoch", schloss Frau Stone ab, „dass du bereits wusstest, dass du von ihm abstammst, habe ich recht?"

„Ja, ich habe es in den Weihnachtsferien herausgefunden", antwortete sie leise.

„Das dachte ich mir schon, nachdem du mir Fragen über bestimmte Melodien der Gründer gestellt hattest, aber ich dachte nicht, dass du das Rätsel so schnell lösen würdest. Wie hast du das geschafft und vor allem, wie bist du bis zum Monster von Felsenschloss gelangt?"

Anna erzählte ihr die ganze Geschichte und Frau Stone hörte interessiert zu. Als sie geendet hatte, fragte Anna schließlich: „Wer waren diese beiden Zauberer und was wollten sie da oben?"

„Du musst wissen", begann Frau Stone, „dass das Rätsel von Passion schon lange in einer sehr verzerrten Version in der Zauberwelt kursiert und schon viele Zauberer versucht haben, das Monster zu umgehen, um den angeblich wertvollen Schatz von Passion zu stehlen. Das Monster hat noch nie jemanden auch nur annähernd in die Nähe des Sees kommen lassen, wie es mir berichtet hat ... Bis zu dem Abend, an dem du durch den Geheimgang kamst. Es war abgelenkt, da es unbedingt wissen wollte, ob du die Nachfahrin bist oder auch nur eine Diebin, die durch Zufall den Geheimgang entdeckt hatte. Dabei sind ihm die zwei Zauberer entgangen, die es erst bemerkt hatte, als du alleine in der Höhle warst. Es hatte gehofft, du würdest in der

Höhle warten, bis die Zauberer besiegt wären, aber es kannte dich natürlich noch nicht. Du würdest niemals irgendjemanden alleine lassen, der vielleicht Hilfe braucht, auch wenn es das Monster von Felsenschloss ist."

Sie schaute Anna fest in die Augen und fuhr fort: „Es war wirklich beeindruckt, wie du den ersten Zauberer ausgeknockt hast und dem anderen so lange entkommen bist.

Leider natürlich nicht lange genug, um ihn anzugreifen, bevor er dir weh tun konnte, aber immerhin konnte es ihn daraufhin auch erledigen und beide Zauberer in eine andere Höhle sperren, bis es sich um dich gekümmert hatte. Es hat dich auf seinem Rücken nach Felsenschloss zurückgebracht und zwar direkt zu mir. Du warst schwer verletzt und ich sah auch dem Monster an, dass es sehr besorgt um dich war. Die ersten Tage nach dem Vorfall war es immer wieder in der Nacht bei mir, um sich nach dir zu erkundigen. Immerhin bist du nun seine rechtmäßige Herrin und nicht mehr ich. Erst als es dir sichtlich besser ging, war es beruhigt und hat mich nicht mehr besucht."

„Was hat das denn jetzt alles für mich zu bedeuten?", fragte Anna schließlich äußerst besorgt nach.

„Es bedeutet, dass du nun dafür sorgen musst, dass das Monster auch in Zukunft die Schule vor allem Bösen beschützt. Ihr könnt in Verbindung treten, wenn es oder du Unstimmigkeiten bemerken oder Gefahr droht. Du hast allerdings letztlich die Entscheidungsgewalt und das Monster wird dir immer gehorchen. Das ist eine enorm große Verantwortung, die auf deinen jungen Schultern lastet, aber ich werde dir immer zur Seite stehen, so lange du es zulässt."

Anna fühlte nach dem filigranen Armband, das noch immer in ihrer Hosentasche war und wusste, was zu tun war. Sie bedankte sich schließlich bei Frau Stone und verließ das Büro zielstrebig.

Freunde fürs Leben

Sofort ging sie zu dem kleinen versteckten Raum, den sie vor einigen Wochen mit Karl zusammen genutzt hatte. Sie zog den Brief von Passion aus ihrer Hosentasche und las ihn noch mal sorgsam durch. Schließlich nahm sie das wunderschöne Armband in die Hand und drückte auf das deformierte Herz. Sofort hörte sie die kratzige Stimme des Monsters und erschrak kurz, dass es so schnell ging.

„Ähm, hallo, hier ist Anna. Ich wollte mich bei dir bedanken, dass du mich gerettet hast, und würde dich gerne treffen, wenn das geht?"

„Ich weiß, dass du es bist", meinte das Monster nur und sagte: „Natürlich kannst du mich treffen. Komm einfach auf die große Wiese und geh direkt auf die Felswand zu. Dort werde ich dich abholen."

Anna bekam kurz Panik. Das Monster wollte doch nicht am helllichten Tag einfach so zur großen Wiese kommen, oder? Ihre Gedanken überschlugen sich, als sie sich auf den Weg machte und kurz danach vor der Felswand stand. Nur ein paar Sekunden später öffnete sich ein Spalt im Felsen, durch den Anna sofort schlüpfte. Das Monster wartete dahinter und bedeutete ihr zu folgen.

Nach einem kurzen Fußmarsch gelangten sie wieder an den wunderschönen See mit dem Wasserfall.

„Das ist der schnellste Weg", erklärte das Monster gerade, als es sich auf seinen Hinterfüßen niederließ und Anna anstarrte. „Warum wolltest du mich treffen?"

„Ich ..., also ich wollte mich zunächst bei dir bedanken, dass du mich gerettet hast und nach unten in die Schule zurückgebracht hast. Ich weiß es auch sehr zu schätzen, dass du dich nach mir und meinem Gesundheitszustand erkundigt hast."

Als das Monster nicht antwortete, fuhr Anna fort: „Ich bin ehrlich gesagt ein wenig überfordert mit der ganzen Situation und weiß nicht, wie unser Verhältnis in Zukunft aussehen wird.

Allerdings möchte ich, dass du weißt, dass ich alles daransetzen werde, die Schule auch weiterhin beschützen zu können, um das Vermächtnis von Hugo Passion weiterzuführen."

Das Monster schaute sie weiter interessiert an, bis es schließlich sagte: „Du bist noch jung, aber ich kann dir ansehen, dass du es ernst meinst. Ich werde in deinen Diensten sein und solange du die Schule beschützen möchtest, werde ich bis ans Ende für dich kämpfen."

„Das freut mich sehr", meinte Anna nur. „Hast du eigentlich einen Namen? Ich möchte dich ungern das Monster oder den Wächter von Felsenschloss nennen!"

„Das hat mich noch nie jemand gefragt ... Aber tatsächlich hat mich Hugo damals Mounty genannt."

„Mounty klingt toll", meinte Anna und strahlte ihn an.

Mounty versuchte tatsächlich auch freundlicher zu schauen, was ihm jedoch schrecklich misslang. Er verzerrte sein Gesicht und sah damit noch angsterregender aus als zuvor, doch Anna wusste diese Geste sehr zu schätzen.

„Ich werde dich nun wieder verlassen, Mounty, und ich hoffe, dass wir uns in Zukunft öfter sehen werden. Allerdings nicht aus schlimmen Gründen, sondern einfach nur, um voneinander zu hören. Falls jedoch schlimme Zeiten auf uns zukommen sollten, bin ich bereit, mit dir für Felsenschloss zu kämpfen."

Mounty nickte anerkennend und sagte schließlich: „Pass auf dich auf, Anna, und falls du einmal Ärger haben solltest, sag mir Bescheid und derjenige wird nie mehr irgendwas gegen dich sagen oder tun."

„Danke, Mounty."

Sie ging den Weg zurück und dachte sich insgeheim, dass derjenige, den Mounty angreifen würde, vermutlich nie mehr irgendwas tun würde. Sie musste darüber schmunzeln und hatte nun irgendwie das Gefühl, einen weiteren Freund fürs Leben gewonnen zu haben.

Sie war extrem stolz darauf, Hugo Passions Nachfahrin, die Prinzessin der Felsen, zu sein, und würde alles dafür tun, seinem Erbe gerecht zu werden, komme, was da wolle. So ging sie gestärkt in ihren Wohnbereich zurück, den sie schon seit Wochen nicht mehr betreten hatte.

Sie sah alle ihre Freunde in den üblichen Sesseln sitzen und ging auf sie zu.

„Anna, du bist wieder hier!", rief Maria und stürmte auf sie zu. Die anderen taten es ihr gleich und erdrückten sie fast. Als Letztes kam Karl auf sie zu und umarmte sie sehr lange vor allen anderen. Er löste sich von ihr, berührte sie jedoch mit einer Hand sachte weiterhin am Rücken und schob sie auf eine Couch. Die anderen starrten sie an, doch die Neugier über Annas Erlebnis überwog und so bombardierten sie sie mit Fragen dazu. Anna, die sich innerlich schon auf so etwas vorbereitet hatte, erzählte nur das Nötigste und erklärte ihre Verletzungen damit, dass sie abgestürzt sein musste, sich aber an nichts mehr erinnerte.

Diese Version der Geschichte war anscheinend nicht so spannend, wie die anderen erwartet hatten, und so ließen sie Anna ziemlich schnell damit in Ruhe.

Anna versank wieder in ihren Gedanken und wünschte sich nichts sehnlicher, als mit Karl und vielleicht auch Karolina alleine zu sein. Sie wollte nur in seinen Armen liegen und an nichts anderes mehr denken. Karl schien dies zu spüren, legte seinen Arm um sie und zog sie näher zu sich heran. Es war ihm und auch Anna in diesem Moment egal, dass sie von allen angestarrt wurden. Sie kuschelte sich an ihn und fühlte sich einfach nur gut.

Es war inzwischen schon recht spät und sie waren nur noch zu fünft in der Lounge, als sich auch Maria und Vroni verabschiedeten und zu Bett gingen.

Karolina sah Anna und Karl schließlich in die Augen und fragte ein wenig zu verbissen: „Wie lange läuft schon was zwischen euch?" Anna nahm Karolinas Hand und meinte: „Sei bitte nicht böse auf uns, Karo, aber es haben sich einfach in den letzten Monaten Gefühle entwickelt, die stärker als nur Freundschaft sind. Also, zumindest mir geht es so", fügte sie mit einem unsicheren Blick zu Karl hinzu.

Karl sah ihr in die Augen und meinte: „Denkst du etwa, mir nicht? Du gehst mir nicht mehr aus dem Kopf und ich hatte in den letzten Wochen eine solche Angst, dass du nicht mehr gesund werden würdest, und das nur, weil ich dich alleine gelassen habe."

„Nein, Karl, so was darfst du nicht denken. Du hast keine Schuld an dem Ganzen. Ich habe mich den Zauberern in den Weg gestellt, das war einzig meine Entscheidung und deshalb bin auch ich alleine daran schuld, dass ich verletzt wurde."

Sie sahen sich wieder an, bis Karolina schließlich die Stille durchbrach.

„Ich glaube, ihr müsst noch einiges klären, aber ich bin nicht böse, dass ihr mir nichts gesagt habt, und ich habe natürlich auch nichts dagegen, solange sich nichts zwischen uns dreien verändert."

„Danke, Karo, ich verspreche dir, dass du hier meine allerbeste Freundin bleibst und wir zu dritt bestimmt noch viele Abenteuer erleben werden", meinte Anna und umarmte sie.

„Übrigens, wollt ihr eigentlich gar nicht wissen, was ich von Frau Stone erfahren habe?", fragte Anna nun und zwinkerte ihnen geheimnisvoll zu.

„Waaas??? Du hast schon mit ihr geredet und sagst uns nichts?", meinte Karl nun entsetzt.

Anna erzählte ihnen schließlich alles, was sie erfahren hatte, und erwähnte auch ihren kleinen Ausflug zu Mounty. Als sie geendet hatte, starrten ihre zwei Freunde sie an und Karl meinte schließlich: „Du bist mit Abstand die mutigste Hexe, die ich kenne, und ich verspreche dir, wir werden dich in allem unterstützen, was auf dich zukommt."

Karo nickte und fügte noch hinzu: „Hugo Passion hätte sich niemand Besseren als seinen Nachfolger wünschen können, auch wenn es über fünfhundert Jahre gedauert hat, dich zu finden."

Anna strahlte Karolina und Karl an und war extrem gerührt von den Worten ihrer Freunde.

„Ihr seid die besten Freunde, die man sich wünschen kann, und ich weiß einfach, dass ich mich zu hundert Prozent auf euch verlassen kann. Ich hoffe wirklich, wir werden noch viele wundervolle Jahre auf Felsenschloss und auch in unserem zukünftigen Leben miteinander verbringen."

Heimreise

Das Schuljahr ging nun rasch dem Ende zu. Anna war aufgrund ihrer vielen Fehlzeiten, sehr zu ihrem Missfallen, von den Prüfungen befreit worden und versuchte nun zumindest ihren Freunden bestmöglich zu helfen. Sie war zusammen mit Karo wieder einmal in dem leeren Klassenzimmer und lernte mit ihr für ihre schlimmste Prüfung in Zaubersprüche.

Karolina war schon wieder kurz vor dem Rande der Verzweiflung und wollte am liebsten alles hinschmeißen.

„Ich schaffe das niemals. Ich glaube, ich bin keine richtige Hexe, ich kann nicht mal den einfachsten Zauber ausführen. Bitte, Anna, verwandele mich doch einfach in eine Katze oder so … Dann kann ich hier bei euch bleiben und muss mich nicht blamieren."

Sie seufzte und legte ihren Kopf niedergeschlagen auf den Tisch.

„Karo, hörst du bitte mal damit auf, dich selbst zu bemitleiden!? Ich möchte jetzt, dass du zehnmal hintereinander sagst: ICH BIN EINE TOLLE HEXE UND ICH KANN ALLES SCHAFFEN!"

Anna starrte Karo dabei angriffslustig an und fügte hinzu:: „Ich habe das gerade ernst gemeint! Los, komm schon, steh auf und sag es."

Karolina gehorchte widerwillig und stellte sich mitten in den Raum. Zunächst kamen die Worte leise aus ihr heraus, wurden jedoch immer lauter und nach dem neunten Mal schrie sie geradezu: „ICH BIN EINE TOLLE HEXE UND ICH KANN ALLES SCHAFFEN!!!!!"

„Sehr gut, Karo, genauso ist es, und jetzt wirst du noch mal den Abblockzauber ausführen. Du kannst das! Falls du an dir zweifeln solltest, geh in deinem Kopf immer wieder den Satz durch, dann kann nichts mehr schiefgehen! Bist du bereit?"

„Ja, leg los, Anna!"

Anna führte zunächst einen leichten Entwaffnungszauber aus, um Karo nicht zu überfordern, doch diesen blockte sie sehr geschickt ab und riss Anna den Zauberstab aus den Händen.

„Wow, megagut, Karo! Jetzt versuche ich einen schwierigeren Zauber, okay? Bist du bereit?"

„Ja!!"

Anna versuchte nun Karo zu schocken, doch diese sagte energisch den Zauberspruch **„rifius"** und blockte auch diesen Zauber sehr gekonnt ab.

„Du kannst es, Karo, ich habe es dir doch immer gesagt! Du musst einfach nur ein bisschen an dich glauben, ja!?"

„Danke, Anna, du bist einfach die Beste. Ohne dich wäre ich, glaube ich, schon nach der Hälfte des Jahres aus Professor Bieders Klasse geflogen."

Sie lachte und auch Anna stimmte mit ein.

„Ach ja, und wenn du wirklich ganz verzweifelt sein solltest, Karo, mach einfach die Yoga-Übung, die ich dir mal gezeigt habe, dann verwirrst du erstens Herrn Bieder und zweitens bist du wieder super entspannt und kannst dich wieder konzentrieren."

„Haha, ja genau … Ich stelle mir gerade seinen Blick vor, wenn ich das wirklich machen würde."

Beide schienen seinen entsetzten Blick gedanklich vor sich zu haben und lachten darüber, bis ihnen die Tränen kamen. Gut gelaunt verließen sie den Raum und gesellten sich wieder zu Karl, der gerade dabei war, für Zaubereigeschichte zu lernen.

„Na, wie ist es bei euch gelaufen?", fragte er neugierig.

„Supergut, Karo kann jetzt alle Zauber abblocken und auch die anderen Zauber gelingen ihr meistens mühelos."

„Das ist großartig, Karo, dann kann doch morgen gar nichts mehr schiefgehen, oder?"

Karl grinste sie stolz an und Karo erwiderte dies ebenfalls mit einem Grinsen.

In den nächsten Tagen waren Karl, Karolina und natürlich auch alle anderen Klassenkameraden mit den Prüfungen beschäftigt und Anna langweilte sich im Wohnbereich zu Tode.

„Ich hätte die Prüfungen locker mitschreiben können, ich habe mich doch vorher schon so gut darauf vorbereitet", dachte sie gerade, als auf einmal ein Geräusch von ihrem Armband zu ihr drang.

„Hey Anna", ertönte eine kratzige, tiefe Stimme, „hast du gerade Zeit?"

„Hallo Mounty, ja, ich habe nichts zu tun. Die anderen schreiben gerade Prüfungen, aber ich wurde davon befreit."

„Willst du mich am See besuchen?", ertönte es wieder.

„Klar, gerne, ich bin in ein paar Minuten am Felsen."

Anna machte sich auf den Weg und als sie die große Wiese betrat, schlug ihr ein warmer Wind entgegen. Es war ein richtig schöner Tag und insgeheim freute sich Anna darauf, an den See in den Felsen zurückzukehren.

Mounty hatte ihr den geheimen Eingang geöffnet und so schlüpfte sie in Windeseile in den Felsen hinein.

„Freut mich, dich zu sehen, Anna. Komm mit, ich muss dir was zeigen."

Anna musste sich beeilen, mit Mounty Schritt halten zu können, und kam schließlich schwer atmend am See an. Mounty zeigte auf den See, doch Anna konnte zunächst nichts erkennen, bis sie direkt hinter dem Wasserfall etwas glitzern sah.

„Was ist das, Mounty?"

„Die Höhle hat sich verändert, seit du das letzte Mal hier warst. Ich wollte es dir eigentlich schon früher zeigen, aber ich dachte, ich warte damit, bis du mehr Zeit hast."

„Woher wusstest du denn, dass ich jetzt mehr Zeit habe?"

Mounty schaute sie, wie es schien, ein bisschen verschämt an und meinte: „Eventuell habe ich dich ein oder zwei Mal beobachtet. Aber das ist jetzt nicht so wichtig, du musst es dir unbedingt von Nahem ansehen."

Anna wollte schon protestieren, doch ihre Neugier überwog und so folgte sie Mounty in die Höhle hinein.

Was sie dort in der Höhle sah, verschlug ihr tatsächlich die Sprache. Alles in der Höhle glitzerte in den schönsten Farben und das Schlossmodel war auf die dreifache Größe angewachsen.

Anna hätte es nun bestimmt betreten können, doch sie wurde von einer Inschrift im Felsen abgelenkt.

„Anna, du hast dich als würdig erwiesen und bist wahrlich die einzig wahre Prinzessin der Felsen. Ich bin so stolz auf dich!! Dein Vorfahre Hugo Passion."

„Ich, ähm ..., Mounty ..., wie kann das sein? Wie konnte diese Inschrift entstehen ...? Ich dachte, Passion hätte das alles für seine Tochter Anna erschaffen. Wie kann er von mir wissen?"

„Das, meine liebe Anna, kann ich dir nicht genau sagen, aber Magie ist etwas ganz Besonderes und ich bin mir sicher, wenn jemand dem Ganzen einmal auf den Grund gehen wird, dann bestimmt du."

Sie verließen die nun wunderschöne Höhle wieder und Anna verabschiedete sich für den Sommer von Mounty.

„Mounty, pass bitte gut auf die Schule und diese Höhle auf, ja!? Ich werde erst im September wiederkommen, doch du kannst mich natürlich auch bei mir zu Hause immer kontaktieren, falls etwas geschehen sollte. Mach's gut!"

„Du auch, Anna!"

Zurück in der Schule waren die anderen gerade mit ihrer letzten Prüfung fertig und so feierten sie den ganzen Nachmittag, sowohl das Ende dieser als auch das Ende ihres ersten Schuljahres in Felsenschloss.

Es war so viel in diesem ersten Jahr geschehen und doch konnte Anna nicht glauben, dass schon ein ganzes Jahr vergangen war. Sie freute sich auf ihr Zuhause und doch hatte sie, nachdem sie nun von ihrer Bestimmung wusste, ein komisches Gefühl, Felsenschloss für ein paar Monate verlassen zu müssen.

Der nächste Tag war schließlich gekommen und alle Schüler strömten nach einem letzten ausgiebigen Frühstück auf die Bergstation zu. Ein letztes Mal für einige Zeit saß Anna mit ihren neuen Freunden zusammen in der Gondel und redete über die Erlebnisse des ersten Schuljahres.

Als sie schließlich unten angekommen waren und ihre Eltern auf sich warten sahen, umarmten sich alle noch ein letztes Mal, bevor sie jeweils in eine andere Welt zurückkehrten.

„Meldet euch bitte bei mir!", rief Anna Karl und Karolina noch zu, bevor sie mit ihren Eltern durch die Felswand verschwand.

Register

Die Autorin

Sabrina Neff, geboren und wohnhaft in Garmisch-
Partenkirchen, hat mit 31 Jahren ihren Erstlings-
roman „Die Prinzessin der Felsen" veröffentlicht.
Mit einem Master in Wirtschaftspsychologie in
der Tasche hat sie einige Jahre selbstständig in der
Gastronomie und anschließend im Amt gearbeitet,
bevor sie im ersten Corona-Lockdown mit dem
Schreiben begann. Inspiriert durch einige großartige Schriftstellerinnen und Schriftsteller und
unterstützt von ihrer Familie hat sie sich mit der
Veröffentlichung ihres Buches einen Kindheits-
traum erfüllt. In diesem verleiht sie ihrem Faible für
Magie und Zauberei Ausdruck. Eine Fortsetzung
ihrer bezaubernden Geschichte ist bereits in Pla-
nung. Neben dem Schreiben und Lesen beschäftigt
Sabrina Neff sich in ihrer Freizeit liebend gerne mit
weiteren kreativen Dingen wie Musik, Backen und
Kochen.

Der Verlag

*Wer aufhört
besser zu werden,
hat aufgehört
gut zu sein!*

Basierend auf diesem Motto ist es dem novum Verlag
ein Anliegen, neue Manuskripte aufzuspüren, zu ver-
öffentlichen und deren Autoren langfristig zu fördern.
Mittlerweile gilt der 1997 gegründete und mehrfach
prämierte Verlag als Spezialist für Neuautoren in
Deutschland, Österreich und der Schweiz.

**Für jedes neue Manuskript wird innerhalb we-
niger Wochen eine kostenfreie, unverbindliche
Lektorats-Prüfung erstellt.**

Weitere Informationen zum Verlag und
seinen Büchern finden Sie im Internet unter:

w w w . n o v u m v e r l a g . c o m